新時代への源氏学

助川幸逸郎　立石和弘
土方洋一　松岡智之
［編集］

8

〈物語史〉形成の力学

竹林舎

刊行のことば

わが国の古典の中でも、『源氏物語』ほど長く深い受容の歴史を持つテクストは他に例がありません。その享受の歴史は優に千年を超え、影響もわが国の文化のあらゆる方面に及んでいると言ってよいほどです。かくも長きにわたって多くの人びとの心をとらえ、解読、分析の対象とされてきた『源氏物語』について、いまさら新たに語るべきことなどあるのかと思われる向きもあるかもしれません。

私たちの前には、先人たちの豊富な注釈・研究の蓄積があります。その恩恵に浴すことで、この遠い昔に書かれた物語に親しく接することが可能になっているのであり、私たちはそのことに深く感謝しなければなりません。

一方で、私たちが『源氏物語』に接している〈いま〉という時代は、先人たちの生きていた時代とはまったく異なります。千年前はおろか、携帯電話やパソコン、インターネットのある現代は、それらが存在しなかった五十年前とも、もはや大きく異なっています。

そうしたかつて経験したことのない言語環境のもとで生きている私たちの眼から見れば、『源氏物語』の中には、考究すべき種々の新たな課題が内蔵されています。というよりも、読者の生きている個々の時代に即した課題を常に突きつけてくるのが、『源氏物語』というテクストの持つ希有の特性なのです。

二十一世紀を迎えた私たちの世界には、様々な問題が山積しています。そのような困難な時代に、『源氏物語』が問いかけてくるものを真正面から受けとめ、私たちなりのことばで応答したいという思いが、この企画にはこめられています。ここでの「源氏学」とは、単に「『源氏物語』に関する学」ということではなく、『源氏物語』というテクストと真摯に向き合うことによってはじめて見えてくる〈知〉の地平を意識した呼称です。私たちがいまそこに見出した課題を、さらに次の世代へと手渡していきたい、それが「新時代への源氏学」に託した私たちの希望でもあります。

ご多忙ななか、貴重な原稿をお寄せいただいた執筆者各位に深く感謝申し上げます。

二〇一四年三月

編集委員　助川　幸逸郎
立石　和弘
土方　洋一
松岡　智之

新時代への源氏学　第8巻
〈物語史〉形成の力学

目次

物語史の新しい構想

三角　洋一

はじめに

私の物語文学論は、作り物語の作品論と史的展開にかかわる論文が大多数ではあるが、また時々、物語文学の周辺について考察することもあった。たとえば「僧侶と説話と物語」「物語文学の裾野」「歌まなびと歌物語」「『後撰集』時代の散文と和歌[注1]」などである。もし私が今から「物語史の新しい構想」を提起しようとするならば、これらすべてを思索の坩堝に投げ入れて再度鍛える必要がありそうである。折角のよい機会をいただいたのに、とてもそこまではできそうにもない。

現時点でできることとしては、同じことの繰り返しになるが、なるべく周辺的な事象を組み込むことと少しでも広い視野から見なおすことによって、新しい地平にたち至るよう努力してみるよりほかない。具体例を掲げ参考論文を引用しながら書きつけていくことにするが、むやみに回顧的な書きぶりになっていたとすれば見苦しく、私の失敗である。その節はご容赦願いたい。

一　初期物語と物語作者の好尚

作り物語の展開史において初期物語というと、まずは『源氏物語』絵合巻に「物語の出で来はじめの親なる竹取の翁」と見える『竹取物語』が思い浮かぶが、また蓬生巻で古風な末摘花が「古りにたる御厨子あけて…まさぐりものにし」ていた、「かぐや姫の物語」と並ぶ散逸物語の『唐守』『藐姑射の刀自』も加えておく必要があろう。まずは『竹取物語』の研究史をおさえることはもちろんであるが、漢文伝から初期物語へという流れに注目することと、散逸二物語の逸文を熟視することも欠かせない。古くは石川徹「竹取から宇津保の頃までの物語に就いて」[注2]、今井源衛「漢文伝の世界」[注3]などがあり、近年では藤井貞和「平安前期散佚物語」[注4]、渡辺秀夫「神仙と隠逸――紀長谷雄について」[注5]、神野藤昭夫「『はこやのとじ』からみた物語の成立と前期物語史像」[注6]などがあって、いちおうの手がかりとなるであろう。

そこでまず、私の関心から漢文伝の世界を見わたしていくことにする。言うまでもなく、『竹取物語』『藐姑射の刀自』はともに題材そのものがいちじるしく神仙談的な要素をそなえていて、その背景として、すでに奈良時代以前から漢文伝の一ジャンルに属する神仙談風な作品が制作されていたことが明らかなのであった。

よく知られるところでは、『釈日本紀』所引『丹後国風土記』逸文である「浦嶼子」の話そのものが、伊預部馬養（?～七〇三以前）作の「浦島子伝」を利用していること、また『懐風藻』の藤原不比等「遊吉野」詩（三一）ほかの漢詩に詠まれ、『万葉集』巻三（三八五後詞）に記載される散逸「柘枝伝」が漢文伝の神仙談の代表であろうか。『竹取物語』の成立にあたっても、丹後の「奈具社」や近江の「伊香小江」のような羽衣説話や『万葉集』巻十六の「有由縁雑歌」条（三七九一以下）の前詞に顔を出す「竹取翁」などの前史があって、どのような内容にまとめあげられているかは皆目不明ながら、「竹取翁伝」の先行さえ考えられなくはないようである。[注7]

いま一つの『唐守』については、内容としては唐守長者の娘をめぐる求婚難題談で、娘は「容貌が醜いか何か、とにかく尋常ではなかった」[注8]という結末をもつ「をこ」話、滑稽談であり、一種の失敗談であったらしい。ここで思い合わされるのが、空海『三教指帰』の初稿とされる『聾瞽指帰』の「序」と「仮名乞児論」の条である。よく知られているところであるが、「序」には、

本朝の日雄といふ人、睡覚記を述ぶ。勝弁巧みに発し、詭言雲のごとくに敷く。遙かに彼の名を聞けば、尸居の士も掌を拍つて大いに笑ひ…

（本朝日雄人、述睡覚記。勝弁巧発、詭言敷雲。遙聞彼名、尸居之士、拍掌大笑…）

とあって、「仮名乞児論」の彼の風采人品を叙する段には、

或るときは雲童孃〔住の江の童女〕を眄て心懈んで思ひを服け、あるときは滸倍尼〔滸倍の尼〕を観て意を策まして厭ひ離る。

〔或眄雲童孃〔須美乃曳乃宇奈古乎美奈〕、懈心服思、或観滸倍尼〔古倍乃阿麻〕、策意厭離〕

＊〔　〕で括った双行割注は空海の自注と考えられている。

とある。序文の日付である延暦十六年（七九七）のころ、日雄なる人の漢文による笑話集『睡覚記』が存在しており、成文化されていた説話かどうか不明ながら、住吉に住むうら若い美女の話「住の江の童女」と、おそらく好色な老女に辟易する滑稽談「滸倍の尼」のあったことが知られるのである。

少し横道に逸れることになるが、もし「住の江の童女」の話が成文化されて伝えられ、後世の物語に影響を与えたと想定することが許されるならば、それは散逸物語『あま人』、またその改作『海士物語』の原話と見ることができるのではなかろうか。[注9] さらに言えば、『源氏物語』夕顔巻の夕顔の発話「海人の子なれば」は散逸『あま人』の和歌の引用であって、かつ『あま人』は身分違いの恋が転生によって叶った物語で、平安初期、嵯峨朝のころに前生談・転生談が好まれていた痕跡があり、『あま人』の原話がこのころ存在していたとして不思議ではないとも言い得るのである。以上は臆測にすぎないが、「住の江の童女」の物語と、出来得れば『あま人』を少しでも神仙談の周辺に位置づけてみたいと思っての力業と理解してくだされば幸いである。

さて元に戻ると、『竹取物語』『藐姑射の刀自』の背景には、神仙談風な漢文伝「浦島子伝」「柘枝伝」などが、また『唐守』の背景には、日雄人『睡覚記』や「詐倍の尼」説話のような滑稽談、失敗談があったと考えられるのであった。そもそも、作り物語は女性や少年少女のための娯楽、教養、教訓読み物として制作されたと見られるわけであるが、その作者は知識人たる学者、文人、僧侶であったろうと思われる。ということならば、初期物語の制作の場においては、書き与える作者の側の関心や趣味好尚を反映するところがきわめて強かったという傾向を読み取ることができる。読者に好みを押しつけるというほど強くはないにしても、作者の側にも作る楽しみと満足が必要であったと言えばよいであろうか。

このような特徴は、前期物語においてはどのように承け継がれていくのだろうか。あるいは底に沈められることになるのだろうか。あまり生産的な方法ではないかもしれないが、「詐倍の尼」や『唐守』の系譜として、『伊勢物語』第六三段の九十九髪の話、『うつほ物語』の三奇人の求婚談、『源氏物語』紅葉賀巻の源典侍の挿話などへと時代を降りつつたどってみる方途があるかもしれない。同じように、神仙談の亜流として、『伊勢物語』第六五段の流罪の男が夜ごとに閉じ込められている女の家の門外まで来て笛を吹く話、『うつほ物語』俊蔭巻の俊蔭漂流談と俊蔭女母子の北山の杉の「うつほ」の生活の話などを一系列として読むことには、何がしかの意味がありはしないか。

また、私は以前より気になって仕方なかったのであるが、『篁物語』の成立はいつごろと見ればよいのだろうか。第一部は異母兄妹の恋で、仲を裂かれた妹が死んで幽鬼となる話、第二部は篁が右大臣の婿を望み、三の君を得る話で、後者は『本朝文粋』巻七・書状に載る小野篁（八〇二〜五二）の「奉右大臣」（一八六）にもとづくものである。前期物語の時代の作品か否か、推定することはできるだろうか。

このついでに前期物語の話型をもう一つ取り上げると、『うつほ物語』俊蔭巻の若小君と俊蔭女との恋物語は、勘修寺縁起とか高藤説話として知られる話にもとづくもので、一夜孕みとか他の要素ももちろん幾つかあるが、緩やかに男女再会談として見た場合、『源氏物語』蓬生巻の末摘花の物語のほか、「曲殿の姫君」型、「芦刈伝説」型、「心短き女」型、「伏屋」型などとも対照することができる。小稿「蓬生巻の短篇的手法(二)」[注10]に試みたところであるが、ただの話型比較にとどまることなく、物語史論へと昇華させる一つの手立てとなりはしないだろうか。作り物語相互の関連づけや系譜を考える先駆的な研究に、小木喬「時雨にちなむ物語」[注11]、石川徹「「心高さ」を主題とする作り物語の系譜」[注12]などがあった。

二　前期物語の傾向――異類物と恋愛物

ここでは、十世紀の後半に制作された物語を王朝前期物語と呼ぶことにしよう。『うつほ物語』『落窪物語』がその代表で、『源氏物語』や『枕草子』などの記載からこの期の物語の名や傾向が知られるが[注13]、散逸物語では古本『住吉物語』と『交野の少将物語』も逸することはできない[注14]。また、著名な資料として源為憲『三宝絵』総序の記載が知られる。若くして出家した尊子内親王のために、つれづれな折に読めばよい仏教入門書を編纂した趣旨を述べており、おそらく最終的には平仮名文で綴られていたものと思われるのであるが、現存する片仮名交じり漢字文で書写された東博本（東寺観智院旧蔵本）を翻刻している『新日本古典文学大系』[注15]によって必要箇所のみ引用すると、又、物ノ語ト云テ女ノ御心ヲヤル物、オホアラキノモリノ草ヨリモシゲク、アリソミノハマノマサゴヨリモ多カレド、木草山川鳥獣モノ魚虫ナド名付タルハ、物イハヌ物ニ物ヲイハセ、ナサケナキ物ニナサケヲ付タレバ、只海アマノ浮木ノ浮ベタル事ヲノミイヒナガシ、沢ノマコモノ誠トナル詞ヲバムスビオカズシテ、イガヲメ、土佐ノオトヾ、イマメキノ中将、ナカヰノ侍従ナド云ヘルハ、男女ナドニ寄ツヽ花ヤ蝶ヤトイヘレバ、罪ノ根、事葉ノ林ニ露ノ御心モトヾマラジ。

（注）「物ノ語」は物語。「獣モノ」はケモノ。「海アマ」はアマ。「事葉」はコトノハ。

とある。物語は女性の娯楽で、数えきれないほど制作されているが、山川草木や鳥獣魚虫に物を言わせたり心があるように描いたりしていて、うわついた真実からほど遠い内容である、男女に寄せて「花や蝶や」ともてはやす恋愛物は破戒の大元、尼の御身では心もとまらないことでしょう、というのである。

ここから、前期物語としてはどうやら異類物と恋愛物が盛行していることが知られた。残念ながら異類物については作品名もその内容も皆目不明であるが、時代を二〇〇年ほど降らせると、物語歌集『風葉和歌集』には動物名の『かひ』（二首）、『すずめ』（品経和歌四首）のほか、季節の風物を擬人化した『四季物語』（一九首）があって、『四季物語』の作者は鴨長明と見られる。[注16] 恋愛物はもちろん、異類物にあっては自然や風物の本意や季節や取り合わせなど、和歌に詠まれる題材の世界を心得るうえで役に立つはずのものであるから、物語作者は歌人でもあったろうという条件が考えられてくる。考えてみれば、『竹取物語』においても和歌は大きな特色となっていた。前期物語にあっては、異類物や恋愛物のように、いつの時代にも存在していておかしくない、もっぱら読者の要望に応えた物語がふえていくということなのであろう。

具体的な物語名であるが、底本の東博本には「伊加乎女」の右傍に「伊賀ノ太乎女イ」、「土佐ノおと丶」の右傍に「大殿」、「以末女幾ノ中将」の右傍に「今様ノイ」、「奈加為ノ侍従」の右傍に「中居」と傍注があるといい、大方には『伊賀の専女』『土佐のおとど』『今めきの中将』『長居の侍従』と考えられている。いちおう恋愛物として一括りにしてよいと思うが、『伊賀の専女』『土佐のおとど』は姫君の養育者ないし後見者が物語の題号になっていると見られるので、『竹取物語』『藐姑射の刀自』や『唐守』と共通していることが注意されよう。また、「伊賀の専女」は稲荷の還坂に住む恋の仲立ちをする巫女と知られ、物語は、自分の娘にはよい婿が得られなかったという滑稽談であったかと想像される。[注17]

前期物語の時代には、作り物語か説話かはっきりしない物語もある。「尾張法師」(『うつほ物語』国譲上巻ほか)、「飛騨の匠」(『源氏物語』宿木巻ほか)、「伏見の翁」(『顕註密勘抄』九八一番歌条所引『勧女往生義』ほか)などがそれで、それぞれ時知らぬ尾張法師の滑稽談、飛騨の匠と百済川成との技比べ談、東大寺供養に関連して婆羅門僧正の来朝を予知した菅原の伏見の翁の神仙談かと想像される。

これらの傾向からは、前期物語においても相変わらず物語作者である男性知識人の趣味好尚が反映されていることが想像され、また源信の作という『勧女往生義』に「いまめきの中将、長井の侍従、伏見の翁など云古物語あり」とあるからには、貴女の檀越との関係からか、僧房にあってさえ恋愛物の作り物語と無縁ではなかったことまで思いやられるわけであった。[注18]

三　前期物語研究の課題――短篇物語と中・長篇化、女性作者への道

前期物語をめぐっては、なおさまざまな課題が山積している。たとえば『うつほ物語』を取り上げるだけでも、俊蔭巻、藤原の君巻、忠こそ巻と三つの冒頭の巻をもっていること、物語の進行に矛盾があって、かつて複数スポンサー説が登場したこと、重出本文の問題などという点で、物語の長篇化の過程を内包しているに違いないことに熱い視点の注がれていた時代があった。[注19] さらに、『落窪物語』の成立の背景や作品の特質を明らかにしようとする研究史的な成果をも重ね合わせて展望すると、中期物語に属する『源氏物語』を育んできた豊穣な土壌が見えてくると思うのである。

なお忘れてはならないのは、散逸物語と『堤中納言物語』に着目して、短篇物語の本性と長篇化の問題を探った玉上琢彌「昔物語の構成」[注20]と、屛風絵、屛風歌と古本『住吉物語』の折々の求婚歌を結びつけた三谷邦明「屛風絵と物語」[注21]であろうか。玉上説はその後、鈴木一雄「『堤中納言物語』の作風とその成因をめぐって」[注22]により批判的に乗り越えられてしまうが、けっしてその評価は減じられるべきではなく、むしろそれなら、短篇の昔物語はどのようであったのかというかたちで問われつづけられなくてはならないと言うべきである。

散逸『交野の少将』をめぐっては、『光源氏物語抄』（『異本紫明抄』とも）の完本が出現したことにより新たな知見が得られたことをきっかけとして、稲賀敬二「「交野少将」と「隠れ蓑の中将」は果して兄弟か」[注23]、

中野幸一「交野の少将・隠蓑・狛野の物語をめぐっての試論[注24]」が提出されたが、この問題も物語の中・長篇化と深く繋がっていそうである。

また、『源氏物語』への道筋ということを考えるとすれば、女性が得意にした日記文学の系譜とからめて観察する必要がある。小野小町詠から『伊勢集』冒頭部のいわゆる「伊勢日記」、さらに『蜻蛉日記』へと文学精神の継承を認める秋山虔氏、[注25]藤原高光の突然の出家を悲しむ高光妻に近侍した女性の手に成る『多武峰少将』を組み込む鈴木一雄氏[注26]などの業績がある。私にも、物語や絵とのかかわりも含めて院政期までを展望した「王朝女流日記への招待[注27]」があり、そこでは、詠歌や文通に心慰みを見いだした女性が歌日記とも言うべき手習い文を書きつけるうちに情景描写や心理描写に習熟した結果、男性作者の書き与える作り物語に不満をおぼえるようになって、読者から創作者へと転じていった、もしかしてその先駆けが紫式部であったのではないか、という見通しを述べてみた。

なお付け加えるならば、『伊勢物語』『平中物語』と『大和物語』をめぐって、歌語りから歌物語へと転化していった潮流が、やがて歌論書『俊頼髄脳』の歌のいわれや『古本説話集』上巻の新生和歌説話へと雲散霧消する現象についても、女性による女性のための物語が成立したことと無縁ではないかもしれない。ここまで述べてきたような意味で、前期物語の研究においては史的展開についてのさまざまな着眼があり得て、こぢんまりとまとめあげた考察では済まないということを、あらためて強調しておきたい。

四　皇子女や貴顕の子女への知識人の奉仕とその文化的所産

ここで少し横道にそれて作り物語からは離れるが、『三宝絵』の生み出される背景に着目してみたい。いま便宜上、山田孝雄「三宝絵詞の研究[注28]」から引用すると、

而して上の序では家人として内親王より恩を受けたことは山の如く、自分が内親王に尽し奉らうとする志は海より深いといふのである。かやうな深い縁故があつたからこの起草を承はつたのであり、上に述べた様な文才があつたから起草者としての任を能く果したのであつた。／是より先天禄元年に為憲は藤原為光…の長子松雄君…の為に教科書として口遊を編してゐるし、後には寛弘四年に右大臣藤原道長の子、頼通…の命によつて儒仏道にわたり、故事成語を蒐録し世俗諺文と名づけて之を献じてゐる。之を以て見るに、かやうな誂を受けたのはこの三宝絵に限つたことではなかつた。しかしながら、所謂宮人としての責任と、同じ皇族出の血のつながり…の親しさとが、この書に周到な心をこめしめたものと思はるゝ。

とあって、一般論風には、学識と文才に富む源為憲（?〜一〇一一）は皇子女や貴顕の子女のために依頼を受けて便利な教養書を編纂、献呈して文化史に遺る足跡を記したわけであったが、為憲が尊子内親王とは血縁関

係、主従関係で結ばれていたということも忘れてはならないであろう。
ここには、為憲の編纂した、

『三宝絵』永観二年（九八四）成立、尊子内親王に献呈

『口遊』天禄元年（九七〇）成立、松雄君（誠信）に献呈

『世俗諺文』寛弘四年（一〇〇七）成立、（鶴君）頼通に献呈

が挙げられていたが、ほかにも類例を挙げると、まず文類体漢和対照辞書の『倭名類聚抄』が源順により承平年間（九三一~三八）に成立、勤子内親王に献上されており、院政期に入ると三善為康（一〇四九~一一三九）がいて、『童蒙頌韻』（一一〇九年成立）が通説では藤原伊通に献呈され、また『続千字文』（一一三三年成立）のほか、百科事典『掌中歴』（一一二三年成立）、『懐中歴』（一一二九年成立）を編纂しており、[注29]これにもとづいて『簾中抄』（一一五一年以後成立）が藤原資隆により暲子内親王（八条院）に献呈されている。さらに、歌学書では源俊頼『俊頼髄脳』（一一一五年以前成立）が関白忠実の命で娘の後の高陽院泰子に、藤原俊成『古来風躰抄』（一一九七年成立）が式子内親王に、それぞれ献呈され、某内親王を願主とする法華百座の法会が催行され（一一一〇年）、これを記録した平仮名文の女房日記がかつて存在したらしく、これをさらに抄写した片仮名文のかたちで『百座法談聞書抄』が遺存している。

掲出したのは私の気まぐれなリストにとどまるが、ここから次のような三点のことが言えはしまいか。日本の文化史のごく一端でしかないにしても、皇子女や貴顕の子女のところからの依頼でこのような書物が生まれ出たこと、かならずしも学者、文人らの本分ではなかったが、その知嚢を活用するに足る場が設けられ

たこと、男性知識人の奉仕の観点から物語史や文化史の一端を明らかにする可能性が開けるかもしれないことである。[注30]

皇子女のことは後回しにして、もう少し知識人たる物語作者とその周辺のことを考えてみよう。まず物語ごとに実名を挙げる作者説が出されていて、『竹取物語』については僧正遍昭、紀長谷雄など、『伊勢物語』の増益、再編者には伊勢、紀貫之、『うつほ物語』では源順らの名が挙げられ、『住吉物語』についても大中臣能宣が注目されている。いずれも確たる根拠があるわけではないが、さもありなんと評してよいかもしれず、決め手に欠ける点が惜しまれるというところだろうか。

それなら次には、作り物語の成立した早い時点で読者となったことが確実な男性はどうだろうか。また、物語の題号や作中歌に自詠を利用された同時代の歌人はどうだろうか。物語作者当人であったり、作者の友人であったりするということはないだろうか。ビッグ・データではないが、物語に関係しているかもしれない人物の総合リストを作成してみるのもおもしろいのではなかろうか。現存する物語のほかにも、神野藤氏「散逸物語基本台帳[注31]」によると、『源氏物語』の前後までに最大約四〇篇あるというが、それらも加えて見わたしてみるとどういうことになるであろうか。

興味深い例としては、『堤中納言物語』「思はぬ方にとまりする少将」が挙げられる。題号は源景明（生没年未詳）の『拾遺集』恋五・九六三によると見てよく、作中歌の「思はずにわが手になるる梓弓」も同・雑下・旋頭歌・五六八の景明詠をふまえており、稲賀氏はそこに「景明の和歌の作歌事情の逆々をゆく一種のアイロニーを作為の背後に想定[注32]」するが、私はもっと積極的なかかわりを思い描いている。個別の問題と考えたほうがよいのかもしれないが、『新古今集』恋一・一〇六六の景明詠の初二句「あるかひもなぎさに寄する」が『風葉集』雑三・一三五〇の散逸『かはぼり』の歌と一致するのも注意される。[注33]稲賀氏同様、私も景明の伝記と交友関係が知りたいところである。

相似た事例は、時代が降って『新古今集』歌人にして物語作者でもあった藤原隆信（一一四二〜一二〇五）、同定家（一一六二〜一二四一）の周辺についても見られる。散逸『あしすだれ』の題号は隆信詠の「かけてだに思はぬ宿のあしすだれ」によるのではないか、隆信作の可能性がある散逸『うらみ知らぬ』は建仁元年の和歌所影供歌合の寂蓮詠「きぬぎぬのうらみは知らぬ」によるか、散逸『萩に宿かる』は慈円の「宮城野の萩に宿かる夕立は」によるか、散逸『目もあはぬ』も慈円の「目もあはぬ草のいほりにいとどしく霰ふるなり」によるか、というのである。[注34]

本節のテーマは、作り物語の作者を考えてみる際には、一回り大きく、皇子女や貴顕の子女に対する知識人の奉仕という観点からも見なおす必要があるのではないかということであった。ますます茫洋として雲をつかむようなホラ吹き話になってしまったが、手がかりもよい方法もないままではありながら、案外いいところをついている気がしてならないのである。どなたか、突破口を見つけ出してくださらないだろうか。

五　斎院文化圏と作り物語

再び物語史の本道にもどって、すでに十分な研究の蓄積があると思われてきたのが斎院文化圏から産み出された物語をめぐる考察である。これを時代順に見ていくと、まず大斎院と呼ばれた選子内親王（九六四～一〇三五）がいて、斎院御所には物語司や歌司のような職掌まであったらしく、『住吉物語』が愛好されていたと知られるだけでなく、後世の伝承によれば、『源氏物語』成立のきっかけも斎院が中宮彰子に物語を求めたことによるとされている。この辺りのことについては稲賀氏「延喜・天暦期と『源氏物語』とを結ぶもの」[注35]などがある。

皇子女や貴顕の子女への知識人の奉仕という点からも、物語と無縁ではない男性としても興味深いのは、歌人で蔵書家でもあった源兼澄（九六五?～一〇二〜）である。彼は斎院次官をつとめており、異本系『長能集』の詞書には「かねずみの朝臣の家のものがたりをかりて」云々と見えている。[注36]ここでも、ほかにも類例を挙げるとすれば、藤原長家流の貴種に生まれながら父俊忠を早く亡くして諸大夫の葉室顕頼の養子となり、多くの娘を宮仕えに出した大歌人の俊成（一一一四～一二〇四）が思い浮かぶ。[注37]

では、たとえば公家の漢文日記から、結縁関係、主従関係などにもとづく奉仕の様子がうかがえるか、作り物語にかかわる新情報が得られるかというと、なかなか難しいのではなかろうか。漢文日記をじっくり読んだことのない私のきわめて乏しい経験から一例を挙げると、関白忠実の家司であった平信範『兵範記』の仁平二年（一一五二）から四年までの記事の中には、忠実女の高陽院泰子のもとでの十斎講についての記録が頻出する。仁平二年に泰子は五八歳で、一一年以前に出家しており、三年後には崩じることになる。日記により、泰子晩年の仏事三昧の日常がうかがえるが、すべて「如例」「如常」とあるばかりで、十斎日の地獄絵の絵柄など、知りたいことの詳細は不明というほかない。信範はこの時期、泰子にも熱心に奉仕しているものの、それ以前の久安五年（一一四九）十月十五日条に「女院例講如恒」、十一月十五日条に「女院阿弥陀講如例…」とあるのも十斎講と思われるが、まばらな記載から、この時点ではまだ泰子の家政に深くかかわっていなかったのであろう。

　このように、かならずしも確かな成果が得られなかったとしても、それでも関心を広げて歌人の伝記や交友関係を探ったり、漢文日記を読み込んでみたりすることは必要であると思うのである。

　次に、王朝後期物語の時代にはいって、六条斎院禖子内親王（一〇三九～九六）である。言うまでもなく、物語史においては天喜三年（一〇五五）五月五日の『六条斎院物語合』により一八篇もの物語が知られるようになったこともさりながら、『源氏物語』と併称される『狭衣物語』の作者を禖子内親王家宣旨とする古くからの伝承もあった。このうち物語歌合については、禖子内親王家の物語愛好の場合と併置して考察する神野藤氏「斎院文化圏と物語[注38]」が最新の総合的な成果であり、同時に多数の物語が登場したことをめぐって創作と享受の場の制約とあてこみなど、幾多の示唆に富む指摘をしている。

　さらに私が注目しているのは、院政期物語の時代にはいってからの二条太皇太后宮令子内親王（一〇七八～一一四四）である。『今鏡』村上の源氏・有栖川に、

> 令子内親王とて、斎院になり給ひて、後に鳥羽院の御母とて、皇后の位に立ち給ひて、大宮にあがらせ給へりき…月も見ぬにやとおぼしけるに、うちに『源氏』読みて、「賢木こそいみじけれ」、「葵はしかあり」など聞こえけり…昔の宮ばらもかくやありけむと侍りける。

とあって、まるで大斎院の御所の雰囲気を偲ばせるような挿話として有名である。そのうえ、小稿「中世物語への道[注39]」に素描したところであるが、散逸『おやこの中』の作者は二条太皇太后宮式部、散逸『心高き春宮宣旨』の作者は同大弐ではないかという可能性がある。両名とも家集を遺す歌人であったが、ほかにも私撰集などに詠歌の撰入された令子内親王家女房はおり、掘り起こされねばならない事柄は少なくないであろう。

禖子内親王や令子内親王の時代にまで降ると、作り物語の方面で奉仕する男性の歌人、知識人を考える必要はなくなってきたようにも思われなくはないが、先に述べたように、鎌倉初期に鴨長明が散逸『四季物語』を創作した可能性のあることや、俊成・定家・為家の歌道家三代の物語とのかかわりなどを念頭に置くと、なお貴女に奉仕する男性を発掘する余地は残されており、特に斎院文化圏とこれを支えていた人脈をトータルに見なおしていく必要を感じているところである。

もし余裕があれば、花の喩などの見立てや餅酒・酒飯などの合せ物の系譜とか、擬古物語（中世王朝物語）や物語草子（御伽草子）にまで降って、改作物語の出現とか、知識人のすさみごとによる物語創作とか、古典学と作り物語の関係とか、なおあれこれ考えてみたいことは尽きないが、もはや準備も時間もない。特に結びの言葉も付さないままに、終えさせていただく。

注

＊論文の初出については当該書を参照

1　いずれも三角『王朝物語の展開』若草書房、二〇〇〇年所収。

2　石川氏『古代小説史稿』パルトス社、一九五八年増訂復刻版所収。

3　今井氏『今井源衛著作集8漢詩文と平安朝文学』笠間書院、二〇〇五年所収。

4　藤井氏『物語文学成立史』東京大学出版会、一九八七年所収。

5　渡辺氏『平安朝文学と漢文世界』勉誠社、一九九一年所収。

6　神野藤氏『散逸した物語世界と物語史』若草書房、一九九八年所収。

7　漢文伝先行説に立つ雨海博洋「解説」（同氏『現代語訳対照・竹取物語』旺文社文庫、一九八五年所収）によれば、この考えは加納諸平『竹取物語考』に始まるという。

8　前引、注2書。

9　小稿「『あま人』の成立と趣向」「付論『あま人』の前後」参照。ともに三角『物語の変貌』若草書房、一九九六年所収。

10　三角『源氏物語と天台浄土教』若草書房、一九九六年所収。

11　小木氏『鎌倉時代物語の研究』東宝書房、一九六一年所収。

12　石川氏『平安時代物語文学論』笠間書院、一九七九年所収。

13　一例として片桐洋一「平安時代物語の方法」（同氏『源氏物語以前』笠間書院、二〇〇一年所収）参照。

14　『住吉物語』の研究史については吉海直人『『住吉物語』の世界』新典社、二〇一一年、研究文献目録としては同氏『住吉物語』和泉書院、一九九八年が至便である。

15　馬淵和夫・小泉弘ほか校注『三宝絵・注好選』岩波書店、一九九七年。

16　小稿「散逸物語と物語草子」参照。注9書所収。

17　小稿「散逸物語研究の現在」参照。注9書所収。

18 小稿「僧侶と説話と物語」、前引、注1書。
19 稲賀敬二「『宇津保物語』は合作か?」参照。『稲賀敬二コレクション』第二巻、笠間書院、二〇〇七年所収。
20 玉上氏『源氏物語研究』源氏物語評釈・別巻一、角川書店、一九六六年所収。
21 三谷氏『物語文学の方法Ⅰ』有精堂、一九八九年所収。
22 鈴木氏『堤中納言物語序説』桜楓社、一九八〇年所収。
23 吉岡曠編『源氏物語を中心とした論攷』笠間書院、一九七七年所収。
24 上村悦子編『論叢王朝文学』笠間書院、一九七八年所収。
25 秋山氏『王朝女流文学の形成』塙書房、一九六七年。
26 鈴木氏「女流文学の形成」(全国大学国語国文学会監修『講座日本文学・3・中古編Ⅰ』三省堂、一九六六年所収)。
27 久保朝孝編『王朝女流日記を学ぶ人のために』世界思想社、一九九六年所収。
28 山田氏『三宝絵略注』宝文館、一九五一年所収。
29 為康の著作の成立年については、五味文彦「文士と諸道の世界」(『書物の中世史』みすず書房、二〇〇三年所収)による。
30 この辺りのことについては小稿「女性の教養と幼学の書」「学問と有職故実」(三角ほか編『日本の古典――散文編』放送大学教材、日本放送出版協会、二〇〇六年所収)、河野貴美子「「文」とリテラシーの基礎」(河野氏ほか編『日本「文」学史・第一冊』勉誠出版、二〇一五年所収)など参照。
31 注6書所収。
32 稲賀氏ほか校注訳『落窪物語・堤中納言物語』日本古典文学全集、小学館、一九七二年、「思はぬ方にとまりする少将」の扉裏の解説。
33 小稿「『かはぼり』のことなど」参照。注9書所収。
34 小稿「鎌倉時代の散逸物語」参照。注9書所収。
35 注19書所収。なお注14も参照。
36 注33論文参照。

37　俊成・定家・為家の和歌師範家三代のことについては、小稿「『おやこの中』と二条太皇太后宮式部」にふれるところがある。注9書所収。

38　注6書所収。

39　注1書所収。なお、注14論文、注33論文、また樋口芳麻呂「『心高き春宮宣旨』物語」（同氏『平安・鎌倉時代散逸物語の研究』ひたく書房、一九八二年所収）を参照。

三角洋一（みすみ　よういち）　大正大学教授。専攻：日本古典文学。主著に『物語の変貌』『王朝物語の展開』（いずれも若草書房）、『堤中納言物語全訳注』（講談社学術文庫）、共著『住吉物語・とりかへばや物語』（新編日本古典文学全集、小学館）ほか。

語ることと書くこと
――モノガタリの相互作用――

津田　博幸

そして何よりもその文章には優れた音調のようなものが感じられた。声に出して読まなくても、読者はそこに深い響きを聞き取ることができた。

（村上春樹『１Ｑ８４』第19章）

一　書かれた語りと声の重層

『源氏物語』は書記言語としてしか私たちの前にない。千年前の口頭言語としてあったかもしれない語りの声を私たちが聞くことはもちろん不可能である。つまり、「語ることと書くこと」と言っても、「語ること」の方は書かれた言葉から考えるしかない。まずは、その当たり前の前提を確認しておこう。

さて、『源氏物語』は、主人公たちの身近にいて主人公たちの身の上にあった出来事を見聞した誰かが語ったことを、別の誰かが聞いて書いた、という形式をとっている。たとえば、光源氏が須磨へ流謫するく

だりには、注1

さるべき所々に、御文ばかりうち忍び給ひしにも、あはれとしのばるばかり尽くい給へるは、見どころもありぬべかりしかど、そのをりの、心地のまぎれに、はかばかしうも聞きおかずなりにけり。（「須磨」）

とあり、源氏が愛人たちに送った、「見どころ」もあるに違いなかった手紙と離別歌の数々を聞き漏らしてしまったと悔やむ語り手の言葉は、当人が源氏の身近に仕えた人物であることを強く示唆する。あるいは、末摘花が源氏と再会し、その後はそれなりに幸福な人生を送ったことを述べた末尾に、

かの（末摘花をいじめた）大弐の北の方、上りておどろき思へるさま、（末摘花を見捨てた）侍従が、うれしきものの、いましばし待ちきこえざりける心あささを、はづかしう思へるほどなどを、いますこし問はず語りもせまほしけれど、いと頭《かしら》いたう、うるさく、ものうければなむ。いままたもついであらむをりに思ひ出でて聞こゆべき、とぞ。（「蓬生」）

とあるのは、やはり語り手が末摘花の近くにいた人物であることを示唆し、同時に、末摘花の物語がその人物の「問はず語り」であったことを明らかにする。さらに、末尾の「とぞ」（「…と語った」の意）によって、その語り手の言葉を伝える書き手の存在が現し出される。ここから考えると、先に見た「須磨」の巻は、「はかばかしうも聞き置かずなりにけり」と自らの体験を語った語り手が自分で書いたともとれるし、その

語り手の話を聞いた誰かが書いたともとれる。『源氏物語』は（複数の巻を互いに参照させながら読む限り）そういう仕掛けになっている。

物語内におけるこのような語り手・書き手の露呈は、この物語がテキスト、すなわち引用の織物であることを読者に告知する。語り手は登場人物たちの言葉を引用しつつ語り、書き手は語り手の言葉を引用して書く。『源氏物語』はそのような引用の重層によって成っている。そこには、引用でない、言い換えれば、引用する他者によって汚染されていない、誰かのピュアな言葉はほぼ存在しない。右の二つの例で言えば、ピュアなのは「蓬生」末尾の「とぞ」だけである。[注2] 全ての言葉は引用であり、重層し、汚染されている。読者はそのように『源氏物語』を読まなければならない。それがこの物語のルールだ、と物語自体が読者に告げている。書かれたものとしてしか語りがありえないとは、こういう現象が物語の言葉を覆い尽くすということでもある。

周知のように、中世の『源氏物語』注釈者たちは、右の例のように露呈した語り手・書き手の言葉を「草子地」と呼んだ。[注3] 彼らは「草子地」というマークを付けることで『源氏物語』の言葉を腑分けしていったのである。そして、このことの現代的意義を発見し、高く評価したのが三谷邦明であった。三谷は「草子地」をスプリング・ボードに、彼独自の「言説分析」という方法で『源氏物語』に切り込んでいった。[注4] 「言説」とは、言葉にその言葉を発する主体が張り付いていることを含み込んで言葉を指し示す用語である。言い換えれば、ある言葉が「誰かの言葉」であると意識してとらえられるとき、その言葉は「言説」と呼ばれる。『源氏物語』の「言説分析」とは、『源氏物語』の言葉一つ一つをそれが誰の言葉なのか考えながら読む、という方法である。言うまでもなく、それは『源氏物語』という文献それ自体が読者に要求する方法である。三谷はその要求にはっきりと覚醒した研究者だったと言えよう。三谷は、しばしば「手元にある『源氏物語』の任意に開いたページを言説分析してみよう」という論文の書き方をした。なぜこんな一見ふざけたような論文の書き方ができるのか。それは、言葉の重層が『源氏物語』というテキストの構造そのものだからである。だから、『源氏物語』のテキストのどこを切り取ってきてもそれは指摘できる。三谷の奇抜な論文戦略はそのことを読者に知らしめるためであった。

三谷は、いわば『源氏物語』という織物の糸一本一本を誰が染めた糸なのか腑分けしていった。そして、その染めの中から重要な表現効果をもたらす重なり（言葉の重層の仕方）の型を見つけ出した。三谷の発見した重要な型は次の二つに分けられる。

自由直接言説＝語り手が登場人物の知覚や思念に同化し、読者をも同化に誘う表現。

自由間接言説＝一つの文章から読者が登場人物の一人称的叙述の声と語り手の三人称的叙述の声を同時に（二声的に）読み取ってしまう表現。

例を挙げてみよう。以下は、『源氏物語』「空蟬」の光源氏が空蟬と軒端荻を垣間見する場面である。〈　〉は心内語、点線部は自由間接言説、波線部は言説分析の際の注目箇所を示す。

火近うともしたり。〈母屋《もや》の中柱《なかばしら》にそばめる人やわが心かくる〉と、まづ目とどめたまへば、濃き綾《あや》の単衣襲《ひとへがさね》なめり。

波線部の敬語には語り手が登場人物（ここは源氏）を客観的に描写していることを示す効果がある。言い換えれば語り手と登場人物との隔たり（同化していないこと）を表出している。続く、点線部「濃き綾の単衣襲なめり」は光源氏が心内で推定する（「…めり」）心内語とも地の文（語り手による描写）ともとれる。つまり、読者は二つの〈声〉を同時に聞き取れる。これが自由間接言説である。もし、「〈濃き綾の単衣襲なめり〉と見たまふ」とでもあれば、〈 〉は源氏の〈声〉、波線部は語り手の〈声〉に限定され、〈声〉の重層は起こらない。

同じ場面、少し後の描写にはこうある。傍線部・波線部が注目箇所である。

髪はいとふさやかにて、長くはあらねど、下がり端《ば》、肩のほどきよげに、すべてねぢけたる所なく、をかしげなる人なりと見えたり。〈むべこそ親の世になくは思ふらめ〉と、をかしく見給ふ。〈心地ぞ、なほ静かなるけを添へばや〉とふと見ゆる。

「髪はいとふさやかにて…」から「をかしげなる人なりと見えたり」までは、「見えたり」と結ぶことで、視覚の主体と、その見えたものを描写する〈声〉の主体に登場人物（源氏）と語り手が重なり、さらに読者もその同化に引き込まれるという効果がある。これが自由直接言説である。もし結びが「見えたり」ではなく「見たまふ」とあれば視覚の主体は源氏、〈声〉は語り手と限定されるが、そうではなく「見えたり」と書くことによって同化すべき文であることが提示される。

「…と、をかしく見たまふ」は地の文（語り手の単声）に戻るマークである。逆に言えば、この結びがあるから直前の「むべこそ親の世になくは思ふらめ」は源氏の〈声〉として限定される。直後の「〈心地ぞ…」からは再び自由直接言説である。

このように、自由間接言説・自由直接言説であることは文末の表現に敬語を用いないことによって事後的に示される。

もう一例挙げてみよう。三谷がしばしば言及した例、『源氏物語』「明石」の光源氏の描写である。

> のどやかなる夕月夜に、海の上くもりなく見えわたれるも、住み馴れ給ひし故郷《ふるさと》の池水に、思ひまがへられ給ふに、言はむ方なく恋しきこと、いづ方となく行くゑなき心地し給ひて、ただ目の前に見やらるるは、淡路島なりけり。

三谷によれば、点線部「淡路島なりけり」が自由間接言説である。末尾の「けり」は、光源氏の言葉として読めば現在の詠嘆（淡路島なのだなあ）、語り手の言葉として読めば過去の回想（淡路島であった）と解される。[注5] そのように指摘した上で、三谷は、こういった重層表現を読むとき、読者はどちらか一方の解釈を排他的に選択すべきでなく、二つの〈声〉を同時に聞き取るべきなのだとする。そして、そのように二つの〈声〉を聞き取ることは、日常的な、特に口頭言語の言語体験としては「狂気」であるが、そのような「狂気」を体験できるところに文学の価値はあるのだとする、彼独自の文学価値論へとつなげてゆく。

さて、三谷は右のことを述べながら、プリンス『物語論辞典』を参照し、これはヨーロッパの近代小説で

「二声仮説」と呼ばれる書き方／読み方に相当するとも指摘している（「仮説」という呼び方は、『物語論辞典』がこのような考え方を不安定視していることを示す）。右の例で言えば、「淡路島なりけり」という言葉を、光源氏の「声」と語り手の「声」の重層としてとらえる、ということである。

日常の現象としての声は必ず特定の誰かの身体から発せられる。言い換えれば、声は物理的に誰か一人に所属している。この点からすると、「淡路島なりけり」という一つの声が光源氏と語り手の二人に同時に所属することはありえない。だから、三谷がここに「二声」を聞き取るのはあくまで書記言語の意味の圏域においてである。読者が書かれた文字列を言葉／意味として受け取るその瞬間に二人の「声」が重層する。その意味で、三谷が「二声」と言うときの「声」は譬喩である。本稿では、すでにそうしているが、このような声を〈声〉と表記しよう。もし千年前の語り手の現実の声を聞くことができたとしてもそれは一つの声である。しかし、書かれた語りからはわれわれは重層した〈声〉を聞き取ることができる。語りが書かれることによって新たに開かれた世界がここにはあるのである。[注6]

二　祭祀の時空と物語の言語

『源氏物語』のような仮名文は文字と声との密着度（文字を読み上げて音声に還元する際の文字の透明度）が高いメディアで、だからこそ〈声〉が意識され、書かれた語りの中で多声表現が際立つとも言えよう。では、仮名文以前の日本で書かれた漢文や漢字文（漢文への翻訳ではなく、漢字を用いて日本語を書記した文章[注7]）ではどうだったのだろう。以下、本稿では仮名文と漢文・漢字文の間を架橋しながら考えてゆきたい。

三谷邦明は、前節で見たような重層的言説のもたらすテキスト内の時空は古代祭祀のそれ（神憑り）と近似するが、祭祀の時空からその神憑り的（多声的）性質を引きずったまま、書記によって言葉が自立したのが物語だ、と言っている。[注8] まず、手始めに漢文・漢字文のテキストが描き出す祭祀の時空を取り上げてみよう。

『源氏物語』から三百年ほど遡る『古事記』中巻・仲哀天皇記に次のような託宣場面がある。この場面を言説分析してみよう。なお、『古事記』は漢字文のテキストだが、ここは読者の便をはかって書き下し文で示す。

天皇が熊襲《くまそ》国の討とうとしていたとき、「帰神」（神がかり）の能力をもつ太后・息長帯比売命《おきながたらしひめのみこと》に神が憑依して、「西の方に国（新羅のこと）有り。金銀を本《もと》と為《し》て、目の炎耀《かかや》く、種種《くさぐさ》の珍しき宝、多《あま》た其の国に在り。吾今其の国を帰《よ》せ賜はむ」と託宣をした。[注9]「私（神）が新羅をあなた（天皇）に与えよう」との趣旨の託宣である。しかし、天皇は「高い所に登ってもそんな国は見えない」と言って、神の言葉を信じようとしなかった。神は怒って、「茲《こ》の天《あめ》の下は汝の知るべき国に非《あら》ず」と宣し、天皇を殺してしまう。残された太后と大臣・建内宿禰《たけうちのすくね》は、驚き怖じて、天皇の葬儀を行い、大祓をしてから、再び「神の命《みこと》」（神の言葉）を請う。神は「凡そ此の国は汝命《ながみこと》（＝太后）の御腹に坐《いま》す御子の知らさむ国ぞ」、その子は「男子ぞ」と教えさとす。

神かがりしての託宣というのはすでに〈声〉が重層している。この場合は神の〈声〉と憑依されている太后の〈声〉が重なっているわけだが、この物語はさらに次のように展開する。神との問答役の建内宿禰が神の名を尋ねたときのやりとりである（〈　〉内は小字二行書きの自注。なお、引用に際して注を省略したところがある）。

爾《しか》くして具《つぶ》さに請《こ》はく、「今如此《かく》言教《ことをし》ふる大神は、其《そ》の御名《みな》を知らむと欲《おも》ふ」とこふに、即ち答へて詔《の》りたまひしく、「是は天照大神の御心ぞ。亦《また》、底筒男《そこつつのを》・中《なか》筒男・上《うは》筒男の三柱《みはしら》の大神ぞ。〈此の時に其の三柱の大神の御名は顕れき。〉今寔《まこと》に其の国を求めむと思ほさば、天神地祇《あまつかみくにつかみ》と、亦、山神と河海の諸《もろもろ》の神とに、悉《ことごと》く幣帛《みてぐら》を奉《まつ》り、我が御魂《みたま》を船の上に坐《いま》せて、真木《まき》の灰を瓠《ひさご》に納《い》れ、亦、箸と比羅伝《ひらで》とを多《あま》た作りて、皆皆大き海に散らし浮けて度《わた》るべし」とのりたまひき。

原文で「言教之大神」と書かれている。言葉で教えてくれる大神の意で、先に「吾今其の国を帰《よ》せ賜はむ」と託宣した「吾」でもある。だが、その神は一神ではなかった。まず、教えているのは「天照大神の御心」だと明かされ、それに加えて、底筒男・中筒男・上筒男という住吉大社に祭られる三神も「言教」をしていたというのである。つまり、先の託宣の言葉「吾今其の国を帰《よ》せ賜はむ」の「吾」は四柱の神の一人称だった。〈声〉について言えば、教えの言葉には四神の〈声〉の重層が想定されていた、ということになる。

ただし、より詳しく見ると事態はもう少し複雑である。建内宿禰の問いに対して、神の言葉は「是は天照大神の御心ぞ」と最初に答えている。この答え方は『古事記』に先例がある。中巻・崇神天皇記で、国内に「役病《えやみ》」が多発することに愁え嘆いた天皇が「神牀《かむどこ》」に休んだ夜、大物主神が天皇の夢に現れて「是は我が御心ぞ」（疫病を起こしているのは私の御心だ、の意。「御心」は神の自敬表現）と告げたという記事がそれである。大物主神の言葉「是は我が御心ぞ」は、明らかに大物主神自身が語る言葉（一人称的表現）であるとわかる。これを踏まえると、「是は天照大神の御心ぞ」は三人称の表現で、天照大神自身が語った言葉ではないことを示した表現である可能性がある。一方、続く「底筒男・中筒男・上筒男の三柱の大神ぞ」では「御心」とは言われていない。つまり、おおもとに「天照大神の御心」があり、それにもとづいて底筒男・中筒男・上筒男三神の言葉が発せられていると解することも可能である。[注10]

右の託宣では終わりに、神が新羅遠征の渡海の方法を教え、「我が御魂を船の上に坐《いま》せ」と指示をする。この「我が御魂」とは、後続の記事から底筒男・中筒男・上筒男の三神である可能性が高い。後続記事に、教えられた通りに船団を仕立てて海を渡ると「海原の魚、大き小さきを問はず、悉く御船を負ひて渡りき。爾くして順風大きに起り、御船浪に従ひき」という状態で、あっという間に新羅に到着して征服、国王を降伏させたとあり、最後に、「其の御杖を以て、新羅の国主の門に衝き立てて、即ち墨江大神の荒御魂を以て、国守《くにもり》の神と為て祭り鎮めて、還り渡りき」とある。「墨江大神」は底筒男・中筒男・上筒男三神を指す。[注11]つまり、三神の「御魂」は軍船に乗せられて新羅まで遠征していた。よって、「我が御魂を船の上に坐《いま》せ」の「我が御魂」はこの三神の「御魂」を指していた、ということになる。この三神は生まれたときの事情からして海に縁の深い神である。だから、船は魚たちと風に送られてまたたく間に新羅へ到達し、かつ、三神の「荒御魂」を新羅に祭り鎮めて「国守」とすることができた、ということだろう。

「我が御魂」が墨江三神の「御魂」だとすると、右に見てきた名のりとそれに続く言葉は直接的には三神の言葉で、「天照大神の御心」はその背後にあって三神の言葉を支えていたととるのが妥当であろうか。その場合、この三神はいわば三位一体の神なので、〈声〉の複数性はあまり明瞭ではない。

しかし、この物語に見える託宣が全て墨江三神の〈声〉かと言うと、やはり、そうとるには無理がある。

この物語の託宣には新羅征服に関わるものと皇位継承に関わるものがある。後者は、仲哀天皇に死を宣告した「茲の天の下は汝（仲哀天皇）の知るべき国に非ず」、「凡そ此の国は汝命の御腹に坐す御子（応神天皇）の知らさむ国ぞ」、（太后の腹の子は）「男子ぞ」などである。おそらく、これらは（名のり以降の）墨江三神の新羅遠征関係の言葉とは性質を異にし、言説主体の中心は「天照大神の御心」、つまり、これらの言葉には天照大神の〈声〉がかなりはっきりと響いていると解す方が自然である。天皇に死を宣告したり、次の天皇を指名したりというのは、墨江三神には荷が勝ち過ぎるからである。よって、一連の託宣が全て墨江三神の〈声〉で天照大神の〈声〉が含まれていなかったと解することもできない。

結局、この物語の中で単に太后の口を通して発せられたとしか描写されていない言葉には、複数の神の〈声〉が含まれ、いくぶん曖昧に重層しているとやはり解すべきなのである。

以上見てきたのは、『古事記』という漢字文のテキストが描き出した祭祀の時空である。本節の最初に触れたように、三谷邦明は、祭祀の神憑り的多声性が書記によって言葉として自立するとしていたが、早く、『古事記』は多声的な世界として祭祀の時空を描き出していた。そして、それはもちろん、漢字文の書記によって現実の祭祀から自立した、あるいは、自立できた世界だったのである。

さて、『古事記』の八年後に成った『日本書紀』の巻九・神功皇后摂政前紀にも同趣の場面があるが（神功皇后は『古事記』の太后・息長帯比売命と同一人物）、そこではまた別の問題が浮かび上がる。続けて検討してみよう。[注12] なお、『日本書紀』は正格漢文のテキストであるが、ここは書き下し文で示す。

皇后、吉日を選ひて、斎宮に入り、親《みづか》ら神主と為《な》りたまひ、則ち武内宿禰《たけうちのすくね》に命《おほ》せて琴撫《ひ》かしめ、中臣《なかとみの》烏賊津使王《いかつのおみ》を喚《め》して、審神者《さには》としたまふ。（中略）請ひて曰《まを》さく、「先の日に天皇に教へたまひしは誰《いづれ》の神ぞ。願はくは其の名を知らむ」とまをしたまふ。七日七夜に逮《いた》りて、乃ち答へて曰はく、「神風の伊勢国の百伝《ももづた》ふ度逢県《わたらひのあがた》の拆鈴《さくすず》五十鈴《いすずの》宮に居《ま》す神、名は撞賢木厳之御魂天疎向津媛命《つきさかきいつのみたまあまざかるむかつひめのみこと》ぞ」とのたまふ。亦《また》問ひまをさく、「是の神を除《お》きて復《また》神有《ま》すや」と。答へて曰はく、「幡荻穂《はたすすき》に出でし吾や、尾田《おだ》の吾《あが》田節《たふし》の淡郡《あはのこほり》に居す神有り」と。問ひまをさく、「亦有すや」と。答へて曰はく、「天事代虚事代玉籤《あめにことしろそらにことしろたまくし》入彦厳《いりびこいつ》之《の》事代神《ことしろのかみ》有り」と。問ひまをさく、「亦有すや」と。答へて曰はく、「有ること無きこと知らず」と。是に、審神者の曰さく、「今答へたまはずして更《また》後に言ふこと有しますや」と。則ち対《こた》へて曰はく、「日向国の橘《たちばなの》小門《をど》の水底《みなそこ》に居《ま》して、水葉《みなは》も稚《わかや》けく出で居す神、名は表筒男・中筒男・底筒男の神有り」と。問ひまをさく、「亦有すや」と。答へて曰はく、「有ること無きこと知らず」と。遂に且《また》神有りとも言はず。時に神語《かむごと》を得て、教への随《まにま》に祭る。然して後に、吉備臣の祖鴨別《かもわけ》を遣して、熊襲国を撃たしめたまふ。未だ浹辰《せふしん》も経なくに、自《おの》づからに服《したが》ひぬ。

皇后と武内宿禰に加えて中臣烏賊津使王が「審神者」（神との問答役）として登場すること、名のる神が六柱に増えていること、征服するのが熊襲国であることなどが『古事記』と異なるが、趣向は同じである。なお、最初に名のった「撞賢木厳之御魂天疎向津媛命」は後続の記事から天照大神の「荒魂」の名と考えられる。[注13]

注目すべきは二つの傍線箇所で、天皇に教えた神（仲哀天皇を殺した神でもある）は「亦有すや」（他にもいらっしゃいますか）との「審神者」の問いに、「有ること無きこと知らず」と誰かが答えていることである。

『古事記』にはなかった要素である。これは誰の〈声〉なのだろうか。皇后に取り憑いている神々のいずれかの〈声〉だとすると、憑依している神が自分の周りを見渡して、「他に何の神が取り憑いているかはわからない」と自分は名のらずに答えている、という図になる。しかし、それは複雑に過ぎる図だろう。あるいは、まだ名のっていない神が自分で「自分がいるかいないかわからない」と発言したのだろうか。これも不自然だ。では、誰の〈声〉か。もし誰か〈声〉の主（言説主体）がありうるとすれば、「神主」となって神々に憑依されている皇后ではないだろうか。憑依した神々が話していたはずなのに、憑依された「神主」の言葉が露呈したのである。『源氏物語』で言えば、登場人物の動きを説明し、その言葉を引用していた語り手の通常は透明であるはずの姿、つまりは〈声〉が露呈する草子地に相当すると言えよう。

『古事記』『日本書紀』は神がかりによって伝えられる託宣の言葉の多声性を描き出している。さらに、『日本書紀』は託宣の言葉に被憑依者の言葉も紛れ込んでくることを描いている。そこには、誰かが誰かの語った言葉を引用しながら書く物語の構造がすでにそのまま現れていたのである。

三　『古事記』の文体と言説分析

託宣の言葉のような重層構造をテキストとしての『古事記』に見ることはできるだろうか。言い換えると、書かれたテキストである『古事記』から複数の〈声〉を聞き取ることはできるだろうか。以下、この問題について考えてみたい。その前に、やや迂遠ではあるが、外せない前提でもあるので、『古事記』の冒頭部分を例に、その「読み方」を確認しておく。

『古事記』を読むとは、まず第一に以下のような文字列を腑分けしてゆくことである。原文のまま、句読点等の記号を付さずに示す。――なお、当然のことながら、書記《エクリチュール》の解読の進行は言語の線条性に拘束されない。それは古代人が読んでも現代人が読んでも同じことである。

天地初発之時於高天原成神名天之御中主神訓高下天云阿麻下效此次高御産巣日神次神産巣日神此三柱神者並独神成坐而隠身也次国稚如浮脂而久羅下那州多蛇用弊流之時流字以上十字以音

一見してわかるのは、この、句読点も何もなしにただ漢字を書き連ねただけの文字列は、まず構成を読み取ること（文・語句の腑分け）が読者の課題だということである。その際、視覚的に第一の手かがりとなるのは、小字二行書きの注である。筆録者・太安万侶は自作の「序」で「辞理の見え叵《がた》きは注を以ちて明かし」た（文意がわかりにくところには注を付けて明確にした）と自ら断っている。『古事記』を（現行の真福寺本のように）「序」と合わせて、「序」から読み始めるならば、まずこの小字の注が筆録者・安万侶のガイドの〈声〉として読者に感得されるわけだ。

最初の注「『高下』の『天』を訓《よ》みて『阿麻《あま》』と云ふ。下《しも》、此《これ》に效《なら》へ」は、この注以前に三箇所見える「天」の字（「天地」「高天原」「天之御中主」）の内、「高天原」の「天」（「高下」の「天」）だけを「あま」と訓みせよ、との指示である（残り二つの「天」は「あめ」と訓む）。これは、「高天原」の「天」が結合形式（下接する語と熟合した形）の「あま」で、「高天原」は「天原」がひとまとまりで、それに修飾語としての「高」が付いた語だということを示した注だと考えられる。[注14] 現代日本語でも「あめ」（雨）と「かさ」（傘）

が合わさって熟語になると「あまがさ」になるが、この注は、たとえば、「大雨傘」という表現があったとして、それは「雨傘」に修飾語の「大」が付いた言葉だと注しているようなものである。そのようにして、安万侶は「辞理」を明らかにしているわけである。二番目の注は「久羅下那州多蛇用弊流」の「流」から上の十字を音読みして、「くらげなすただよへる」と解釈せよとの指示である。この二つの注は、文脈上小休止を入れて解読すべき位置に置かれている。つまり、『古事記』の注（安万侶の〈声〉）は、それぞれの箇所の文意理解の手助けになると同時に、位置によっては現代日本語の書記法の句読点に相当する効果ももっていると考えられる。[注15]

「序」によれば、『古事記』は、天武天皇が「撰録」（正しい伝えを選び）「討覈」（修正）した文書を舎人・稗田阿礼に「誦習」（文意が正しく伝わる読み方を記憶）させた、その阿礼の声をもとに、その声を反映させて安万侶が文書として整えたものである。だから、「高天原」の「天」を「あま」と訓むことは阿礼の声の反映でもあり、それは「高天原」の語義を正しく伝える読み方だ、ということになる。先ほど、注は安万侶の〈声〉だと述べたが、「序」も含めて『古事記』を読むならば、それは阿礼の〈声〉と安万侶の〈声〉が重層したものだとも言えよう。この阿礼と安万侶の関係は『源氏物語』の物語内の語り手と書き手の関係に類似する。

さて、『古事記』の書記の腑分けに戻ろう。『古事記』の文体は、右で検討した注もそうであるが、大部分は漢文法に拠らないと読めない文体である（ただし、注の付いていた「久羅下那州多蛇用弊流」で端的にわかるように、全体を漢文として読むこともできない）。大字本文の冒頭箇所にも漢文法で語と語の関係を示す字が用いられている。傍点を付けて示すと以下のようになる。

天地初発之、時、於高天原成神名天之、御中主神訓高下天云阿麻下效此次高御産巣日神次神産巣日神此三柱神者、並独神成坐而隠身也次国稚、如浮脂而久羅下那州多蛇用弊流之、時流字以上十字以音

論者によって見方は細かくわかれるだろうが、概略を示す。はじめの二箇所の「之」は修飾語を名詞につなぐ（日本語の「の」に相当）。これに対して、「多蛇用弊流之、時」の「之」は、漢文法では稀用のようだが、動詞句を名詞につないでいる。その上の「多蛇用弊流」（漂へる）は日本語の連体形（名詞にかかる形）であるから、そもそも下の名詞「時」にかかることは明白なはずだが「之」を加えている。どういう判断が働いているのか不明である。「於」は動作の行われる場所を示す。「者」は上の語が話題のテーマ（大雑把に言うと主語）であることを示す。「如」は下接する「浮脂」が「国稚」の譬喩であることを示す。これらの内、「於高天原」「如浮、脂」は下接する語から返って「於」「如」を解さないと日本語として意味を成さない。また、「天地初発之、時」「多蛇用弊流之、時」の「之」は不読であったと考えられる。つまり、日本語の表記としては、語の表示ではなく語と語の関係を示す記号としての役割しかもたない字である。以上は、読者が漢文法を知らなければ読めない書き方である。

次に、広い意味で文の構成を示す字に注目してみる。四角で囲って示す。

天地初発之、時、於高天原成神名天之、御中主神訓高下天云阿麻下效此[次]高御産巣日神[次]神産巣日神此三柱神者、並独神成坐[而]隠身[也][次]国稚、如浮脂[而]久羅下那州多蛇用弊流之、時流字以上十字以音

「次」は継起順を示す。前半は「次…神」という単位が二回続くことで、この部分の構成が読み取れよう。後半は、冒頭の「天地初発之時」に呼応して「次…多蛇用弊流之時」があると読み取ることが期待されていよう。「而」は連続する動作と動作（連続する述部）の切れ目（小休止）を示す。「也」は「者」と呼応して文の終わりを示す。これらも読解には漢文法の知識が必要である。

以上の指標によってこの部分に区切りを入れるとこうなる。

天地初発之時、　於高天原、　成神名天之御中主神 訓高下天云阿麻下效此　次高御産巣日神　次神産巣日神　此三柱神者、
並独神成坐而　隠身也　次国稚如浮脂而、　久羅下那州多蛇用弊流之時、 流字以上十字以音

ここまで腑分けができるとだいぶ文意が読み取りやすくなる。『古事記』の（全て借音仮名で書かれた）歌謡以外の部分はおおむねこのように書かれている。注を除いて書き下し文で示すとこうなる（「発」の訓は諸説があるが、ひとまず新編日本古典文学全集に従っておく）。

天地初めて発《あらは》れし時、高天原に成りし神の名は、天之御中主神。次に高御産巣日神。次に神産巣日神。此の三柱の神は、並独神と成り坐して、身を隠しき。次に国稚く浮ける脂の如くして、くらげなすただよへる時

このように書き下し文に直してしまうとまるで古代の語り手が語った日本語のようである。現に本居宣長はこういう「日本語」、あるいは稗田阿礼の肉声が『古事記』の書記言語の向こう側に存在していると信じてやまなかった。しかし、『古事記』の原文、書記テキストとしての『古事記』それ自体には、こうした〈声〉にはならない中国語（不読だが意味のある文字など）が混在している。それが『古事記』の言語の実態なのである。われわれはまずはそこに踏みとどまって考えるべきであろう。

四　『古事記』の会話引用形式

さて、以上のような腑分けの手がかりを確認した上で、今度は『古事記』の物語内キャラクターたちの〈声〉について考えてみたい。具体的には会話引用箇所について検討することになる。『古事記』で会話文が最初に現れる箇所を、やや長いが厭わずに検討してみる。今度は会話文がどのように書かれているか、より具体的には、どのような指標で地の文から識別されるかに注目する。会話文または心内語を導く語句（引用開始マーク）に傍線、引用終わりに置かれた言表行為を意味する語句に二重傍線、継起順や場面転換を示す語句に波線を施し、会話文は「　」、心内語は〈　〉に入れて示す。

於是天神諸命以詔伊邪那岐命伊邪那美命二柱神「修理固成是多陀用弊流之国」賜天沼矛而言依賜也故二柱神立訓立云多多志天浮橋而指下其沼矛以画者塩許々袁々呂々迩此七字以音画鳴訓鳴云那志而引上時自其矛末垂落塩之累積成島是淤能碁呂島自淤以下四字以音於其島天降坐而見立天之御柱見立八尋殿於是問其妹伊邪那美命曰「汝身者如何成」

答白「吾身者成成不成合処一処在」爾伊邪那岐命詔「我身者成成而成余処一処在故以此吾身成余処刺塞汝身不成合処而以為〈生成国土〉生奈何」訓生云宇牟下效此伊邪那美命答曰「然善」爾伊邪那岐命詔「然者吾与汝行廻逢是天之御柱而為美斗能麻具波比」此七字以音如此之期乃詔「汝者自右廻逢我者自左廻逢」約竟廻時伊邪那美命先言「阿那迩夜志愛上袁登古袁」此十字以音下效此後伊邪那岐命言「阿那迩夜志愛上袁登売袁」各言竟之後告其妹曰「女人先言不良」雖然久美度迩此四字以音興而生子水蛭子此子者入葦船而流去次生淡嶋是亦不入子之例於是二柱神議云「今吾所生之子不良猶宜白天神之御所」即共參上請天神之命爾天神之命以布斗麻迩爾上此五字以音ト相而詔之「因女先言而不良亦還降改言」故爾反降更往廻其天之御柱如先於是伊邪那岐命先言「阿那迩夜志愛袁登売袁」後妹伊邪那美命言「阿那迩夜志愛袁登古袁」如此言竟而御合生子淡道之穂之狭別島

会話文・心内語引用はその始まりにマークとなる言表行為を表す語句（命以詔・曰・答白・詔・以為・言・曰・議云・詔之など）が置かれ、それらの字義さえ理解できればおおむね明確である。[注16] このように引用開始が明示的であることは、『古事記』全体を通して言える。筆者の調査では、開始マークをもたない『古事記』の会話文は三例のみである。[注17] なお、

問其妹伊邪那美命曰「汝身者如何成」（其の妹伊邪那美命に問ひて曰く「…」）

告其妹曰「女人先言不良」（其の妹に告げて曰く「…」）

は、言表行為を表す「問」「告」の後に目的語（聞き手）が置かれ、続けて引用開始を示す「曰」が置かれ

ている。冒頭の、

天神諸命以詔伊邪那岐命伊邪那美命二柱神「修理固成是多陀用弊流之国」賜天沼矛而言依賜也

もこのパターンで「伊邪那岐命伊邪那美命二柱神」を天神の命を聞かせる相手ととる、つまり、「伊邪那岐命・伊邪那美命二柱の神に詔《の》りたまはく『…』と」の意にとるのが通説である。[注18]

引用開始マークとなる言表行為語はさまざまに使い分けられていて、それぞれ引用部の内容をあらかじめ読者に示唆する機能を果たしている。たとえば、

問其妹伊邪那美命曰「汝身者如何成」答白「吾身者成成不成合処一処在」

の「答白」は妹イザナミが兄の問いに対して、ただ答えたのではなく「ありのままに答えた」ことを示している（「白」は「白状」「自白」の「白」）。自分の性器の様子について答えるのだから、「ありのままに答えた」言葉であるというのはよくわかる。

これを言説分析の観点から言うならば、物語内キャラクターの言葉がすでに書き手によって汚染されている、ということでもある。なお、これらの言表行為語には、漢語の用法には還元できない『古事記』独自の語義・用法があるとも言われている。[注19] しかし、本稿ではその問題は追及しない。

もう一つ、右を観察して言説分析の問題として言えることは、『古事記』の地の文では会話文・心内語の

引用開始マークと同時にその言説主体も明示的である、ということである。右に引いた箇所の会話文・心内語で言説主体が曖昧な例はない。『古事記』全体を調査してもこのことは同じである。

三谷邦明が指摘した自由直接言説・自由間接言説という読み手に言説主体の重層を感じさせる表現は、そもそも会話文や心内語、あるいは誰かの知覚を表す表現の始まりに言説や知覚の主体が明示されず、事後的な指標、つまり引用の終わりを示す「と」に続く表現に敬語が用いられるか否かという指標によって主体が示されるという『源氏物語』の文体に負うところが大きい。これは、前に見た『古事記』『日本書紀』の託宣場面で、託宣の言葉がいずれの神の言葉であるかが事後的に神の名のりによって明かされることとも、文体の問題ではないが、現象としては共通している。要するに、始めに言葉ありき。主体は後からやってくる、ということが言えた。これらに対して、『古事記』の文体はその真逆である。

一般に漢文の文体では会話文や心内語の引用の前に「〇〇曰」などの形で言説主体と引用開始が明示され、逆に引用終わりには明示的マークがない。このことは、四書五経の注釈書類を読んでいるとよく実感できるし、読者はそれによって苦労させられる。では、漢字を用いて日本語として読めるように書かれたエクリチュール（漢字文）である『古事記』はどうだろうか。

あらかじめ結論を言えば、『古事記』は引用の始めだけでなく、終わりも読者にわかりやすいよう書き方の工夫がされていると考えられる。このことについてはすでに指摘があり、中でも山口康子の研究が有益である。[注20] 以下、山口説を参照しつつ、右に引いた箇所の会話文の終わりを示す指標について分析してみる。

まず、最初の天神の言葉の終わりは必ずしも明確でないと解するべきだろう。

修理固成是多陀用弊流之国賜天沼矛而言依賜也

とあるが、まず、「是多陀用弊流之国」がひとまとまりで「修理固成」の目的語であるととらえ、その上で、「賜天沼矛而言依賜也」を「而」と「也」を手がかりに「賜天沼矛」「言依賜」との二つの連続する行為に分解し、かつ、「言依賜」が天神の言表行為を表していると理解できると、「賜天沼矛」も天神の行為を表す地の文だと了解される。つまり、「『是《こ》のただよへる国を修め理《つく》り固め為《な》せ』と天の沼矛《ぬほこ》を賜ひて言依《ことよ》せ賜ひき」と解することになるが、かなり難しい。

ただし、それ以降の会話引用の終わりには一定のパターンが看取される。パターン別に説明しよう。

第一。会話引用の後に、言表行為を表す語を置く。右の引用中では、

乃詔「　」約竟廻時　　伊邪那岐命言「阿那迩夜志愛上袁登売袁」各言竟之後

がこれに相当する。ただし、この二例に関しては留保すべき点があるので（後述）、まず、より典型的な例で考えよう。『古事記』上巻の他所から典型例を挙げる。

①天照大御神者登賀米受而告「如屎酔而吐散登許曽此三字以音我那勢之命為如此又離田之阿埋溝者地矣阿多良斯登許曽自阿以下七字以音我那勢之命為如此」登此一字以音詔雖直猶其悪態不止而転。

②天若日子之父亦其妻皆哭云「我子者不死有祁理此二字以音下效此我君者不死坐祁理」云

①では、会話文の引用箇所を「告」と「登…詔」で挟み込んで示している。「登」は借音仮名で、引用の終わりを示す日本語「と」の表記だが、この終わりの「と」を書く例は『古事記』ではこれのみである。②は、「云」と「云」で会話文を挟み込んでいる。山口論文はこのタイプを引用開始マークと合わせて「双括引用形式」（引用の始めと終わりを言表行為表現で括る形式）と呼ぶ。訓読するなら、「いわく『　』といふ」等になることが予想される型である。

本居宣長は『古事記伝』一之巻「訓法の事」で、これについて以下のように述べた。[注21]

> 凡て詔ハク云々、曰ク云々、白サク云々などとある文を訓ムには、先ズ初メに詔曰《ノリタマハクイハク》とよみて、その云々の語の終リに、又ふたゝび、登能理多麻布《トノリタマフ》、登伊幣理《トイヘリ》、登麻袁須《トマヲス》、などと云フ辞を訓附《ヨミツク》るぞ古語の格《サダマリ》なる、古書は皆漢文格《カラブミザマ》に書る故に、終リには其ノ字を置《オカ》ざれども、古語のまゝに書る物には、皆此ノ辞あり

右で「古書」と「古語」は区別されており、「古語」は古態の口頭言語を指すと解される。そして、双括引用は「古語」の形式だとし、『古事記』の訓読では右の二例のように明示的に表記されていない場合でも、引用終わりの表現を補って双括引用形式に還元して訓むべきだとしたのである。たとえば、「伊邪那美命答曰『然善』」は「いざなみの命の答へて言ひしく『然、善し』といひき」と、原文には書かれていない「といひき」を補って訓読するということである。この説は現代でも通説で、現行の『古事記』注釈書も終

わりの表現を補読した書き下し文を提示している。

しかし、書記テキストとしての『古事記』には、この双括方式はそれほど多くは用いられていない。つまり、右の①②のようにわざわざ書かれている例は少ない。山口論文の計数に拠れば全会話引用三三一例の内二二例にとどまる。[注22] このことは、そもそも宣長説のように全ての会話文の引用終わりに「…といふ」云々を補読することを書記言語としての『古事記』が求めていると言えるのか、という素朴な疑問を生む。先に留保した、

乃詔「　」約竟廻時伊邪那岐命言「阿那迩夜志愛上袁登売袁」各言竟之後

であるが、[注23] これらを現代の注釈書は宣長方式で訓読している。新編日本古典文学全集の説で示すと、それぞれ「乃ち詔《のりたま》ひしく『　』とのりたまひき。約《ちぎ》り竟《をは》りて廻《めぐ》りし時」「伊邪那岐命言ひしく『　』といひき。各《おのおの》言ひ竟りし後」となる（傍線部は補読）。訓読としては穏当な説だろう。しかし、このような訓読以前に、そもそも視覚的に引用終わりを示す効果が、言表行為を表す「約竟」「各言竟」にあることもまちがいないのである。[注24] 冒頭の天神の言葉も大きく見るとこの形式で、「天神諸命以詔～『…』～言依賜也」と挟み込まれているととらえることが可能だが、間（～部）に「伊邪那岐命伊邪那美命二柱神」と「賜天沼矛而」が挿入されたため読み取りにくくなったとも言えよう。

さて、第二の型は、会話文を受ける指示語を置くものである。

「」如此之期　「」如此言竟而

がこれに相当する。第三の型は、引用直後に接続詞や継起順を示す語を置く。以下の例である。

「」爾伊邪那岐命詔　「」爾伊邪那岐命詔　「」後伊邪那岐命言

「」後妹伊邪那美命言　「」雖然久美度迩　「」即共参上　「」故爾反降

第四の型は、引用直後に次の引用開始マークがある（発話主体を挿入する場合もある）。短い問答が続く形である。山口論文はこれを「連続形式」と呼ぶ。以下の例である。

「」答白「」　「」伊邪那美命答曰「」

なお、会話引用の直下に置かれた注も、先述のように切れ目を視覚的に示す効果をもっているので、これらのマークとの合わせ技になっている可能性があろう。

以上、便宜的に四パターンに分類して提示したが、本稿の目的はその分類法を追求することにはない。重要なのは、右に引用した『古事記』冒頭の原文は引用の始めと終わりを読者に感得させるマークがきわめて明確だということである。このことは『古事記』全体を調査しても普遍的な現象として指摘できる。その点で『古事記』の文体は『源氏物語』などの文体とは明らかに異なっている。山口論文も以下のように指摘する。

『古事記』においても少なからぬ会話文が引用されているが、平安和文にまま見られるような、地の文と会話文の融合、もしくは、会話文と心話文あるいは消息文との判別の曖昧さなどは、ほとんど見出すことができない。

さらに、山口は『古事記』の言語と「平安和文」との間には「根本的な違い」があり、『古事記』には物語内の「音声化された言語を重視し、地の文と峻別する姿勢がうかがえる」とする。そして、そのような「峻別」の動機を推察してこう述べる。

> 直接叙法の意味は、音声化された言葉のそのままの記載にある。音声化された言語は単に心中に思惟された無形の言語とは違い、ことばと呼ぶに足る形をそなえた言語・力を持った言語なのである。それをそのままの形で記しとどめ得るならば、言葉の持つと信じられた力は、そのままそこに封じ込められると思われたに相違ない。

山口論文は『古事記』というテキストの内部で地の文と（物語内キャラクターによって音声化される）会話文との間に大きな価値の違いがあるという立場を取っている（なお、同じ『古事記』内部で全文借音仮名で記載された歌謡については言及がない）。本稿はこの点については山口論文と考えを異にする。つまり、『古事記』の物語内で音声化された言語も、やはり書き手によって書かれるという汚染から逃れることはできないと考えるのである。その点では、『源氏物語』が書かれた語りであるということと本質的に異ならない。山口論文が指摘するように、会話引用をめぐって両者の文体に「根本的な違い」があることは確かだが、にも関わらず、書かれた語りという観点から両者を架橋することの意義はあると考えている。節を改めてこの問題を論じたい。

五　書くことで作り出される〈声〉

書かれた語りはつまるところ書記言語である。書記言語は時空を越えて伝わることができる。しかし、それは、口頭言語が発話時に意味伝達のために利用できる情報、すなわち、場の状況、話者の自明さ（話し手が誰であるかが自明であること）、話者の声の大きさや調子、声と声との間《ま》、話す表情、等々を利用できないということでもある。したがって、書記言語ではそれらの欠落を補完するための情報の書き込みが行われる。そのようにして書かれた言葉はもはや口頭言語そのものではありえない。[注25] 書かれた語りにもこの問題は深く関わっているはずである。

たとえば、『古事記』上巻、イザナキが黄泉の国から戻って一人で禊ぎをする場面には次のようにある。

是以伊邪那伎大神詔吾者到於伊那志許米上志許米岐（此九字以音）穢国而在祁理（此二字以音）故吾者為御身之禊而到坐竺紫日向之橘小門之阿波岐（此三字以音）原而禊祓也故於投棄御杖所成神名衝立船戸神

傍線を付けた「詔」は言表行為を表し、会話引用開始を示す字である。では、このイザナミの発話の終わりはどこだろうか。前節で確認した引用終わりマークとしては、切れ目を示す字「而」「故」「也」および小字注が候補になる。最初の「而」は直後に「在祁理」（ありけり）と明らかな日本語の文末表現が続くので、おそらく誤読の心配はない。その後の小字注「此二字以音」と続く「故」はここが切れ目であることを強く感じさせる。しかし、イザナキの発話はここで終わりではなかった。「故吾者為御身之禊」までがイザナキの言葉なのである。つまり、二番目の「而」が引用終わりマークで、かつ、「詔」「到坐」「禊祓」という三つ連続する行為（述部）の最初の切れ目（小休止）を示している。発話の後半を訓読すれば「故《かれ》、吾は御身《みみ》の禊を為《せ》む」、発話全体の大意は「私は穢い国に行っていたのだなあ。だから、私はお身体の禊ぎをしよう」となる。このように意味はとれるが、考えてみると、この表現は口頭言語としては不自然ではないだろうか。

特に不自然さを感じさせるのは、「吾者」がくり返されるところである。口頭言語なら「私は穢い国に行っていたのだなあ。だから、お身体の禊ぎをしよう」となる、つまり、二度目の「吾者」はない方が自然であろう（そもそも独り言なのだから、初めの「吾者」も発語されない場合の方が多いだろう）。にも関わらず「吾者」がくり返されるのはなぜだろう。くどいくり返し表現だが、この表現には一つの効果がある。再度「吾者」とあることで、まだイザナキの発話が続いていることが読者に伝わるのである。つまり、このような表現が選ばれたのは、「在祁理此二字以音」で会話文が終わらず、「故」以降もイザナキの言葉であることを読者に伝えるためではないだろうか。もしそうであるなら、このくり返し表現は、誤読されないために情報を補完しなければならない書記言語固有の課題がもたらしたものだと言えよう。

右に引いた文章ではもう一つ、「御身」（お身体）も現代の日本語話者の感覚からしたら不自然な表現である。独り言の中で自分で自分の身体を「お身体」とは普通は言わないだろう。これは一般に自敬表現や自尊敬語と呼ばれ、神や天皇、またはそれに準じる尊貴者が用いる表現だとされている。古代から中世の諸文献の中で多くの事例が確認され、少なくとも書記言語としての日本語の中にそのような表現が存在したことは確実である。[注26] ただし、自敬表現は、話者が自分で自分に敬意を表していると見るより、たとえばこの場合なら、誰の身体であるかを読者に明示する効果が期待されていると考えることもできる。[注27] つまり、この「御身」も書かれた発話であるがゆえに選ばれた表現である可能性がある。

以上の二点は、『古事記』の会話文が物語内話主の純粋な〈声〉とは言えないことを示している。それは、おそらく常に書き手によって汚染されているのである。

次の例は以前に論じたことのあるものだが、[注28] 最後に紹介して本稿の閉じ目としたい。『古事記』上巻の海神宮訪問譚の一場面である。山幸彦ホオリが海神宮を訪れて豊玉姫と結婚し、三年が過ぎた。彼は失った兄ホデリの釣針のことを思う。句読点とカギ括弧を付して示す。

> 於是火遠理《ほをり》命、思其初事而、大一歎。故、豊玉毘売命、聞其歎以、白其父言「三年雖住、恒無歎。今夜為大一歎。若有何由」。故、其父大神、問其聟夫曰「今旦聞我女之語、云『三年雖坐、恒無歎。今夜為大歎。若有由哉。亦到此間之由奈何」。爾語其大神備如其兄罰失鉤之状。

会話文は二箇所あり、いずれも先に検討した類型的マーク（言「　」。故／曰「　」。爾）で明確に縁取られている。父大神（海神）の台詞の中に娘・豊玉姫の言葉が引用されているが、引用者（父大神）によって変形が加えられている（傍点部）。

「三年雖住」（三年住めども）が「三年雖坐」に変えられているが、「坐」は敬語（「いらっしゃる」の意の「います」など）を表記したものと解される。始めの豊玉姫の言葉「三年雖住」はホオリのいない所での発言でホオリに対して敬語を用いていない。しかし、父大神の「三年雖坐」はホオリに対面しての言葉だから敬語に変えているのである。

次に、豊玉姫の「大一歎」は父大神の引用では「大歎」と変えられている。まず地の文で「大一歎」とあり、物語内事実としてホオリが「大きく一度嘆いた」と提示されている。豊玉姫の発言はそれを実見した者の言葉として地の文の描写をくり返している。それに対して、父大神の引用は「大歎」と簡略化されている。このことによって、父大神にとってはこれが伝聞した情報である感じが出るだろう。それは、父大神の無意識の表現とも言えるし、書き手による作為（汚染）とも言える。

最後に、点線部「若有何由」が「若有由哉」に変形されている。豊玉姫の「若有何由」が当人のいない所で理由を推測する言葉であるのに対して、父大神の「若有由哉」は末尾の「哉」によって対話の相手に直接問う語気を感じさせる表現になっている。ホオリに直接問いかけることができるのはもちろん対面している父大神であって豊玉姫ではない。つまり、父大神に引用されていた豊玉姫の言葉は、ここで父大神自身の言葉へと転じている。直後に「亦」が置かれ、並列する形で第二の問い「到此間之由、奈何」が続き、そこではもはやすっかり父大神の言葉になっている。

『古事記』の会話引用コードを参照して豊玉姫の言葉の引用箇所を見ると、始めは言表行為動詞「云」、終わりは並列を示す「亦」がマークになっていると感じられる。つまり、「云『…若有由哉』亦」という括りである。しかし、その内容を読み取ると、『　』の末尾四字「若有由哉」は父大神の言葉として読まれるべき語気だと気づかされる。この時、読者の心耳には、引用コードに従った読み、つまり、「若有由哉」を豊玉姫の〈声〉として解する読みも残響として残るのではないだろうか。とすれば、ここは三谷邦明の言う二声表現として、「若有由哉」に豊玉姫の〈声〉と父大神の〈声〉の重層を聞き取ることも可能なのではないだろうか。

　このようにして八世紀の漢字文にも複数の複雑な〈声〉が響いている。その中には、『源氏物語』と同質の構造をもつ〈声〉も稀に聞かれるのである。

注

1 『源氏物語』の引用は新日本古典文学大系（岩波書店）に拠るが、私に表記を改めたところがある。

2 「汚染」という用語は山内志朗『天使の記号学』（岩波書店、二〇〇一年二月）に拠る。なお、言語（母語）は誰にとっても他者から強制的に吹き込まれたものである。言語のこの根源的な他者性自体を「汚染」と呼ぶことも可能だろう。実際、仏教の唯識説では言語をそのようにとらえる（真如を汚染するものとする）場合がある。井筒俊彦『意識の形而上学』（中央公論社、一九九三年三月。後に中公文庫および井筒俊彦全集で再刊）を参照。

3 なお、中世の注釈でも、「蓬生」末尾の「とぞ」のような例は「作者の詞」（『一葉抄』）などと呼ばれて「草子地」とは用語として区別される場合があった。高橋亨「物語の〈語り〉と〈書く〉こと」（同『源氏物語の対位法』東京大学出版会、一九八二年五月）を参照。

4　三谷邦明『源氏物語の言説』（翰林書房、二〇〇二年五月）など。本稿で「三谷邦明」または「三谷」と呼ぶのは「三谷邦明」の署名で書かれた諸テキストである（他の研究者のテキストについても同じ）。なお、三谷が文学研究に向けて提起した諸問題については、拙稿「〈狂気〉という〈方法〉――三谷邦明との対話――」（日本文学協会『日本文学』第五九巻第五号、二〇一〇年五月）で詳述した。

5　前掲『源氏物語の言説』六四～六七頁。この解釈は現代の古典文法の通説に従ったものである。しかし、そもそも「けり」に詠嘆と過去の二義があるというとらえ方には疑義もありうる。関根秀未「中古語助動詞の意味論的研究」（和光大学二〇一二年度卒業論文）は、『土佐日記』の「けり」の用例を悉皆分析して、『土佐日記』の「けり」は時制ではなく説明の言表態度《モダリティ》を表す語（現代語の「～のだ」「～わけだ」に近似）として統一的に説明できるとしている。

6　自由間接言説は現代日本語の書記でも可能である。冒頭言にも引いた村上春樹『1Q84』第19章に以下のような例がある。点線部が自由間接言説である。

彼女は目を閉じ、考えを巡らせる。

私はたぶん、ふかえりと天吾がこしらえた「反リトル・ピープル的モーメント」の通路に引き込まれてしまったのだ。そのモーメントが私をこちら側に運んできた。青豆はそう思う。ほかに考えようがないではないか。そして私はこの物語の中で決して小さくない役割を担《にな》うことになった。いや、主要人物の一人と言っていいかもしれない。青豆はまわりを見回した。つまり、私は天吾の立ち上げた物語の中にいることになる。彼女はそのことに気づく。いわば私はその神殿の中にいるのだ。（中略）

私は今、天吾くんの中にいる。彼の体温に包まれ、彼の鼓動に導かれている。彼の論理と彼のルールに導かれている。そしておそらくは彼の文体に。

最後の傍線部に注目したい。書記の「文体」が作り出す多声性が、小説世界の中ではリアルな存在の重層に変換されることを示唆している。ちなみに第20章では、この小説世界は天吾によって「すべては不確かで、どこまでも多義的だ」と評されてもいる。「不確か」「多義的」は多声の言葉の属性でもある。

7　「漢字文」は小松英雄の用語である。同「日本語書記史と日本語史研究　鏡像補正の方法」（同『日本語書記史原論』笠間書院、一九九八年六月）を参照。

8 三谷邦明『物語文学の言説』（有精堂、一九九二年一〇月）七一頁。

9 『古事記』の引用は新編日本古典文学全集（小学館）に拠るが、私に表記等を改めたところがある。

10 なお、自注に「此の時に其の三柱の大神の御名は顕れき」とあるのは、このときに三神の名が人間に対して明らかになったの意であり、ここでの託宣の言葉が誰の言葉かという問題には関わらない。

11 『古事記』上巻、黄泉国から戻ったイザナキの海中での禊ぎによって底筒男・中筒男・上筒男三神が生まれる場面に、「其の底筒之男命・中筒之男命・上筒之男命の三柱の神は、墨江の三前の大神ぞ」とある。「墨江」は住吉のこと。

12 『日本書紀』の引用は新編日本古典文学全集（小学館）に拠るが、私に表記等を改めたところがある。

13 熊襲国征服の後、『古事記』同様の新羅遠征が述べられるが、当該の託宣場面で現れた神々はその軍船の守護神として同行し、帰路、各地で祭られている。その一連の記事の中に、難波へ向かう皇后の船が進めなくなったので占うと、「天照大神、誨《をし》へまつりて曰はく、『我が荒魂、皇后に近つくべからず。当に御心を広田国に居しますべし』とのたまふ。即ち山背根子が女《むすめ》葉山媛を以て祭らしめたまふ」とあり、『日本書紀』では天照大神の荒魂が皇后の軍船に同乗していたことがわかる。託宣で名のった神々の中でこの荒魂に相当する可能性があるのは伊勢の五十鈴宮にいるという向津媛命だけである。

14 小松英雄『国語史学基礎論』（笠間書院、一九七三年一月）が指摘するところである。

15 注14に同じ。

16 冒頭の「天神諸命以詔」（天神諸《もろ》もろの命以《もち》て詔りたまはく）は、「天神たち全員のお言葉でもっておっしゃることには」の意で、神の重要な言葉を引く定型表現だったと考えられる。類例は『古事記』上巻に他に九例あり、『続日本紀』宣命（天平勝宝元年七月二日）、『延喜式』祝詞にも定型句として見える。

17 引用開始マークのない三例を示しておく。問題の会話文に傍線を付し、★の後にコメントを付す。

①上巻・天孫降臨

於是送猨田毘古神而還到、乃悉追聚鰭広物鰭狭物以問言「汝者天神御子仕奉耶」之時、諸魚皆「仕奉」白之中、海鼠不白。★言説主体は明示されている。

②中巻・神武天皇

於是兄宇迦斯、以鳴鏑待射返其使。故、其鳴鏑所落之地、謂訶夫羅前也。「将待撃」云而聚軍。★注記的記事を挟んでいるが、言説主体は明確である。

③中巻・仲哀天皇

為国之大祓而、亦建内宿禰居於沙庭、請神之命。於是教覚之状具如先日。「凡此国者、坐汝命御腹之御子、所知国者也」。爾建内宿禰白…★「教覚之状具如先日」が引用開始マークになっているとも言える。

18 ただし、この例は会話文の直前に引用開始マークがないので、「天神諸命以詔『伊邪那岐命伊邪那美命二柱神修理固成是多陀用弊流之国』」、つまり、「…詔《の》りたまはく『伊邪那岐命・伊邪那美命二柱の神は…』と」の意ととるべき可能性も完全には否定できない。

19 これら言表行為を表す引用開始マークの語義・用法については以下の諸論考が参考になる。古賀精一「古事記における会話引用――白、奏、詔、告の用字法――」（『古事記年報』第二号、一九五五年一月）、同「古事記の告字について」（『島根大学論集（人文科学）』第一六号、一九六六年一二月）、谷口雅博「「告」字の用法」（初出二〇〇〇年、同『古事記の表現と文脈』おうふう、二〇〇八年一一月、再収）、同「古事記における「詔」字の使用意識」（『古事記年報』第三二号、一九九〇年一月）、佐藤威夫「「答白言」について」（『解釈』第四巻第一号、一九五八年一月）、原口裕「古事記における直叙様式――□之・□者の用字について――」（『語文研究』第一八号、一九六四年八月）、林四郎「古事記、「之」字の用法」（『国語と国文学』一九九一年一月号）、西尾光雄『日本文章史の研究 上古篇』（塙書房、一九六七年三月）、関本みや子「古事記神話における「問ふ」ことの意味」（『古事記年報』第三二号、一九九〇年一月）。

20 山口康子「直接叙法の意味――古事記の会話引用形式をめぐって――」（『長崎大学教育学部人文科学研究報告』第三三号、一九八四年三月）

21 筑摩書房版全集に拠る。

22 この計数は論者によって結果が微妙に異なることが予想されるが、本稿にとっては概略がわかればよい。

23 山口論文はこの二例を厳密な意味での双括引用形式には含めていないが、引用終わりに言表行為を表す語句を置いてマークとする型の存在は認定している。

24 そもそも『古事記』（原文）を読むことと訓読して書き下し文に還元することとは同義ではない。亀井孝「古事記は よめるか」（『古事記大成 言語文字篇』一九五七年一二月、平凡社。『亀井孝論文集4』吉川弘文館、一九八五年一〇月、再収）が提起した問題である。山口論文でも「『古事記』の会話文が、安萬侶選録の原文でみている限り、きわめて明瞭に認知できるのに、むしろ訓み下し文にした場合には、「　」をつけないと会話文の存在が希薄になるのも、表記法に起因するところが大きいだろう」と指摘している。

25 ミハイル・バフチン『マルクス主義と言語哲学』（桑野隆訳、未来社、一九八九年四月）、福島直恭『書記言語としての「日本語」の誕生』（笠間書院、二〇〇八年十一月）を参照。

26 西田直敏『「自敬表現」の歴史的研究』（和泉書院、一九九五年三月）を参照。なお、自敬表現については拙稿「古代王権のことば――宣命と自尊敬語をめぐる言語生活史的考察――」（赤坂憲雄編『王権の基層へ』新曜社、一九九二年五月）でも論じた。

27 注7に掲示した論文を参照。

28 拙稿「引用と変形」（古代文学会『古代文学』第五十号、二〇一一年三月）

［付記］

本稿には古代文学会二〇一三年三月例会における口頭発表「漢字文と〈声〉――『古事記』を中心に――」を基にした部分がある。席上、批判・教示を賜った諸氏に感謝申し上げる。

津田 博幸（つだ ひろゆき）　和光大学表現学部教授。専攻:古代日本文学。単著『生成する古代文学』（森話社）、編著『〈源氏物語〉の生成』（武蔵野書院）、共著『シャーマニズムの文化学』（森話社）、論文「漢字表現による破壊と創造」（古代文学会『古代文学』第四七号）などがある。

書記言語の展開と物語言説の変容

——和歌と地の文の連続における〈仮名文を読む〉こと——

斎藤　菜穂子

一　はじめに

「書記言語の展開と物語言説の変容」というテーマに取り組むに際して、最新の論攷として注目すべきは、この論集『新時代への源氏学⑤構築される社会・ゆらぐ言葉』の、土方洋一「仮名表現の可能性——『源氏物語』作中歌の書記形態——」[注1]だろう。和歌の掲出の仕方についてその書かれ方や享受を考察するもので、広い視野での問題提起となっている。本稿ではこの論文によって喚起されたところを、特に仮名文字とそれを読むことを切り口に、テーマと関わらせて考察する。

この土方論文に先行する池田和臣「源氏物語の文体形成——仮名消息と仮名文の表記——」[注2]は、「歌や会話文や心内文と地の文との融通する文体は」「源氏物語に固有の文体特性とみなければならない」と述べ、

「仮名文の表記様式の特異さゆえに、歌と散文という叙述の位相差を意識させずに自然に移行させることができた」と捉え、さらに「地の文と歌との融通する文体の発生契機は、仮名消息の中にあった」と論じており有益である。土方論文では、和歌がそのまま地の文に連続している『源氏物語』の特異な二例を軸に分析し、和歌から地の文へと連続する筆法は、当時の物語読解の方法が現在考えられているのとは異なることを表わすのではないかとまとめていて示唆に富む。

これらの先学に導かれながら、本稿でも和歌から切れ目なく地の文に続く『源氏物語』の二箇所について、特に平仮名という書記言語がもたらす読みの宙吊り状態に着目し、表現と内容の分析からも共通点を見出して、物語言説の特異なあり方にいささか私見を述べたい。

二　心内文から地の文の場合

まず『源氏物語』の地の文のあり方として看過出来ない、右の池田・土方両論文も取り上げている、会話文や心内文から区切りなく地の文に続く用例を検討する必要があろう。はやくに中島広足が『海人のくぐつ』[注3]で「うつり詞」として述べたところである。

『源氏物語』以前では、「ふと天の羽衣うち着せたてまつりつれば、翁を、「いとほし、かなし」と思しつることも失せぬ」（『竹取物語』）、「わづらひなくて、ただうち遊びて明かし暮らせば、「ここにて世を過ぐさむ」と思ひて」（『うつほ物語』「俊蔭」巻）のように、「と」などによって心内文がどこまでであるかが明示されており、次のような『源氏物語』の例はやはり奇異に感じられる。

若き人々、悲しきことはさらにもいはず、内裏わたりを朝夕にならひて、いとさうざうしく、上の御ありさまなど思ひ出できこゆれば、とく参りたまはんことをそのかしきこゆれど、「かくいまいましき身の添ひたてまつらむもいと人聞きうかるべし、また、見たてまつらでしばしもあらむは、いとうしろめたう思ひきこえたまひて、すがすがともえ参らせたてまつりたまはぬなりけり。

（「桐壺」巻）

鉤括弧を付した「かくいまいましき」からが北の方の心内文である。傍線部の後の「思ひきこえたまひ」は敬語法からも地の文と解され、傍線部「うしろめたう」の箇所が心内文の終わりと見做されるべきだが、地の文との区切りになる「と」などがない。心内文を閉じるには、この箇所を考察する先の土方論文が指摘するように、「うしろめたし」などとあるべきなのだが、地の文の「思ひきこえたまひて」にかかる「うしろめたう」になっている。この箇所を、読者が仮名文を理解する道筋を辿りつつ分析したい。なお、『源氏物語大成』[注4]によると、この「うしろめたう」には校異は存しない。

「かく～うしろめた」までは、読者は母北の方の心内文と解し北の方のイメージをもってその声を頭の中に響かせて読むが、続く「う思ひきこえたまひ」は心内文ではないことが明らかであり、読者は読みの修正を迫られ一瞬面くらうことになる。「う思ひきこえたまひ」は語り手のことばと解せざるをえないため、読者は「うしろめた」以前に戻りそこから続けて読み直して、「～うしろめたう思ひきこえたまひ」と地の文として表現が続くことを認め、そこにおいて「うしろめたう」を語り手の声でも聞くのである。書かれている文字を目で辿っていくその瞬時にこのような判断が行われ、発語主体の声の聞き替えがなされる。「うしろめた」は最初は北の方の声と解され、次に読み直されて読解されたときは「うしろめた」に語り手の声が重なり、「う思ひきこえたまひて」からは語り手の声に全面的に替わることになる。[注5]「うしろめた」を繋ぎ目として、「うしろめた」い気持ちの北の方の心の声と、「うしろめた」いと北の方が思っていると伝える語り手の声が重なりつつ交替していく。

三谷邦明は「源氏物語では、言語の線条性に逆らって二度以上その文章を読まない限り、誰の発話で、どこからどこまでが会話文であるかが判明しない」と述べ、そこから「自由間接言説」を解いており重要な提言だと考えるが、[注6]本稿は、異なる位相にある叙述をことばの自然な連続性をずらし表現に歪みを生起させながらつなぐ方法について分析するものであり、考察する対象が異なる。

心内文の始まりの部分でも、読解を修正しながらの物語の声の聞き替えが行われてはいる。当該部分で言えば、「そそのかしきこゆれど」までは語り手によることばで、読者はそのように解しながら先へ進む。しかし、「かくいまいましき身」の「かく」という表現や北の方の「身」を「いまいましき」と否定的に言うあり方は、語り手のものではなく母北の方のことばではないかと読者は感受し、一旦語り手の声は留保されて、続く「添ひたてまつらむ」との謙譲表現によって北の方の思惟と確定し、語りの声は北の方に切り替えられる。読解が定まった時点で、「きこゆれど、「かくいまいましき〜」と、語りの声は変換されるのだ。

しかし心内文の最後においては、「うしろめた（う）」という、登場人物の思惟とも語り手の言とも分別出来ない語が存したのであり、心内表現の始めにはそのような語はない。「〜あらむは、いとうしろめたう思ひきこえたまひて」は北の方の心中思惟を語り手が浸食するもので、心内文から地の文に続くこちらの表現の方が物語言説のあり方としてはより問題が大きい。

「うしろめたし」であるべきところが「うしろめたう」とある一文字の違いがこのような文脈の方向性の差を表わし出すのは、仮名で書かれていることに起因すると考えられる。先の池田・土方両論文も、仮名表現であることを重くみていたのだった。

当時の仮名の書記においては、池田論文でも繰り返し指摘されているように、清濁の書き分けや句読点や鉤括弧などがなかったことが重要である。平仮名成立以前にも万葉仮名の一字一音式に書かれることの多かった和歌においては、平仮名での書記は音を明解に示して表現とイメージの重層を導いた。しかしことばを綾なす韻文とは異なって、実際的・具体的な表現である散文の言葉遣いを写す際には、平仮名は決して分かりやすいものではない。例えば「伝へて」という肯定形と「伝へで」という否定形がともに「つたへて」と書かれるのであり、肯定・否定どちらの意味なのか、各読者が正しく読み取ることが求められる。従って読者は仮名文を目に映すのと同時に語り手や登場人物の声を頭に響かせることは不可能だ。文字を辿り読解するべく頭を働かせ、意味が取れた時にそれに該当する声が聞こえてくるのである。仮名文に基本的に存しない句読点や鉤括弧は、漢字表記の文章においても用いられていなかったことが、『日本書紀』の古写本（田中本巻第十残巻、九世紀写、奈良国立博物館蔵）などから考えられ、また田村悦子の論じるように[注7]、書記言語が漢字である場合も地の文と和歌が改行されず続け書きされたのが通常だった。したがって、本稿では、平仮名は音（濁音も含まれる）をのみ表わす書記言語であると特徴付け、仮名物語の読者はその文字の示す音を判断し意味を認め得て後に初めて語りの声を聞くことができる、ということを問題としたい。

仮名散文を読む読者はまずその書かれた文字を目で辿り、頭の中で音（この時点では無人格の音声ないしは読者自身が意味以前に心の中で発する音声）となったその仮名文字について濁点の要不要また前後のつながりなどを検討し、判断ができたときに文字は意味を成して、手紙の場合は送り主の声が、物語の場合は登場人物や語り手の声が、初めて聞こえてくると言える。もちろん普通はスムーズに、自覚することがないほど瞬時に進行していく。そして、その文字の表わす音が意味へと変換されたときに、読者は書かれている平仮名の文字列とそれが表わす一次的な音からは離れ、語っている人物の声を生々しく感受し得るということになる。

先の「桐壺」巻の例では、読者は平仮名の文字列を読解し「うしろめた」までは北の方の声を聞いていたのが、「う思ひ～」の文字によってここは北の方の思惟ではないのではないかと感じ、それ以降の文脈とともに読み直しもう一段の解釈を加えて語り手のことばであると判断した時点で、それまでの北の方の声を止め、語り手の声を聞き取る。仮名文字から受け取った文脈のずれを読者は読解によって合理化するのであり、語っている人物が替わったことに気づいて自らの読みを修正し、物語の声を聞き換える。心内文から地の文への連続については読みの現場でこのようなことが行われていると考えられる。

この心内文「うしろめたう思ひ～」の部分は北の方の思惟の途中に断りなく語り手が割り込んで、相談できる人もいない北の方の孤独な内面を途中で引き取り、語り手自身のことばとして読者に向き合い伝えている。北の方への語り手の共感は表わされず、北の方が気がかりに思っているので若宮をなかなか参内させないのだと、語り手が読者に示している。心内表現「うしろめた」に続く平仮名「う」という裂け目から読者は文脈とその声の主の変化を察知し、改めて読み直すことで、語り手による、若宮を参内させない理由付けへと直線的に導かれるのだ。

ここにおいては登場人物の思惟を語り手が強引に引き取り、語り手が物語を方向付ける主体として前面に出てくる。

三　完結している和歌

では、和歌から地の文へ区切りなくつながる、『源氏物語』に特異な二例を検討する。

ここには、いとどながめまさるころにて、つくづくとおはしけるに、昼寝の夢に故宮の見えたまひければ、覚めていとなごり悲しく思して、漏り濡れたる廂の端つ方おし拭はせて、ここかしこの御座ひきつくろはせなどしつつ、例ならず世づきたまひて、

亡き人を恋ふる袂のひまなきに荒れたる軒のしづくさへ添ふ

[も]心苦しきほどになむありける。（「蓬生」巻）

大将の君も、御忌に籠りたまひて、あからさまにもまかでたまはず、明け暮れ近くさぶらひて、心苦しくいみじき御気色を、ことわりに悲しく見たてまつりたまひて、よろづに慰めきこえたまふ。

風野分だちて吹く夕暮に、昔のこと思し出でて、ほのかに見たてまつりしものをと恋しくおぼえたまふに、また限りのほどの夢の心地せしなど、人知れず思ひつづけたまふに、たへがたく悲しければ、人目にはさしも見えじとつつみて、「阿弥陀仏、阿弥陀仏」とひきたまふ数珠の数に紛らはしてぞ、涙の玉をばもて消ちたまひける。

いにしへの秋の夕の恋しきにいまはと見えしあけぐれの夢

ぞなごりさへうかりける。やむごとなき僧どもさぶらはせたまひて、定まりたる念仏をばさるものにて、法華経など誦ぜさせたまふ、かたがたいとあはれなり。

（「御法」巻）

和歌と和歌直後の部分に着目することになる。『源氏物語大成』によると、「蓬生」巻の和歌の後の四角囲み「も」は青表紙本系の三本・河内本系の二本には存せず、「御法」巻の同じく四角囲みの「ぞ」は青表紙本系の一本・河内本系の二本には存しないが、それ以外は有しており、このように読まれていたのが一般だったと考えられる。

前節との比較からまず言えることは、地の文が断層なく続いていくその和歌自体は、形や表現を変化させられていないということである。和歌は一首として完結しており、地の文に続けるために語り手が歌の文字を変えてはいず、したがって、「亡き人を恋ふる」歌を読者は末摘花の独詠として読み終える。和歌は詠み手に同化して解されるものであるため末摘花の声をそこで聞き取っていた読者は、三十一音の和歌を解した直後の「も」に面食らうことになる。ふつう和歌は、

これを、かぐや姫聞きて、とぶらひにやる歌、

年を経て浪立ちよらぬ住の江のまつかひなしと聞くはまことか

とあるを、読みて聞かす。（『竹取物語』）

のように「と」などで受けられ地の文に続けられる。従って「蓬生」巻の「も」の文字は、想定されていた「と」などによって地の文が始まるあり方とは異なる文脈の方向性を示すのであり、物語世界は何を表わそうとしているのかという混沌の中に読者は一瞬置かれるのだ。

平仮名が成立する以前の、漢字での表記においては、「歌曰〈歌〉故其夜者不合而明日夜為御合也」（『古事記』上巻）・「故歌之曰〈歌〉又歌之曰〈歌〉此両首歌辞今号夷曲」（『日本書紀』「神代下」）・「乃弟立詠其辞曰〈歌〉又詠其辞曰〈歌〉即諸人等皆畏走出」（『風土記』「播磨国」）など、和歌の直前と直後に、和歌が始まることとまた終わったことを表わす文字（和歌が終わったことを示しているのは、右の例において「故」・「又」・「此」・「即」）が用いられている。それに対し平仮名は、表意文字の漢字と異なって、その文字が目に映っただけでは意味を表わし出さない。読み手は平仮名からまずその音を受け取るのであり、続く文字も目で辿りながらその音が示す意味を探り当てて行くことになる。「と」は和歌の引用が終わったことを表わす

語だが、和歌自体にも「と」という平仮名が何度も用いられことはあるため、「と」という文字の形が和歌の終わった印になるとは言えない。しかし、五・七・五・七・七の定型和歌の三十一音の直後では和歌を受ける「と」などの文字が想定されるのであり、その通り「と」が存したときには地の文へつながると理解され、続く表現によってその解釈は確定される。

当該部で、読者は「亡き人を」歌を定型の音数律によって「添ふ」で終わったと解し、次の文字をその和歌を受ける語である「と」や「などと」だろうと予想する。しかし、「も」が目に映ったとき、想定外の文字に判断が一時保留され、その音「も」の意味が解されるまで読みの宙吊り状態に置かれる。続く「心苦しきほどになむ〜」によってそこは語り手の言だと認め得たときに、語り手の声を頭に鳴り響かせることができる。「亡き人を」歌は末摘花の声として読者は心に聞くのだが、「も」に出会ったとき、頭の中で聞く物語の声は一時中断して、その直前から改めて平仮名を辿り直し、「しづくさへ添ふも心苦しき〜」と地の文に意味が続くことを確認して、その時「〜しづくさへ添ふも心苦しき〜」を今度は語り手の声で聞くことになる。

「御法」巻でも、「いにしへの」歌は一首として完結しており、読み手は夕霧の心の声を聞き、「あけぐれの夢」との幻想世界を感受する。続いての「ぞ」によって読者は意味の宙吊り状態に置かれ、直前からの読み直しを余儀なくされて、その後に「あけぐれの夢ぞなごりさへうかりける」という語り手の言になっているると解するのだ。

四　二重の文脈

　第二節で考察した心内文から地の文につながる例では、心内文の途中で語り手のことばに続くように語の形が変化していて、北の方の思惟は閉じられないまま語り手に引き継がれ、語り手は宮中に若宮を参内させない理由と意味付けて、北の方の心の内を主人公光源氏の人生を語る物語の本筋へとつないだのだった。しかし和歌から地の文に続く右の二例では、和歌自体はその人物の心情を表わすものとして完結しており、「も」・「ぞ」の仮名文字に読者が突き当たって表現上の齟齬が感受された時に、改めてその後の地の文と併せて和歌は読み直され、地の文としての意が認識されるのである。ここでは二回読まれるだけでなく、歌自体の意味と、「も」や「ぞ」が続いての語り手の認識として表わされた意味との二重の文脈として読まれることになる。

　「蓬生」巻において、「しづくさへ添ふ」と詠い閉じる末摘花の感慨と、「しづくさへ添ふも心苦しきほど」という語り手の感想における「しづくさへ添ふ」の表わす意味内容は異なる。末摘花の和歌は父を失った悲しみに現状の嘆かわしさが加わっての詠嘆であるのに対し、地の文としての「しづくさへ添ふも心苦しき〜」は、この歌直前で語られてきた「漏り濡れたる廂の端つ方おし拭はせて」という困窮を示す邸内の様相や、歌の直前の「例ならず世づきたまひて」という末摘花の独詠を茶化す表現と響きあって、一介の女房が宮家の姫君に向ける不遜とも言える同情や軽んじた眼差しを感じさせるものだ。この直後に光源氏は、

「さる方にて忘れじと心苦しく思ひしを、年ごろさまざまのもの思ひにほれぼれしくて隔てつるほど、つらしと思はれつらむといとほしく思す」と長い無沙汰をしてきた末摘花を気の毒に思っていて、内大臣である主人公光源氏の「心苦し」い思いと同じように、末摘花の侍女である語り手が「心苦しき」と女主人に感じているのであって、語り手は末摘花を低く見ていると解せる。独詠歌直後の語り手のことばは和歌の心情に沿うものではなく、末摘花の孤独な悲しみの極みを対象化している。

「御法」巻では、夕霧が「いにしへの秋」を「恋」いつつ、「いまはと見え」た「あけぐれの夢」のような時間の中にたゆたうことを詠じており、語り手はそれに続けて「ぞなごりさへ～」と述べている。「～夢」と閉じられる歌に、「ぞなごりさへ」と続くのであり、「夢」と「なごり」との関わりは看過できない。「なごり」とは、「物事の過ぎ去ったのち、なおそのけはいや影響が残っていること。余韻。余情」[注8]と解せる。和歌において「夢」と「なごり」がともに詠み込まれている例で、『源氏物語』に先行するものはとても少ない。

　　あふと見し夢になかなかくらされてなごり恋しく覚めぬなりけり

『蜻蛉日記』（上巻・康保五年七月）における、貞観殿と称されていた藤原登子（兼家の妹）と道綱母との贈答歌での登子の歌。「あなたに逢うと見た夢のためにかえって悲しみに気持ちが曇って、夢の余韻が恋しく、はっきりと目覚めないのですよ」との意である。「なごり恋しく」は「夢のあと恋しさが消えず」[注9]とも訳されるように、「夢」の「なごり」とは「夢から覚め、その夢がはかなく薄れていく様を惜しむ気分」である。

『安法法師集』には次の歌がある。

夢にても夢と知りせば寝覚めしてあかぬなごりを嘆かざらまし（一五）

「夢のなかでも夢と知っていたなら、目覚めた後に、満ち足りないその夢の余韻を嘆くようなことはなかっただろうに」と訳出でき、ここも「夢から覚め、薄れていく夢の余韻」である。

勅撰集において「夢――なごり」の表現されている最初の歌は、

うき夢はなごりまでこそかなしけれ此世ののちもなほやなげかん（『千載集』一一二七・藤原俊成）

で、「つらい夢は覚めての名残りまで悲しいものだ[注10]」と解され、やはり同様の意である。この歌は、「うき――なごり――夢」とのつながり、そして「なごりさへ」と「なごりまで」の表現の類似から、『源氏物語』当該部の発想と重なるところがあり、参考となる。

これらの歌から看取されるように「夢」の「なごり」とは、「恋し」く「あかぬ」と感じられ「までこそかなし」いものなのであって、薄れゆき消えゆくものとして、その夢から覚めたあとに惜しむ時間の経過が表わされていると解せる。『源氏物語』「御法」巻の地の文に続く文脈としては、「臨終と思われた、明け暮れの夢のようなあの人を見つめたときのことが、そこから覚めながらその余韻さえつらく感じられる」と読むべきである。

当該部は、独詠歌としては過去に彷徨する夕霧が表わされるが、「ぞ」以降を含めての地の文としては、語り手が夕霧を、「夢」のような時間の余韻を惜しみつつ悲しみの現場から隔たっていく時の流れの中にいるものと述べている。これは過去の夢の空間に茫然と佇む夕霧の思いとは異なって、語り手が、その「夢」を薄れゆくものであり余韻さえ惜しまれるものと表わして現実の時間へと導いているのだ。そして、次の「やむごとなき〜」の一文は現在形で、その時の夕霧の状況を語り手の視線で表わしており、夕霧はあてどない過去の夢のような時空ではなく今の時間に存していると語り手によって重ねて位置付けられる。

これら和歌から連続的につながる地の文の二箇所は、ともに詠者の感慨とは別に語り手が意味付け物語内容を方向付けるものとなっている。

和歌から地の文へと連続的に続く用例は仮名散文作品の消息文中には散見され、早い例としては『蜻蛉日記』があげられる。中巻の天禄二年六月、鳴滝に籠もった道綱母に向けての「なま親族だつ人」の手紙であり、一部を引用する。

世の中の世の中ならば夏草のしげき山辺もたづねざらまし

ものを、かくておはしますを見たまへおきて、……

「しげき山辺もたづねざらましものを」とひとつながりに読める。池田論文が述べるように、このような日常の消息文での例を基盤にして、右の『源氏物語』の二例も生まれてきたと考えられる。だが、消息文の場合は地の文「ものを、〜」も直前の和歌を書いた人物による表現であるため、前述したような差異は生まれない。消息文中において和歌の感慨を引き継ぎ補足する散文表現となる。

詠者の思いを表わす和歌に連続的に語り手のことばを続けて、和歌の感慨とは別の方向へ読者を導く『源氏物語』の当該二例は、注目されるべき物語言説のあり方である。

五　敬語の不在

この二箇所の傍線部、和歌から直接続く地の文には敬語が存しない。三谷邦明が「自由間接言説」の特性として敬語の不在をあげており重なるところがあるが、[注11]本稿では、敬語の不在が何を表わし出しているかを考察する。

「蓬生」巻の「も心苦しきほどになむありける」は語り手の感想であり敬語がないのは当然だが、和歌直前の地の文では「おはし」・「たまひ」・「思し」と末摘花に敬語を何度も付しながら、末摘花の詠歌に続けて敬語を必要としない表現を用いていることに注意を払いたい。前述したように、ここには語り手が末摘花の状況や振る舞いをからかう表現が存するのだが、その一方で敬語の不在は、末摘花の和歌の「恋ふる」嘆きの心情と語り手の「心苦しき」との同情が通じ合い共鳴しているように感じさせる。

「御法」巻の、「ぞなごりさへうかりける」にも敬語がない。和歌の直前の地の文には、夕霧に「思し出で」・「たまふ」が用いられているが、「うかりける」に敬語が存しない。はやくに島津久基が、光源氏についての、「御文なども通はむことの、いとわりなきを思すに、いと胸いたし」（「帚木」巻）・「いとわりなくて見たてまつるほどさへ、現とはおぼえぬぞわびしきや」（「若紫」巻）などを「主観直叙法」とした例に通う。[注12]当該部では敬語の不在によって、「なごりさへうかりける」は夕霧自身の感慨であるとも読める表現になっている。しかし和歌の直前が「ぞ、涙の玉をばもて消ちたまひける」であり、直後が「ぞなごりさへうかりける」とあって、和歌の前後が「ける（けり）」の文で結ばれており、対になって語り手の言として表わされているのだ。三谷邦明は「自由間接言説」における「けり」を、語り手が過去のことを語っている文として読めると共に登場人物が現在そのことに気づいたり存続を確認している言説として読めると述べていて、[注13]当該「ぞなごりさへうかりける」もそのように二重に捉えることができるだろう。本稿では前述したように、歌の心情とは異なる方向を直後の語り手による地の文は示しているということ、そして、それなのに敬語のない表現によって語り手は登場人物の心情に重なり合うように表わされていることに着目して考察を進めていく。

池田論文が「御法」巻の当該例について「夕霧の心情と語り手の心情が一体化して表現されているような地の文」と述べ、土方論文がこれら二箇所について「深々とした詠嘆は、末摘花や夕霧のものであると同時に、語り手」や「読者のものでもありうる」と論じていることは、敬語の不在によって登場人物と語り手との重なりが表わされているという意味では賛同される。

しかし先述したように、この二箇所では語り手が詠者の思いとは異なる方向に読者を導いていくのだった。このことを意味付けるには、「蓬生」巻と「御法」巻の当該部分がともに、亡き大切な人を思っての独詠歌を中心とする条であることに注意するべきだと思われる。語り手は、物語内において誰にも通達されない登場人物の孤独な感慨に親しく寄り添うように見せて、独詠歌の詠嘆に同化している読者との親和性を高めながら、その信頼を梃子に語り手の意図する方へ読者を向けていると解せる。次節以降で当該二箇所における語り手の特異なあり方について考察する。

六　「蓬生」巻の用例――語り手の存在感

「蓬生」巻の当該和歌は父を恋う末摘花の心情の頂点といえる独詠歌だが、光源氏の帰京後の日々という物語の大筋からすると脇のエピソードである。先に引用したこの条の前後を抜き出すと次のようになる。

召し寄せて、「ここは常陸の宮ぞかしな」、「しかはべる」と聞こゆ。「ここにありし人はまだやながむらん。とぶらふべきを、わざとものせむもところせし。かかるついでに入りて消息せよ。よくたづね寄りてをうち出でよ。人違へしてはをこならむ」とのたまふ。

――［当該箇所］――

惟光入りて、めぐるめぐる人の音する方やと見るに、いささか人げもせず。さればこそ、往き来の道に見入るれど、人住みげもなきものをと思ひて、帰り参るほどに、月明くさし出でたるに見れば、格子二間ばかりあげて、簾動くけしきなり。

当該条の前後は、光源氏が惟光に命じ、それに応じて惟光が邸内に入っていくという内容で、連続しているその流れを切って、末摘花の独詠歌場面が挿入されていることになる。ここでのストーリーの中心は、惟光が末摘花の存在に気づいて光源氏と彼女との再会が果たされることであり、末摘花の独詠場面はその時間の流れを一時止めているのだ。語り手は当該箇所で、末摘花の詠嘆の和歌をからかう視線をもって引き取り、物語の本筋へ方向付けて、その「心苦し」い思いのする状態の邸に惟光が入る場面につなぐ。語り手が末摘花を軽んじているのは、主人公光源氏がこの直前の場面で「まだやながむらん」・「わざとものせむもところせし」と末摘花に対し仮初めの気持ちでいるありようと通うものであり、語り手は光源氏の姿勢に従っていることになる。語り手の方向付けは、主人公光源氏の思いや物語の本筋に沿っているのである。

「蓬生」巻末は、「～ほどなどを、いますこし問はず語りもせまほしけれど、いと頭いたううるさくものうければなむ、いままたもついであらむをりに、思ひ出でてなむ聞こゆべきとぞ」である。「問はず語り」という語りの意味付け、「頭いたううるさくものうければ」という生身の人間としての身体感覚の表現、そして「聞こゆべき」という身分高い聞き手[注14]の存在の示唆、最後に語り手の言を「とぞ」と受け取った聞き手（書き手）の存在の徴証などが存し、「侍従がをばの少将といひはべりし老人」こそがこの語り手だと特定する論考もあるほど、[注15]『源氏物語』のなかでも特に語り手が生々しさをもって描出されている巻である。

また巻頭の「藻塩たれつつわびたまひしころほひ、都にも、さまざま思し嘆く人多かりしを、さてもわが御身の拠りどころあるは、一方の思ひこそ苦しげなりしか～」に過去の助動詞「き」が散見され、「物語の時点から見て過去のいきさつを説明してい[注16]」るのであって、それまでの巻とは異なり語り手が過去のこととして取り上げているのが明らかだ。

そのような「蓬生」巻に、和歌から地の文への連続という特異な表現の初例が見られることについて考えたい。

先述したように、登場人物の詠歌と区切りなく続く地の文は、登場人物の心情に添ったものではなく、語り手が登場人物の思惟とは別の方向に読者を導こうとしていたのであり、語り手の主体性があらわれ出ている。「蓬生」巻では実体を有する語り手の他に聞き手が示唆されていたのであって、語り手の存在は、語り手の語りに耳を傾けているこの聞き手（と記録役）によって裏からも支えられているのだ。語りの場が現実性を示して構えられ、また語り手の把握している過去のいきさつであるとの体験性にもよって、語り手の意図へと導く、表現上は不自然な、位相を異にする叙述の接合が成り立ち得ている。そのことについては土方洋一がこの「蓬生」巻の語り手を、「口の悪さ、品のなさをも感じさせる」・「かなり高齢の、年をとって遠慮がなくなり、がさつな口の利き方をするようになった語り手[注17]」と指摘したことが有意義であり、強引な傾向を持つ属性を有した語り手が設定されて個性的な語り手の所為と表わされることによって、この変則的な表現が納得させられるという仕組みになっていると考えられる。三谷邦明は、末摘花に対して侮蔑的な表現がとられるのは、この箇所をまとめた「紫上付きの女房」の立場からの発言であるゆえと解するが[注18]、語り手の違いを読者に読み分けさせる書き方にはなっておらず、読者がそこは「紫上付きの女房」の視点だと読解するのは難しいだろう。

「蓬生」巻では、なまなましい存在性を有し当時のことを熟知しているあくの強い語り手であるとの設定が、語り手の意図する方向へと、和歌と地の文との不自然な接合を乗り越えさせて読者を導くための必要条件だったと言えよう。そして、想定外の平仮名による一瞬の読みの宙吊り状態を介することによって、登場人物の思惟から語り手の主体性を持った語りへと、叙述の位相差を読者が越境することが可能となったのである。

七 「御法」巻の用例――「き」・「けり」の意味

「御法」巻の当該部分には「蓬生」巻のような実体的な語り手は示されていないが、「き」と「けり」の助動詞に注意すべきところがあると考える。

「けり」については、森田兼吉の「過ぎ去った日々の出来事や心象を想起し記すにあたって、そのことの意味や一面に新たに気付いたり、確認したり、慨嘆したり、詠嘆したりといった気持ち[注19]」や、近藤政行の「今まで気づかずにいたり、知らずにいた事柄がこうして目の前にあるという形で述べている[注20]」との説明が有効であると思われる。既述した三谷邦明の「自由間接言説」における「けり」もこれにつながる。近年も坂田一浩が「き」・「けり」について、「両者の本質的差異は表現主体にとって、当該事態を記憶された内容として回想（recall）するか、新たに得た情報として認知（cognition）したものとするかという点にみるべきであると考える」と述べ、さらに、「「き」は当該伝承を、主体がその記憶に内在化されたものとして語る際に用いられるのであり、これに対して「けり」は、その伝承をまだ自分の脳裏にしっくりとこない、新鮮というか新奇な情報として捉えていることを示すものである[注21]」と論じており、従いたい。[注22]「けり」の、情報や出来事に気づいたという今の新鮮な感覚とは、渡辺実のいう「語り手の現在と、語られる出来事の過去とを関係づけることの形式[注23]」との見方につながってこよう。この視点としては、佐々木聖司も、「「けり」は「来＋あり」であり、これらと同じく存続であることをその形から示して」おり、「「けり」は、過去から現在にいたる継続をあらわしている。過去にあったことであったとしても、それを現在に導いてくることによって、現在の物語として語り進められる[注24]」と述べる。藤井貞和も「「けり」は時間の流れ、経過をあらわす助動辞なのである[注25]」とまとめているところで、以上妥当な見解だと思われる。これらの先学の分析は、「御法」巻の考察において資するところが大きい。

当該部には波線を施した助動詞「き」が三例見られる。地の文の二例は、物語現在からみて過ぎ去った時間において、夕霧が紫上を「見」た時、また紫上の臨終時の「夢の心地」がした時であり、夕霧の心内表現と言えるところだ。それに加えて和歌の中にこの助動詞「き」があることに注意される。夕霧は、「いまはと見えし明けぐれの夢」という、現在からは隔絶した時間に思いをはせ、その過去の時間の中にたゆたっていて、現実の時間に足が付いていない体である。語り手はこの条において、引用最初の一文「大将の君も〜」では夕霧が父光源氏を慰めていることを述べた。次文「風野分だちて〜」では「風野分たちて吹く」という、夕霧の心に鮮烈な印象を残した紫上の垣間見を想起させる表現から始めて紫上の臨終場面を夕霧が回想していることを語り、誰にも明かせない夕霧の恋慕の情を示したのだが、その文は前述したように「〜もて消ちたまひける」と「ける」で結ばれている。そして、和歌のあとの「ぞなごりさへうかりける」も「ける」で閉じられていたのだった。つまり、「き」によって過去の中に茫然と立ち尽くしているとされる夕霧の独詠歌の感慨を、語り手は「けり」で文末を閉じる二文によって挟み込み、「過去から現在に至る継続」と表わして物語における現在につなげているのである。

当該夕霧の条の前後を示す。

十四日に亡せたまひて、これは十五日の暁なりけり。日はいとはなやかにさし上がりて、野辺の露も隠れたる隈なくて、世の中思しつづくるにいとど厭はしくいみじければ、後るとても幾世かは経べき、かかる悲しさの紛れに、昔よりの御本意も遂げてまほしく思ほせど、心弱き後の譏りを思せば、このほどを過ぐさんとしたまふに、胸のせきあぐるぞたへがたかりける。

——［当該箇所］——

臥しても起きても、涙の干る世なく、霧りふたがりて明かし暮らしたまふ。いにしへより御身のありさま思しつづくるに、鏡に見ゆる影をはじめて、……

当該箇所の直前では孤独と悲嘆のただ中で出家を考えるも思い切れない光源氏のあり様が、直後には涙の涸れることなく悲しみにくれる光源氏の日々が表わされていて、このふたつの内容はつながる。夕霧の場面はその間に割り込むように差し挟まれて存するのだ。そこでは夕霧の思惟と独詠歌は「し／（き）」と過去の中にあり、独詠歌前後の地の文はともに「ける」で結ばれていたのだったが、その直前の光源氏の心情描写のなかに「き」は存せず、心内は現在形で書かれている。また、右の引用箇所の後には光源氏の心内文に「けり」があらわれるが、それは「人には異なりける身」・「仏などのすすめたまひける身」と自らについて「現在に至る継続」を述べていて、地の文には「けり」は見えない。

つまり、夕霧を軸にした当該箇所の前後は現在形で表わされている物語世界なのであり、「き」が散見される当該箇所はその枠から逸脱しかねないもので、過去にさ迷っているその夕霧の思いを語り手が物語全体の時制へと「けり」をもって引き戻しているのだ。この独詠歌は夕霧の感情としてはひとつのピークだが、光源氏の物語としては脇のエピソードである。そこにおいて、「あけぐれの夢」と言いさしそこにたゆたっている夕霧を、語り手は「ぞなごりさへ〜」と、それがもはや「なごり」であり時間と共に薄れゆくものと表わし、夢の余韻を夕霧は惜しみ悲しんでいると意味付けて、過去の時間に留まっている夕霧を紫上の死の瞬間から遠ざかりつつある時間の流れの中に置き直した。そして次の、「やむごとなき僧ども」という物語内現実生活の描写につなげるのである。坂田一浩は「「けり」には語られた内容を語り手の責任において保証することを言明する機能、すなわち事実性保証機能が元来備わっていたものと考えられ[注26]」ると述べていて、示唆的である。当該箇所では、語り手が自らの責任において「〜もて消ちたまひける」ことや「〜ぞなごりさへうかりける」ことの事実性を保証する姿勢を示しているということになり、和歌にこめられる登場人物の感情も含み語り手が責任を持つと表わして、読者の理解を支えながら語りの場という現在へと引っ張り、物語の本筋へつないでいる。

八　まとめ

「蓬生」巻と「御法」巻の当該部分には共通点が存し、そこからこの物語言説のあり方をまとめることができると思われる。

まず、ともに主人公ではない人物が孤独で切実な心情を詠い上げる独詠歌がみえること。その条の前後の内容がつながり、当該条はメインの文脈の途中に差し挟まれた副次的な場面であること。ともに直前が、物語の緊張度の高まったところ――「蓬生」巻では光源氏が惟光に末摘花邸をたずねることを命じた直後、「御法」巻は紫上を失った光源氏の耐えがたい悲しみのさなか――であって、これらの記事は読者に気を持たせまた光源氏の悲しみの時間を強調し、物語展開にとって効果的な作品内時間の伸張という役割を果たしていること。そして、この副次的な人物の詠む感情の極まった独詠歌を物語の本筋に戻すべく、語り手が和歌に直接続けて意味づけを行っているということである。「蓬生」巻の語りの構造や、「御法」巻の「き」・「けり」のあり方から、当該箇所はともに、語り手が物語を方向付ける主体性を強く示している箇所だと言える。この二首の独詠歌はともに、主人公に気づかれないまま亡き人を思う、誰にも伝えられない孤独な心のピークとしてあり、末摘花と夕霧という人物の内面性を表現していて、またそれは脇役としての感情描写に留まらず、光源氏の訪問の意味と紫上死去の重さをも示し出している。だからこそ語り手は彼らのその思いを独詠歌をそのままあげることで伝えながら、すぐにその叙情を表現上の無理を冒して強引に引き取り、本来の物語の流れへとつなぐのである。

先述したように、平仮名は例えば肯定形と否定形が同じ文字になることがあるような極めて曖昧な書記言語なのであり、特に散文においてはその文字の表わす「音」の意味を確定させるべく、慎重に解釈していかなければならなかった。和歌から切れ目なく地の文が続くこの二例では、読者は想定していなかった仮名文字に突き当たり、一瞬理解不能になって混沌の中に置かれるが、改めて和歌からひと続きに読むとことばのつながりに段差はないため再解釈ができ、読者は語り手の声を新たに聞き取るのである。通常の読み取りでは解し得ない平仮名一文字によって読者は理解の宙吊り状態に陥り、それによって和歌から、地の文が示すもうひとつの文脈へと飛び移ることが促されて、ストーリーの本筋へと導かれていく。

第二節で考察したように、心内文から地の文の続きにおいても語り手による方向付けがみられたが、二重の意を表わし出すその語自体の形が変化させられているので、登場人物と語り手との重なりと切り替えはなだらかである。和歌から地の文の続きの方が、歌一首が成立し登場人物の叙情が十全に表わされてからの対象化となり、詠者の思いと語り手の述べていることとの差異が示されるため、二重文脈は明確でより意味を帯びてくる。

仮名文字と仮名文字を読む過程という視点からすると、この二例が和歌の直後であることはやはり重要である。三十一音という定型に拠って和歌を読み終わったと読者が認識した時、その直後に予想されるある程度限定的な「と」などのことばではない、想定外の仮名文字とその音に突き当たった時に読みの空白状態が生まれる。そしてその不安定な状態は読者を、登場人物の和歌の詠嘆との一体感から離れさせ、あくの強い語り手の作用にもよって叙述の位相差と意味のずれを乗り越えさせて、語り手の言葉として理解させるのだ。この二箇所では、読者が想定外の平仮名に立ち止まり意味を再解釈するための混沌の瞬間がつくり出され、独詠歌を軸にした登場人物との共感から、語り手の導く物語の本筋へと読者を跳躍させており、前衛的な物語言説のあり方になっている。

ひとりの人物によって物語が口頭で語られる場合は、聞き手は語り手それ自体や登場人物ごとの声音によって物語世界を逐次的に受け取り、そのことばを聞き直すこともないのであり、当該二箇所のあり方はすぐれて「書きことば」的である。「蓬生」巻末ではわざとらしいほど語り手を実在的に表わし出しているが、最後の「とぞ」という平仮名二字によって語り手を対象化するのであり、その語り手を読者は間接的に享受していたことになる。この「とぞ」は筆記・編集者によることばであると早くに玉上琢彌の指摘したところで[注27]、「書く」ことがこの巻の根底において物語を統括していると示されている。平仮名の特性に拠る当該箇所の特異な表現構造は、俯瞰的に見るとこの巻が基底に、侍女の発した語りの声を対象化し「書かれたもの」として存在するという仕組みを有していることと密接に関わっており、そのような巻において初めて存立しえたと言える。

『源氏物語』における、和歌から地の文へとつながる二箇所は、平仮名という文字を物語において「書き」「読む」ことの意味と可能性を突き詰めて成り立ち得た、きわめて先鋭的な物語言説であると考えられる。

※引用本文は、和歌は『新編国歌大観』に、それ以外は特にことわらない場合は『新編日本古典文学全集』に拠る。心内語に鉤括弧を付すなど、表記を私に改めたところがある。

注

1 土方洋一「仮名表現の可能性――『源氏物語』作中歌の書記形態――」（助川幸逸郎他編『新時代への源氏学 5 構築される社会・ゆらぐ言葉』竹林舎、二〇一五）。
2 池田和臣「源氏物語の文体形成――仮名消息と仮名文の表記――」（『国語と国文学』二〇〇二・二）。本稿における「池田論文」はこれを指す。
3 『海人のくぐつ』（『日本随筆大成』吉川弘文館、一九二七）。
4 池田亀鑑『源氏物語大成』（中央公論社、普及版一九八四）。
5 この声の切り替えについては、加藤昌嘉「鉤括弧と異文」（『揺れ動く『源氏物語』』勉誠出版、二〇一一）で具体的に分かりやすく説明されている。
6 三谷邦明「〈語り〉と〈言説〉――〈垣間見〉の文学史あるいは混沌を増殖する言説分析の可能性――」（『源氏物語の言説』翰林書房、二〇〇二）。
7 田村悦子「散文（物語・草子類）中における和歌の書式について」（『美術研究』一九八一・七）。
8 中田祝夫編監修『古語大辞典』（小学館、一九八三）。
9 柿本奨校注『蜻蛉日記』（角川日本古典文庫、角川書店、一九六七）。
10 片野達郎・松野陽一校注『千載和歌集』（『新日本古典文学大系』岩波書店、一九九三）。
11 注6三谷論文に同じ。
12 島津久基「敬語要記　主観直叙」（『日本文学考論』河出書房、一九四七）。
13 注6三谷論文に同じ。

14 神田龍身「語りの偽再生装置――『源氏物語』の〈音読〉」(『偽装の言説――平安朝のエクリチュール』森話社、一九九九)は、聞き手は「敬語の使用からも上流の姫君ということになる」とする。
15 三谷邦明「〈読み〉そしてテクスト分析の方法――蓬生巻の方法あるいは無明の闇への一歩――」(『物語文学の言説』有精堂出版、一九九二)。
16 佐々木聖司「辞と時制――語りを決定するもの――」(『新物語研究5 書物と語り』若草書房、一九九八)。
17 土方洋一「『源氏物語』の巻々と語りの方法――蓬生巻の語りを中心に――」(寺田澄江・小嶋菜温子・土方洋一編『物語の言語――時代を超えて 二〇一一年パリ・シンポジウム』青簡舎、二〇一三)。
18 三谷邦明「言説分析への架橋――語り手の実体化と草子地あるいは澪標巻の明石君の一人称的言説をめぐって――」(注6前掲書)。
19 森田兼吉「日記文学における語りの性格」(『日記文学論叢』笠間書院、二〇〇六)。
20 近藤政行「問いに用いられた「き」「けり」について――源氏物語と今昔物語集とを資料として――」(『徳島文理大学文学論叢』二〇〇五・三)。
21 坂田一浩「「内在記憶」と「外来情報」――上代語助動詞「き」「けり」の意味領域に関して――」(『国語国文学研究』二〇一〇・二)。
22 例えば『蜻蛉日記』において「き」が特例的に頻出する場面に、下巻天禄三年二月の養女迎えの記における、夫と兼忠女とのかつての関係性を述べる箇所があり、これは執筆当時の道綱母にとって気持ちを波立たせることのない、過去のエピソードとして定位されていると解し得る。
23 渡辺実「物語とそのことば」(『国文学 解釈と教材の研究』一九八五・七)。
24 注16佐々木論文に同じ。
25 藤井貞和「伝来の助動辞「けり」――時間の経過」(『文法的詩学』笠間書院、二〇一二)。
26 坂田一浩「平安朝屏風歌詞書の叙述様式――動詞叙法、とりわけ助動詞「けり」の使用をめぐって――」(『国語国文学研究』二〇一一・二)。またこれとは反対に、藤井貞和「歴史語りの「き」――「けり」を思い合わせる」(加藤静子・桜井宏徳編『王朝歴史物語史の構想と展望』新典社、二〇一五）では、「けり」は伝承形式を示し、語り手が「話の内容に対して責任がないことの表明でもある」と解するが、その物語の内に聞き手（読み手）が潜り込んで共感的にその表現世界を生きるには、語り手が物語の世界の確かさを担保する姿勢が必要であると考える。

27　玉上琢彌『源氏物語評釈　第三巻　蓬生』（角川書店、九版一九八〇）。

斎藤　菜穂子（さいとう なほこ）　國學院大學兼任講師、東洋大学非常勤講師。専攻：中古文学・『蜻蛉日記』。
著書『蜻蛉日記研究――作品形成と「書く」こと――』（武蔵野書院、二〇一一年）。論文「『蜻蛉日記』上巻の御代替わり考」（『中古文学』二〇一二年十一月）など。

話型の解釈共同体

――『源氏物語』に「昔話」の痕跡を探す――

菊地　仁

はじめに

編集部からの論題が含む「解釈共同体」とは、S. Fish の interpretive communities を前提とした概念であろう。しかし、もとより私にフィッシュの理論を正面切って扱える能力はないし、必ずしも本稿にそれが求められているわけでもないものと思う。

ただ確かに、フィッシュが述べるような、特定の「共同体」の「戦略」strategy で支えられるという「解釈」の持つ限定的な性格は、そのまま「話型」が内包する問題にも直結するものである。ここでは、既定の「解釈」を相対化する試みとして、口承文芸と『源氏物語』とをあえて重ね合わせ、「話型」のあらたな可能性を考えてみたい。[注1]

以下、多く状況証拠の積み重ねとなるが、もとより『源氏物語』のなかに「話型」の客観的な実在を証明しようとするものではない。むしろ、時代逆行的に「昔話」の「話型」を通過させることで、『源氏物語』がどのように見えてくるのか、という若干の試みである。

一　学術用語「話型」の問題

『源氏物語』を取りあげる前に、「話型」という概念の持つ暫定性について押さえておこう。たとえば、『源氏物語における伝承の型と話型（源氏物語研究集成８）』で個別項目として取りあげられたものには、「貴種流離」「神婚譚」「白鳥処女」「結婚拒否」「継子いじめ」「処女塚」「霊験譚」「もののけ」「隠り妻」がある。ある意味、どれが正確に「伝承の型」ないし「話型」と弁じがたいところに問題のむつかしさが暗示されているだろう。

これら九項目に関して、『王朝物語必携（別冊国文学）』における「王朝物語術語・話型事典」の「話型の部」で該当するものを探せば、「貴種流離」「結婚拒否」「処女塚（つま争い・入水）」「天人女房（白鳥処女・羽衣型）」および「聖婚（求婚）」「三輪山型」「霊験（夢）」あたりであろうか。名称の相違はとにかく、この重複するものが、いちおうは物語文学における「話型」を代表していると思われる。

ところが、さきの九項目の「話型」を口承文芸に照らしてみると、状況はかなり異なった様相を呈してくる。たとえば、『日本昔話事典』を検すると、対応しそうなもので立項されているのは、「三輪山」「白鳥処女」「継子話」「妻争い」くらいである。さらに、『日本昔話事典』における当該四項目が、おのおの「神話」「外国の昔話」「総論」「神話」として扱われ、どれも「話型」扱いとはされていない点に注意しなければならない。もっとも、「継子物」の場合は言わば大項目であり、『日本昔話事典』において実際は、さらに「継子と井戸」から「継母の化物」まで十五種類の「話型」として細分化し別に立項されてある。

「話型」は、もとより「作業仮説」にすぎない。[注2] したがって、名称の流動性も含め、以上のような見解の相違をあまり云々しても始まらぬ、という考えもありえよう。ただ、折口信夫という個性を色濃く刻印した「貴種流離」と、『日本昔話事典』で「外国の昔話」扱いされる「白鳥処女」とでは、いささかの径庭があるようにも感じられる。

そもそも、後者が『日本昔話事典』で「話型」と呼ばれなかったように、前者もまた折口自身「物語要素」「類型」と呼びこそすれ「話型」と称してはいない（『日本文学の発生序説』など）。柳田國男の「流され王」（『一つ目小僧その他』）ではなく、「貴種流離」が術語としての定着をみたのは、むろん折口が具体的に『源氏物語』に言及するからでもある。やや皮肉な言い方で恐縮だが、前記の諸例は、一面で『源氏物語』のための「話型」という面がなくもない。だから、「『源氏物語』のあり方じたいが「結婚拒否」を話型として見ることを要請している」との発言は意味するところきわめて示唆的である。[注3]

認定の仕方とも関連して、もうひとつ「話型」を通時的な概念と考えうるかどうか、という疑問がある。ことはそもそも口承文芸研究というより民俗学の本質にも関わるのだが、[注4] さきの『日本昔話事典』からも窺われるように、「話型」は「神話」的な「原型」とはいささか異なる概念と理解すべきではないか。あくまで、「話型」は時代や場所を超越した最大公約数的な「作業仮説」であるがゆえに、単純な時系列の因果関係としては還元されえない性質を内包している。一見、継承のみならず逸脱と解しうる事例にあっても、それらが往々にして総体として「話型」を補強し支えあう結果ともなってしまう。その意味で、「話型」は「生成」してくるものとも言えよう。[注5]

以上のように、「話型」なる語は、本来的な曖昧さを避けえないもので、実体的な概念として扱ってしまうことは相応の危険性を払拭できない。しかしながら、当面の暫定的な「作業仮説」という限界に自覚的であるならば、方法論的な有効性は必ずしも失われるものでもない、と考える。いずれにしても、強調しておきたいのは、「話型」への着目とは、まぎれもなく物語文学における口頭伝承の要素を対象化する行為にほかならない、という端的な事実である。

二　「動物昔話」という「話型」

上述のように、「話型」という言葉はさまざま概念規定が可能であり、そのこと自体が一種の強みであると言えなくもない。もっとも、これまでの「話型」論はやや物語文学研究の内部で自己完結してしまいがちだったようにも思われる。そこで本稿は、思い切って口承文芸、具体的には柳田國男の言うところの「昔話」の側から、『源氏物語』における「話型」の問題へ迫ってみたい。もちろん現行の「昔話」は、『宇治拾遺物語』に載る「瘤取爺」をもってしても、そのままの形で「話型」を平安時代まで引きあげ適用することは無理がある。したがって、ここでは「話型」をかなり広義なものとして緩く拡大解釈する。そのことで、いわゆる貴族文学としてだけでない別な視点の読み方が模索できれば、と思う。

たとえば『昔話・伝説必携（別冊国文学No.41）』の「昔話・伝説話型事典」によると、「昔話」の「話型」は大きく次のように分けられる。[注6]

動物昔話…動物葛藤、動物分配、動物競走、動物競争、猿蟹合戦、勝々山、古屋の漏、動物社会、小鳥前生、動物由来、新話型
本格昔話…婚姻・異類聟、婚姻・異類女房、婚姻・難題聟、誕生、運命と致富、呪宝譚、兄弟譚、隣の爺、大歳の客、継子譚、異郷、動物報恩、逃竄譚、愚かな動物、人と狐、新話型

実際は、このさきに「婚姻・異類女房」なら「天人女房」のような下位分類が続く。すなわち、前掲「白鳥処女」「継子いじめ」などの「話型」は、基本的にここの「本格昔話」へ包摂されるのである。そこで、ここではあえて「動物昔話」の方を俎上にのぼせてみたい。なぜなら、「動物昔話」は見えにくくとも、確かに平安時代でも「アニミズムの神話」[注7]の系譜として伏流していたはずだからである。その事実を見きわめることができなければ、中世にお伽草子の異類物（擬人物）が急増する意味を説明しえまい。

とは言え、検討対象の「話型」をやみくもに選択しても無意味である。そこで、本稿では平安時代となんらかの接点が想定された「話型」を取りあげる。たとえば、文学作品については『日本昔話通観（研究篇

２）日本昔話と古典』がくわしく、特に「本格昔話」では説話文学のみならず平安時代の作り物語まで数多く引証されている。残念ながら、多くは断片的な関係にすぎず、『源氏物語』の名前も見えない。

「動物昔話」の方になるとさらに数は少なくなるが、それでも平安文学との接点が見いだせないわけではない。そのなかで、『日本昔話通観』だけでなく『日本昔話集成』『日本昔話大成』の指摘とも共通する「話型」は、「古屋の漏」「猿の生肝」「時鳥と小鍋」「雁と亀」「土竜と蛙」の五種類である。[注8]

このうち、「時鳥と小鍋」は『俊頼髄脳』に、「古屋の漏」は『袋草紙』に、ほかは基本的に『今昔物語集』に見える。和歌にまつわる説話という形で伝えられた「時鳥と小鍋」「古屋の漏」と、基本的に書承関係も想定される『今昔物語集』所載の「猿の生肝」「雁と亀」「土竜と蛙」とでは、平安時代においても資料的な価値に相違があったものと思われる。したがって、ここでは和歌を媒介に『源氏物語』をめぐって好対照を見せる「時鳥と小鍋」と「古屋の漏」とを取りあげてみたい。

三　「時鳥と小鍋」――継子による聞きなし

「時鳥と小鍋」は、『日本昔話事典』によれば次のように要約される。

継母が娘の遊びに出ている間に炊きたてのご飯を鍋ごと隠してしまう。そこへ娘が帰って来て、おなかがすいた、ご飯を食べたいと言う。しかし継母は、ご飯はないと嘘をつき、その鍋を持ったまま、

「あっちゃとてたー、こっちゃとてたー」と言いながら鳥になって表へ飛んで行ったという話。

さきの『昔話・伝説必携』の「話型」では、「時鳥と小鍋」は「小鳥前生」の下位分類という位置づけとなる。「あっちゃとてたー、こっちゃとてたー」は、時鳥の鳴き声を聞きなしたものである。「本話型の報告例はきわめて少なく、青森県下北郡に数話あるのみである。」(『日本昔話事典』)とされるが、どうも平安時代には少しく異なった形でそれなりの流布を見せていたようである。

たとえば、『日本昔話通観』が指摘する歌学書『俊頼髄脳』は次のように記す。注9

又乳のむ程のこども、昔は歌をよみけるにや。
　鶯よなどさは鳴くぞちやほしきこなべやほしき母や恋しき
これは幼きちごのて、がまま母につけておきたりける程に、つちして小きなべのかたをつくりたりけるを、継母がこにとらせて、この継子にはとらさせざりけるを、ほしとは思ひけれどえこはぬ事にてありけるに、鶯のなきければよめる歌なり。

表面上、さきの「時鳥と小鍋」の要約とはかなり異なるが、それは主に、『俊頼髄脳』で「時鳥」から「鶯」に変わってしまったこと、叙述も「乳の(飲)む程のこども(子供)」という人間側の和歌説話となっていること、に由来する。

確かに『俊頼髄脳』だけを見れば、「小鳥前生」ならぬ「継子譚」そのものであるが、「なべ（鍋）」の共通により両者が同一の「話型」に属することは歴然としている。そもそも、守護霊としての亡母の存在は「継子譚」にとって不可欠な要素であり、したがって「小鳥前生」という形の変身も決して唐突ではない。『俊頼髄脳』は、ホトトギスとウグイスとの托卵という疑似親子関係にも言及しており、その「継子譚」的な生態についても平安貴族にもそれなりの認識があったと思われるのである。[注10]

もう一点、『俊頼髄脳』の説話を、「時鳥と小鍋」として理解した時に浮かびあがるのが聞きなしの問題である。さきの『日本昔話事典』の「あっちゃとてたー、こっちゃとてたー」という鳴き声は、おそらくアチラ（コチラ）ニ飛ンデ（または取ッテ）行ッタという意と考えられる。[注11]

もともと「時鳥と小鍋」に限らず、ホトトギスの「昔話」ではさまざまな聞きなしが重要な役割を担う。だとすれば、「な（鳴）きければ」と明記する『俊頼髄脳』の和歌も、その第三句「ち（乳）やほ（欲）しき」は、鶯の声に対するチヨ（千代・千世）やツ（ー）キヒホシ（月日星）という聞きなしと無関係ではありえまい。[注12] いささか無粋ながら、だとすれば哺乳類ならぬ鳥類を詠んだものとして得心はゆく。

以上、『俊頼髄脳』の「時鳥と小鍋」をさらってみたが、「継子譚」としての枠組みがオノマトペをとおしてきわだつ点には改めて注意を喚起したい。実際の習性は不明だが、ウグイスがホトトギスの鳴き真似をするという、『枕草子』の記事も気になってこよう。[注13] このウグイスに変容した「時鳥と小鍋」譚が、『源氏物語』と関連してくるのである。

四　『源氏物語』のウグイス

いささか前置きめいた話が長くなったが、『源氏物語』に「時鳥と小鍋」を読もうとすれば、以上からもホトトギスよりウグイスの方がより効果的と予想できる。

そもそも、『源氏物語』では音読み・複合語も含め、ウグイスが二十四例も見られるのに、ホトトギスは十一例だけである。通常、程度の差こそあれ、同時代の文学作品ではホトトギスの方が多いのに、両者が数的逆転を起こし比率も二倍と広がっている。加えて、ホトトギスの五例までが花散里巻に集中する。つまり、『源氏物語』におけるホトトギスの問題は、ある意味、花散里巻のそれでもあり、そのぶん「時鳥と小鍋」とは疎遠になっている。では、『源氏物語』のウグイスは「時鳥と小鍋」譚とどんな接点を持ちうるだろうか。[注14]

『源氏物語』においてウグイスの用例が多い巻は、少女・初音両巻の四例ずつで、ほか若菜上巻の三例、梅枝・若菜下・幻・竹河各巻の二例、などと続く。まず、少女巻。「春鶯囀舞ふほどに、昔の花の宴のほど思し出でて」（四八二頁）と始まる光源氏・朱雀院・螢兵部卿宮・冷泉帝による唱和である。和歌のみ抜粋してみる。[注15]

　　鶯のさへづる声はむかしにてむつれし花のかげぞ変れる

九重をかすみ隔つるすみかにも春とつげくる鶯の声
いにしへを吹き伝へたる笛竹にさへづる鳥の音さへ変らぬ
鶯のむかしを恋ひてさへづるは木伝ふ花の色やあせたる
（四八二頁）

引用は「二月の二十日あまり」（四八一頁）に冷泉帝が朱雀院へ行幸した場面で、夕霧と雲井雁との恋愛話に挟まれ、巻末の六条院完成へと向かう直前に当たる。少女巻のウグイスは、さきの「春鶯囀」を加えれば「鶯のさへづる声」「鶯の声」「鶯のむかしを恋ひてさへづる」と、ここに四例すべて出揃う。「昔の花の宴」の「春鶯囀」とは、花宴巻での、やはり「二月の二十日あまり」の「春の鶯囀るといふ舞」（一九二頁）を指している。ここに引用した四首のうち、三首までに「さへづ（囀）る」が用いられるのは、言うまでもなく舞楽「春鶯囀（春の鶯囀るといふ舞）」を意識するがゆえである。

この場面で注意したいのは、ウグイスが現前していないという点である。と言うよりも、『源氏物語』のウグイス全二十四例中、実物の鳥として確認できるのは六例のみである。たとえば、梅枝巻でも唱和歌にウグイスが詠まれるけれども、それも朗唱された催馬楽「梅が枝」（六六〇頁）のなかの小鳥としてにすぎない。次のように、梅枝巻のウグイスは第一および第三首だけだが、ここでも螢兵部卿宮・光源氏・柏木・夕霧・弁少将の唱和歌のみすべて抄出する。

鶯の声にやいとどあくがれん心しめつる花のあたりに

色も香もうつるばかりにこの春は花さく宿をかれずもあらなん
鶯のねぐらの枝もなびくまでなほ吹きとほせ夜はの笛竹
心ありて風の避くめる花の木にとりあへぬまで吹きやよるべき
かすみだに月と花とをへだてずはねぐらの鳥もほころびなまし
（六六〇頁）

さきの少女巻の唱和とは、「春鶯囀」「梅が枝」という芸能が契機になる類似のみならず、「笛竹」や「かすみ隔つるすみか」と「かすみだに…へだてずはねぐら」などでも結びつく。これら二組の唱和が、玉鬘十帖を挟んで対峙しているような構成になるのは偶然とは思われない。[注16]そして、これらの場面におけるウグイスは、いずれも想像上の声としてだけの存在なのであった。

五　舞楽「春鶯囀」が意味するもの

さきの二組の唱和が、それぞれ背後に、夕霧・雲居雁と明石姫君という、なんらかの意味で実母を欠いた人物たちを前提とする点は、必ずしも「時鳥と小鍋」譚との関わりとも言えぬものの、いささか注意してよいであろう。初音巻のウグイスが、すべて明石姫君に関わる使用例（五二一、五二二、五二四頁）だったことも想起したい。

いわゆる「継子譚」のような虐待と報復の「話型」を裏切るように、『源氏物語』では継母と継子の同一化さえも窺えるが、[注17]同時に一方でそうした変形こそが『住吉物語』などに反作用として絶えざる改作の原動力を補給する側面もあった事実を見逃してはなるまい。[注18]しかし、ここでさらに取りあげたいのは、「時鳥と小鍋」でもポイントとなる聞きなしの問題である。

ウグイスやホトトギスのように、多くの鳥名は鳴き声に由来し、その聞きなしによる「昔話」も多い。[注19]『源氏物語』のウグイスの場合、前述のとおり、現実の鳴き声でない事例が気になる。たとえば初音巻の例でも、「えならぬ五葉の枝にうつる鶯」の造り物に触発され、「初音」の和歌を明石君が詠んでいたのであった（五二一頁）。

仮想の鳴き声は即物的でないぶん、その記号性を色濃く表面に打ち出してくる。たとえば、前掲の催馬楽によって始まった梅枝巻の唱和第一首、螢兵部卿宮歌は

「鶯の声にやいとどあくがれん心しめつる花のあたりに

千代も経ぬべし」と聞こえたまへば、（六六〇頁）

と、厳密には直後に引き歌「いつまでか野辺に心のあくがれむ花しちらずは千世もへぬべし」（『古今集』二）を伴っていた。[注20]だが、考えてみると、螢兵部卿宮歌の「あくがれん心しめつる花」が「心のあくがれむ花」をかなり忠実に引用している以上、「千代（千世）も経（へ）ぬべし」まで、言わば露骨に手の内をあかすのはいささか不自然である。

古注以来、この「鶯の声」を弁少将の美声を喩えたものと解する説が多いけれども、なにはともあれ、唱和全五首を貫く架空のウグイスに生命を与え、音声の虚実を取り混ぜたその重層的な効果をまず評価すべきものと考える。注21 とすれば、『古今集』からの引き歌も、催馬楽「梅が枝」のなかのウグイスが実際「千代（千世）」と鳴いている音声注22として現出したものと理解できるだろう。

たとえば、「春鶯囀」（少女巻）・「春の鶯囀るといふ舞」（花宴巻）をめぐっては、鎌倉時代の楽書に次のような伝承を載せている。すなわち、「春鶯囀」の演奏でウグイスが集まり鳴くという奇瑞が日中両国で起きたり（『教訓抄』二）、「春鶯囀」は太宗が部下に命じてウグイスの声を楽曲化した（『続教訓抄』一、もとは唐の『教坊記』）、とも言われているのである。

前者は管絃の演奏が自然現象を誘発する例と受け取れば、『うつほ物語』『狭衣物語』などの類型がないでもない。しかし、『続教訓抄』（『教坊記』）の説話の方は、言わば音が本物と再現という区別をあいまいにし、懸詞のような自然と人間との一体化を実現する、というものである。表現としてのウグイスの声は、ここにこそ真の特徴を見いだせよう。

「動物昔話」に登場する動物は、言うまでもなく文化的なものとしてのそれである。だから、たとえば野鳥たちは鳴き声がそのまま言葉であるような、すぐれて擬人化された存在になる。そのような本質的な問題は、物語作中歌のようなきわめて様式化された表現にこそ見えやすくなってくる。継子譚にとどまらず、「昔話」の聞きなしが『源氏物語』に「話型」として働きかけてくるのは、このような地点においてである。

六　「古屋の漏」という「話型」――雨のもたらす勘違い

今度は、「古屋の漏」という「話型」を検討してみよう。「時鳥と小鍋」に比較すると、「古屋の漏」は現行の流布範囲もかなり広く、そのぶん内容には相応の多様性が窺われる。『大辞林』から、きわめて単純化した要約で掲げてみる。

虎・狼などが、雨の夜に馬をとろうと忍び込んだ家で、爺と婆とが虎・狼よりも「古屋の漏り（＝雨漏り）」が恐ろしいと話しているのを聞いて、この世に自分よりも恐ろしいものがあると驚いて逃げ出す話。

通常、ここに馬泥棒が加わり、「虎」の「背中に馬と間違えてとび乗る。虎はそれを古屋のモリというものだと思い、ふり落として逃げる」（『日本昔話事典』）という展開を採るケースが多い。さらに、そのあと「猿の尾の短い由来がついている」（『日本昔話事典』）かどうかで、「古屋の漏」は大きくふたつのサブタイプに分かたれる。

ここで注意を引くのは、「東北および九州以南では虎、中央部では狼となっている場合が多い」（『日本昔話事典』）となにやら、文化（方言）周圏論的な分布を示していることだ。と言うのも、この「話型」の淵源は古代インドまでさかのぼるもので、日本にはいない「虎」は伝承が舶来したことの証左とも考えうるからだ。「古屋の漏」の「話型」が、平安時代にもその反映を窺いうることは、『今昔物語集』二十四・二十の説話にそくして、すでにくわしい考証がある。[注23] 正体不明のものに飛び乗るというモティーフはそれに委ねるとして、「古屋の漏」の「話型」では、和歌作品にもいくつも傍証資料が見いだせるので、ここでは「時鳥と小鍋」との関連からも、そちらから確認してみよう。

「古屋の漏」に関しては、『日本昔話通観』が「参考話」として次の二首の和歌を掲げる。

とらにのりふるやをこえてあをふちにみつちとりこむつるぎたちもが　（『万葉集』十六）

いにしへも今も伝へてかたるにももりやは法の敵なりけり　（『袋草紙』上）

前者はいわゆる「有二由縁一雑歌」で、「古屋」について説がやや分かれるものの、「とらにのり（虎尓乗）」との始まり方は「古屋の漏」と無関係とは言いがたいだろう。一方、後者は瞻西上人が説経した際の雨漏りを物部守屋にかけて詠んだもので、「古屋の漏」との距離は『万葉集』歌よりやや遠い。

このうち、『万葉集』歌の呪術的な性格は、「古屋の漏」の「話型」と微妙に呼応しつつ、「漏」るものを雨から月へと変容させ、「ふるやをとこ（古屋男）のたち（太刀）」（『拾遺集』十）・「ふるや（古屋）のいたびさし（板庇）」（『金葉集』八）など多彩な展開を見せてくる。[注24]「時鳥と小鍋」もそうであったが、和歌という韻文の形式での残存は、確固とした「話型」ではないにしても、その形成の古さを物語るものと言えるであろう。

ただし、「古屋」という言葉だけなら、主に和歌での使用が目立つ程度で、平安時代で決して使用例の多い語ではない。八代集でも、前掲『拾遺集』『金葉集』のほか、『古今集』十五に一首、『千載集』十一と十七に各一首見られるのみである。それら三首が、いずれも軒端の忍草を詠むことは注目される。そのあたりが、『源氏物語』との具体的接点になる。

七　『源氏物語』の雨そそき

「時鳥と小鍋」における「鍋」と同じく、『源氏物語』にも「古屋」という単語が使われているわけではない。「古屋」が使われない点は、さきの『今昔物語集』二十四・二十の説話も同様である。ただ『源氏物語』の場合、「漏」る月だけであれば、夕顔巻の有名な「八月十五夜、隈なき月影、隙多かる板屋残りなく漏り来て」（八七頁）があり、それはさらに源泉のひとつかもしれない『伊勢物語』六の「雨もいたう降りければ、あばらなる蔵に」を連動させ、そうした延長線上に国宝の『源氏物語絵巻』で有名な蓬生巻の場面（三七四頁）も位置する、という構図になるのである。注25
確かに、このような流れは「古屋の漏」の「話型」と少なからぬ類縁を感じさせる。つまり、『源氏物語』において「古屋の漏」は、いわゆる玉鬘系の巻々にこそ近しいものなのである。末摘花巻のような噂による勘違いはもとよりのこと、『源氏物語』としては珍しい夕顔巻の抜刀（九二頁）も前掲『万葉集』や

『拾遺集』の和歌に見られる呪具としてのイメージを引き継ぐものと解せる。

もちろん、さきの蓬生巻も雨漏りそのものを描いているわけではないが、「雨そそきも、なほ秋の時雨めきてうちそそけば」（三七四頁）と催馬楽「東屋」の一部をやや聴覚的に引用していることは注目できよう。実は、出典たる催馬楽「東屋」では

東屋の真屋のあまりのその雨そそき我立ち濡れぬ殿戸開かせ鎹も錠もあらばこそその殿戸我鎖さめおし開いて来ませ我や人妻

と、「あまり」（軒）の「雨そそき」（雨垂れ）が問答形式で謡われる。

この催馬楽「東屋」は、早く紅葉賀巻で集中して用いられていた。しかも、やはり玉鬘系的な特色を持つとされる源典侍挿話で、[注26]である。

君、東屋を忍びやかにうたひて寄りたまへるに、「おし開いてきませ」とうち添へたるも、例に違ひたる心地ぞする。
立ち濡るる人しもあらじ東屋にうたてもかかる雨そそきかな
とうち嘆くを、我ひとりしも聞きおふまじけれど、疎ましや、何ごとをかくまでは、とおぼゆ。
人妻はあなわづらはし東屋の真屋のあまりも馴れじとぞ思ふ　（一八四頁）

「夕立して、なごり涼しき宵のまぎれ」（一八四頁）に交わされた源典侍と光源氏の贈答だが、「東屋」「おし開いてきませ」「立ち濡るる」「雨そそき」「人妻」「東屋の真屋のあまり」すべて前掲の催馬楽で使われた言葉である。周知のとおり、この直後の「太刀を引き抜」く場面も（一八六頁）さきの夕顔巻を想起させる。源典侍と光源氏とのやや芝居がかったやりとりは、催馬楽「東屋」の問答歌の持つ芸能性と無関係ではありえない。このエピソードは、明らかに「民謡から発生したという、催馬楽のもともとの雰囲気を、とどめて[注27]」いると言ってよいだろう。

八　フル（古・降）とモル（漏）

「古屋」の板間の「漏り」と「東屋」の軒先の「そそき」とでは、確かに少なからぬ距離がある。ちなみに、「雨垂り」なる語ならば鎌倉時代までさかのぼりうるが、「雨漏り」や「雨垂れ」の使用例は中世には見られないようである。すなわち、同類の言葉のなかで「雨そそき」は時代的に先行することは疑いない。だから、意外にフルヤノモリという熟語自体の成立は新しいのかもしれない。ちなみに、言うまでもないが、和歌の「古」は「降る」と懸詞を形成しやすい。

催馬楽「東屋」で軒を「あまり」と表現していたのは、前掲『金葉集』八の「いたびさし（板庇）」などとの関連からも気になるところだ。[注28]対象への関心が、屋根から軒先へ移動する和歌史的なプロセスと考えたいが、あるいはその逆なのかもしれない。しかし、どちらが先であってもかまわない。本稿冒頭で述べたように、ここでは「話型」を歴史的な展開過程とはいちおう別な次元と捉えているからである。

さきの『源氏物語』紅葉賀巻の源典侍挿話は、さきにふれた光源氏と頭中将との抜刀騒ぎののちのあられもない格好での結末も気になるが（一八六頁）、「古屋の漏」との関係で言えば、馴れ初めの段階で、光源氏が「人の漏り聞かむも古めかしきほどなれば」（一八二頁）と、相手がかなり年かさの女性であることについて、他人の噂を意識するところは看過しがたい。

『源氏物語』における「漏」るの用語例は、このように「聞」く場合が非常に多い。[注29] 偶然かもしれないが、ここの紅葉賀巻で「古めかしき」ことを「漏り聞」くというのは、この段階でフルヤノモリという成語ができあがっていなかったにせよ、ほの聞いた情報が一人歩きして誤解を生むという「話型」を、どこか無意識に伏在させるがゆえの言い回しと思われる。

「古屋の漏」が、「虎の口（虎狼）より人の口おそろし」という諺でも流布しているのは存外この成語が持つ禁忌という本質的な側面を体現しているにちがいない。[注30] そのタブー性が建物という具体的な形を採った時、「雨」の降る音はもとより『袋草紙』のような突発事としての「漏り」という触感や、あるいは催馬楽「東屋」の「鎹（かすがひ）」「錠（とざし）」というような障害として前面化してくるということなのだろう。

催馬楽の「東屋」は、これまで挙げた紅葉賀・蓬生両巻のほか、もちろん東屋巻にも引用されている。[注31] たとえば、「さしとむる葎やしげき東屋のあまりほどふる雨そそきかな」（一二五四頁）という浮舟を訪れた薫の和歌である。「東屋のあまり」「雨そそき」が催馬楽に基づくことは言うまでもないが、「葎やしげき」とも詠まれているのは、「東屋」なるものもまた粗末な建物であり、それは玉鬘系に見える廃屋のイメージと結びつくものであることを示している。

おわりに

予想どおり、これと言った決定打がない考察になってしまったが、「動物昔話」という強引な切り口から『源氏物語』に分け入った時、まずは催馬楽など芸能との関係が浮かびあがることについては留意したい。[注32]そこでは、聴覚（鳥の鳴き声）や触覚（廃屋の雨漏り）といった五感の神話的な意味も見えやすくなってくるのであった。植物などとは違い、鳥や雨のような音声を発する自然現象が、和歌（歌論）の媒介で「昔話」と接点を持つことの意義は少なくない。ウグイスによる継子譚や、「古屋の漏」における玉鬘系などの問題も、ある程度予想されるものではあったが、改めて指摘しておきたい。

力不足で「話型」それもかなり偏ったものに終始し、「解釈共同体」の方にはほとんどふれることができなかった。『源氏物語』研究の外側に立とうとしても、別な意味での「解釈共同体」に絡めとられてしまうところに「話型」論のむつかしさがあるという、至極当然の確認をして終わりとしたい。

注

1　もっとも、このような関心からの試みには、たとえば夕顔巻に「花女房」を読む塚原明弘「花の精の物語としての「夕顔」巻――『源氏物語』と異類婚姻譚――」（『文学』二〇〇六・九）のような業績があり、昨今でも決して珍しいものではない。

2　島内景二「話型（類型・神話類型）」（『源氏物語の話型学』ぺりかん社、一九八九）、高橋亨「〈話型〉継子譚の構造・実例『落窪物語』」（『国文学』一九九一・九）など。

3　高田祐彦「結婚拒否」（『源氏物語における伝承の型と話型（源氏物語研究集成8）』風間書房、二〇〇一）。

4　柳田國男の「話型」研究が、ある種の史的展開を前提とすることは『口承文芸史考』などから明らかである（兵藤裕己「口承文学概論」（『口承文学2・アイヌ文学（岩波講座日本文学史17）』岩波書店、一九九七）。そもそも、民俗学は進化論的な発展史観と無関係ではなかった（大塚英志「柳田國男と進化論」『偽史としての民俗学――柳田國男と異端の思想』角川書店、二〇〇五）。

5　注2の高橋論文。

6　この分類は、『日本昔話名彙』より『日本昔話集成』『日本昔話大成』あるいは『日本昔話通観』に近い。なお、以下の「話型」名はこの分類に従う。

7　藤井貞和「説話と物語文学」（『物語文学成立史フルコト・カタリ・モノガタリ』東京大学出版会、一九八七）。なお、昔話や伝説に国家神話となりえなかったものが残存する可能性については大林太良『稲作の神話』（弘文堂、一九七三）、同『神話と民俗』（桜楓社、一九七九）、松前健『古代信仰と神話文学――その民俗論理――』（弘文堂、一九八八）参照。

8　実際は、これに『俊頼髄脳』にある「時鳥沓縫」が加わるはずだが、『日本昔話集成』『日本昔話大成』では『顕注密勘』を初出とするのでいちおう除外した。

9　歌学書類は『日本歌学大系』による。「時鳥と小鍋」について、『日本昔話集成』などでは『袋草紙』を挙げるが、『日本昔話通観』の指摘どおり『俊頼髄脳』が早い。

10　田仲洋己「子どもの詠歌――『袋草紙』希代歌をめぐって――」（『中世前期の歌書と歌人（研究叢書三八三）』和泉書院、二〇〇八）。

11 津軽方言「あ（っ）ちゃ」なら、母の意味もありえよう（『日本方言大辞典』『日本語方言辞書』『標準語引き日本方言辞典』）。ホトトギスに転生したのが、加害者側でなく被害者側との伝承例も存在する（花部英雄『小鍋焼きの地獄――昔話「時鳥と小鍋」の伝承風景――』『昔話と呪歌』三弥井書店、二〇〇五）。

12 山口仲美「ほほうほほうもほめことば――ウグイス」（『ちんちんチドリのなく声は――日本人が聴いた鳥の声――』大修館書店、一九八九）、小林祥次郎「ほととぎす［時鳥］」（『日本古典博物事典・動物篇』勉誠出版、二〇〇九）。

13 『新潮日本古典集成』ならば、三十八「鳥は」および二〇五「見物は」の各段。通常、聞きなしの対象は後述する囀りだが、『枕草子』の例は地鳴きかもしれない。

14 ちなみに、『源氏物語』に「鍋」の使用例はない。後世だが、『夫木抄』二に「かかりけるみのりの花ぞうぐひすよこなべをほしと何おもひけん」という寂連歌が載る。和歌や物語文学ではなじみが薄い「こなべ（小鍋）」なので、前掲『俊頼髄脳』から本歌取りしたものだろうが、もとは『千五百番歌合』で第四句「こずゑをほしと」とする。ただ、そこにも『夫木抄』所載本文と一致する異伝がある（半田公平「千五百番歌合」『寂連の研究』勉誠社、一九九六）。「小鍋」と「梢（木末）」とでは単純な誤写を考えにくく、なんらか異同を惹起するだけの伝承の揺れを想定すべきではあるまいか。なお、『源氏物語』でも幻巻で梢にいるウグイスが描かれる。

15 『源氏物語』は『完本源氏物語』による。

16 少女巻と梅枝巻との対応関係についてはすでにいろいろ指摘もあり（『源氏物語評釈』など）、特に両巻の唱和における「笛竹」の役割については、小嶋菜温子「柏木の笛――幻の血脈へ」（『源氏物語批評』有精堂、一九九五）を参照。

17 松木典子「『源氏物語』と継子譚――継母になる継子――」（『源氏物語の鑑賞と基礎知識№10賢木（国文学解釈と鑑賞別冊）』至文堂、二〇〇〇）。偶然ではあろうが、「時鳥と小鍋」の話型でも継母と継子との互換性がある（注11花部論）。

18 かつて鎌倉擬古物語（中世王朝物語）の「しのびね型」を「話型」と呼んだのも同様の理由による（菊地「物語文学とお伽草子・〈しのびね型〉物語をめぐって」『お伽草子百花繚乱』二〇〇八・十二）。古本『しのびね物語』から多くの類似模倣作が生まれただけでは、「話型」なる術語を使えない。その量産のプロセスで、原因たる古本『しのびね物語』そのものの方も流動化し始め改作本に至るというところが肝要である。
19 柳田國男「鳥の名と昔話」(『野草雑記・野鳥雑記』甲鳥書林、一九四〇)。
20 歌集・歌合類は『新編国歌大観』による。
21 催馬楽「梅が枝」は、「梅が枝に来ゐる鶯や春かけてはれ春かけて鳴けどもいまだや雪は降りつつあはれそこよしや雪は降りつつ」(『新編日本古典文学全集』による)というもの。和歌の形で『古今集』一にも採られるが、催馬楽の方では「鳴けども」の詞章部分だけにさまざまな異伝があり(『新編日本古典文学全集』頭注)、逆に鳴き声が「梅が枝」にとって重要であったことを推測させる。
22 注12の山口・小林両著参照。
23 増尾伸一郎「女の屍に乗る男・『今昔物語集』の怪異譚と昔話「古屋の漏り」をめぐって」(『アジア遊学』二〇〇五・九)。宮腰直人氏からのご示教。なお、伝播範囲には著しい違いはあるが、「時鳥と小鍋」の本州北部に偏した残存も興味深い。
24 折口信夫「宮廷儀礼の民俗学的考察——釆女を中心として——」(『国学院雑誌』一九三三・八)、久富木原玲「誹諧歌から和歌へ——和歌史構想のために」(『源氏物語・歌と呪性(中古文学研究叢書5)』若草書房、一九九七)。「古屋」の雨漏りを詠んだ和歌は、『和泉式部集』『実国集』『為忠家初度百首』『久安百首』など多い。
25 注24の久富木原論。『伊勢物語』は『新日本古典文学大系』による。
26 高橋和夫「紅葉賀・葵の両巻のある部分について」(『源氏物語の主題と構想』桜楓社、一九六五)、池田勉「源氏物語「紅葉の賀」の巻における異質的なものについて」(『源氏物語試論』古川書房、一九七四)など。
27 浜田かすみ「『源氏物語』における催馬楽」(『国文学(関西大学)』二〇〇二・一)。
28 「軒」「雨垂れ落ち」など建築物の外縁については、菊地「生活空間と境界」(『生活誌(院政期文化論集)』森話社、二〇〇五)参照。
29 『源氏物語』では一〇〇例以上もある「漏る」関連語で、自然現象に用いたものは、夕顔巻のほか、灯影(帚木巻)・水(胡蝶巻・藤裏葉巻・宿木巻)・朝日(夕霧巻)などに限定される。もちろん、雨はない。「漏」る月影ならば、『枕草子』や

30 『蜻蛉日記』『更級日記』などにも見える。

31 大島建彦「「古屋の漏り」の昔話」(『日本の昔話と伝説』三弥井書店、二〇〇二)

32 『源注拾遺』五などでは、螢巻の「軒の雫」(五五一頁)にも催馬楽「東屋」を認定する。

特に、「動物昔話」と催馬楽との関連は重要と考える。ここでは扱えなかったが、たとえば「力なき蝦力なき蝦骨なき蚯蚓骨なき蚯蚓」というやや意味不明の催馬楽「無力蝦」は、『枕草子』九十七「中納言まゐりたまひて」の段などともどこか関わる「猿の生肝(くらげ骨なし)」の「話型」を背後に持つものであろう。

菊地 仁(きくち ひとし)　山形大学名誉教授。専攻:日本古代中世文学。『職能としての和歌(中世文学研究叢書11)』(若草書房、二〇〇五年)/「木の下で鳥を指さす人――和歌の視覚・絵巻の聴覚――」(『物語絵・歌仙絵を考える――変容の軌跡(考えるシリーズ2)』新典社、二〇一一年)、「見返る西行――伝承・絵画から和歌へ――」(『西行学』第四号、二〇一三年八月)。

歌物語としての源氏物語
――紅葉賀巻の源典侍物語をめぐって――

吉田　幹生

一　歌物語の誕生と展開

歌物語の発生基盤として歌語りを想定することは、今日もはや定説化していると言ってよいであろう。しかし、「歌語り」という語の用例が見られるのは、「歌物語」に分類されている『伊勢物語』や『大和物語』などの成立よりも後の、『枕草子』『源氏物語』『紫式部集』という十世紀末から十一世紀初頭頃の文献においてである。それゆえ、「歌語りから歌物語へ」という文学史的展望を得るためには、文献から実証された歌語りの存在を過去にさかのぼらせて考える必要がある。ここに、歌語りをどう概念規定しその誕生をどこに見定めるかという問題が生じることになった。この展望の提唱者である益田勝実氏は、歌語りを貴族の口承文芸として捉え、歌語りを生んだのが抒情的精神でなくて、話の精神であること、叙事的精神の擡頭と結びついていることは当然で、歌語りは読み人知らずの『古今集』の歌が抒情的精神の開花として生き生きと口伝えされた次の時期にしか出て来ないものと言えよう。読み人知らずの歌がはびこり、一方で民衆の世界から供給され続ける話が存在する時期の後に、自己閉鎖的孤立的貴族社会に歌語りの世界が出現し、歌物語の母体となったのであったと考える。

と述べたように、[注1] その出現を平安遷都以後（九世紀半ば以降）に想定した。これは、歌物語の背後に口頭伝承の存在を推定した阪倉篤義氏の説により補強されて広く認められているが、[注2] しかし、『万葉集』巻十六の存在に目を向ける時、その存在はさらにさかのぼる可能性が出てくることになる。たとえば、

　事しあらば小泊瀬山の石城にも隠らば共にな思ひそ我が背

右、伝へて云はく、時に女子あり。父母に知らせず、竊《ひそか》に壮子に接《まじは》る。壮子その親の呵嘖《ころ》はむことを悚惕《おそ》りて、稍《やくや》くに猶予《うらおも》ふ意あり。これに因りて、娘子この歌を裁作《つく》りて、その夫に贈り与ふ、といふ。　（16・三八〇六）

のような伝云型の左注を持つものの背後に口頭伝承を想定することは不自然ではない。『常陸国風土記』新

治郡には、三八〇六歌と小異の「言痛けば小泊瀬山の石城にも率て籠らなむ勿恋ひそ我妹」が古老の言い伝えとともに記載されているが、とすれば、これらが伝承世界とつながりを持つものであったことは認めてよいであろう。ゆえに、問題はそれらと平安朝の歌語りとの関係をどう把握すべきかという点にかかってくる。歌語りを書かれた歌についての語りと捉える益田氏は、右の伝云型を「書かれる歌の時代になお強く残留している口誦・口承の流れ本来のもの」と位置づけて、歌語りとの断続面を強調した。[注3] 文字以前の口承世界のありようと貴族社会での口承文芸とを区別するのはよいとして、それを語りの対象歌が書かれてあるか否かということと関連させるべきなのか、この点に疑問なしとしないが、今は益田氏に従い、右の伝云型の背後にある口頭伝承を歌語りと区別して「ウタガタリ」としておくと、少なくとも『万葉集』巻十六の段階で既にそのようなウタガタリの文字化は達成されていた、ということは言えそうである。言い換えれば、口承世界にあった歌にまつわる語りが貴族社会にも伝わり、それが文字化されたのが右の三八〇六歌だと推定されるということである。

では、何故そのような歌にまつわる語りが貴族社会に受け入れられたのか。早く清水克彦氏は、巻十六の歌々が「由縁」を持つことについて、

奈良朝に入って、和歌は作者や、事件や、事情と絶縁し、歌の言語がそれ自身で充実した意味と構造を持つようになった。歌をこのようなものとする和歌観が成立した時、由縁を必要とする歌や、由縁を含む歌は、既に歌の本道ではあり得ない。すなわち、これらは既に、なんらかの限定を冠せずには「歌」

と呼べないものであり、そこに「有由縁歌」という言葉の生み出される必要があったと考えられるのである。

と述べたが、[注4]歌がそれ自身で自立する力への反措定として「有由縁歌」が捉えられている点に注目したい。古く、歌はそれが詠まれた〈場〉とともにあったと想像されるが、しかし、詠まれた〈場〉を伴って伝えられた伝承が即ウタガタリなのではない。むしろ、そういう原初的な段階（文字以前の口承世界）から、七世紀後半頃に歌集が編纂されるなどして、歌が〈場〉から切り離されて鑑賞される傾向を強めていく過程で、それへの反動として、歌を本来の〈場〉とともに享受しようとする動きも高まっていったのではないか。これが貴族社会に歌にまつわる語りが受け入れられた要因であり、そこに、歌を〈場〉とともに語り伝える口頭伝承のありようを模倣しつつ、貴族社会における新しい口承文芸としてのウタガタリが誕生したのだと考える。そして、そのようなウタガタリの場では、単に口承世界の伝承が享受されるだけではなく、貴族社会で生み出された歌にまつわる伝承もまた語られていたのであろう。たとえば、よく知られた「安積山影さへ見ゆる山の井の浅き心を我が思はなくに」（16・三八〇七）は「葛城王」にまるわる伝承だが、これなどは貴族社会で新たに育まれたウタガタリだと理解してよいのではないか。

このようにして誕生したウタガタリを比較的素直に文字化したのが、巻十六の伝云型だと思われるが、そのような文字化の動きは、歌＋左注という形で歌を補助的に説明するのみならず、題詞＋歌という形で〈場〉の完全な再現を目指すものへと繋がっていった。この二形式がウタガタリの段階で既に存在したものなのかは判断できないが、少なくとも巻十六の段階で、この二つの形式は出揃ったことになる。そして、言うまでもなく、これが記載文芸としての歌物語（狭義）の誕生であった。

こうして誕生した二つの形式を比較すると、歌＋左注の場合があくまでも歌にその説明を加えるという形式を保持しているのに対し、題詞＋歌の場合はそこから既に逸脱し始めている点に注意しておく必要がある。歌物語は歌が中心で散文は従属的な位置を占めると説明されるが、歌＋左注ではなく、題詞＋歌となった時、それを保証する形式は放棄されたのだと言わねばなるまい。『古今集』九九四番歌のように左注で詠歌状況を説明する形式もあるが、平安朝の歌物語において主流を占めることになるのは、後者の題詞＋歌の形式なのであった。そしてそれは、歌物語の新たな展開の可能性を拓くものでもあったように思われる。

平安時代に入ってもウタガタリの世界が存続していたことは、『大和物語』百四十七段や百五十五段から推察されるが、歌物語の世界では単にそれらを文字化するのではない新しい動きも認められるようになる。それが『伊勢物語』である。『伊勢物語』の成立については未解明な部分も残るが、業平歌に関するウタガタリが自然発生的に拡大していったというような単純なものではあるまい。たとえば、六十九段に中国文学摂取の跡が指摘されているように、意図的な創作の可能性も十分に考えられる。しかし、今注目したいのはそのような個々の章段（狭義の歌物語）の生成の問題ではない。それらをまとめあげて『伊勢物語』という作品（広義の歌物語）にしていく力の存在である。

定家本系の『伊勢物語』は昔男の元服に始まり辞世に終わる一代記風の体裁を採用するが、このように個々の章段を特定の意図のもとに配列することが行われるようになるのである。この傾向は作品の細部においても認められる。神田龍之介氏は、『古今集』四一〇番歌の詞書と九段とを比較して、「「男」の東国下向は、『古今集』にうかがわれる素朴な道行きを原形として、それに京へひきもどされる悲痛な心情の色に染め上げることと、東国の地を京とは異質な時空として強調することとの二つの方向性による潤色を施して、敗残流浪の旅路として新たに鋳直したものと考えることができよう」とし、七・八段や十四段・十五段もこの方向に沿って形成されたものと指摘する。注5 肯われるべき見解だと考えるが、このような東下り章段が二条后章段に続く時、東国下向の原因に二条后との失恋があったとする理解もまた自然なものとして浮かび上がってくることになる。定家本系の百二十五章段を統一的に説明することは困難だが、個々の章段を組み合わせることで、そこに一つの物語世界を形成していくという仕組みを（部分的にせよ）『伊勢物語』が有していることは認められてよいだろう。

しかし、このような作品形成の力は、各章段の枠組みを乗り越えていくことにもなる。右の『伊勢物語』の例は各章段が「むかし（男ありけり）」と始まっており、個々の独立性が強い場合だが、たとえば同じ業平関連章段でも『大和物語』百六十一段は、『伊勢物語』三段と七十六段とを組み合わせて一つの章段としており、元の章段の独立性が保たれてはいない。『伊勢物語』七十六段の和歌は『古今集』（八七一）にも載るが、本来恋心とは無縁であった「神世のことも思ひいづらめ」という表現を二条后入内前の回想という文脈で把握するところから、「二条の后の、まだ帝にも仕うまつりたはまで、ただ人にておはしましける時のことなり」と注記される『伊勢物語』三段を引き込んで、詠歌時期の違い（本来は別個の存在であった歌物語）を過去と現在の対比ないしは過去の回想という形で一つの章段にまとめあげているのであろう。なお、このような統合や加工が比較的容易に行われるのは、歌物語が題詞＋歌の形で書かれていたためだと思われる。散文部分が歌に従属するのではなく、〈場〉の再現を成し遂げていたからこそ、題詞＋歌というまとまりを複数接続することで、そこに新たな脈絡ないし結びつきが生じ、結果として複数の〈場〉から構成される新たな物語世界が創造されることになったのではないか。

ともあれ、このように十世紀頃には狭義の歌物語を組み合わせて一つの作品化を目指すことが行われるようになっていったのだと推察されるが、このような既存素材の（再）編集という行為は、やがて他の分野にも波及していくことになる。それが十世紀後半頃に登場する歌物語的な歌集、具体的には『元良親王集』『一条摂政御集』『本院侍従集』や改変された『伊勢集』『朝忠集』『信明集』などであろう。[注6] 歌集であるから当然のことではあるが、これらは、個々の歌が歌群を構成しながら緩やかに繋がりつつ、そこに恋物語を表し出すものとなっている。

しかし、このような形で歌物語が長大化してくると、もはや歌物語（狭義）の独立性を保証するものは存在しなくなり、それらの集合体である作品としての歌物語（広義）は他分野の作品と区別がつかなくなってくる。そして、『多武峰少将物語』のような境界線上の作品を生み出しながら、それはやがて自壊していくのであろう。本節冒頭に記したように、口承の歌語りはこの頃もまだ貴族社会に根付いていたと考えられるが、そこから派生した歌物語は、以上に述べたような変遷を経て、しだいに文学史の表舞台から姿を消していくのだと思われる。

二　光源氏と源典侍

前節のように歌物語の誕生と展開を押さえる時、本稿に与えられた「歌物語としての源氏物語」という課題は、歌に関する話を積み重ねながらそこに一つの物語世界を形成していく方法の問題として捉え返されることになる。歌物語が衰退過程に入ったと思われる十一世紀初頭において、前述した歌物語的方法は、どのように『源氏物語』の作品形成に寄与していくことになったのか。本稿では、紅葉賀巻に記される光源氏と源典侍の物語（以下、源典侍物語と称する）を取り上げて、この点について考えていくことにしたい。

源典侍物語は、Ⅰ御湯殿での出会いⅡ温明殿での再会Ⅲ頭中将の発見の三部に分けることが可能である。短いながらも男女の出会いから逢瀬を経て別れに至るまでの経緯が描かれているわけだが、これらを通して、どのような作品世界が立ち現われてくるのか、まずⅠから見ていくことにしよう。

紅葉賀巻の後半、物語はやや唐突に桐壺朝の女官たちのことを語り始める。言うまでもなく、これが源典侍物語の導入になるわけだが、注意すべきは、源氏が「よしある宮仕人」（①三三五）には声もかけないのに、源典侍には「かうさだ過ぐるまで、などさしも乱るらむといぶかしくおぼえたまひければ、戯れ言いひふれてこころみたまふに」（①三三六）と関心を示すことである。源氏は決して通常の恋愛相手を求めているのではない。年老いてなお好色な源典侍のありように興味を抱き「戯れ言」を言っているにすぎないのであり[注7]、それゆえにまた、これが尋常ならざる行為であるという意識を持ちつつ、

A　あさましと思しながら、さすがにかかるもをかしうて、ものなどのたまひてけれど、人の漏り聞かむも古めかしきほどなれば、つれなくもてなしたまへるを、女はいとつらしと思へり。（①三三六）

と、人聞きを気にしてもいるのである。

そのような二人のやりとりが具体的に描かれるのが、御湯殿の場面だが、そこでも「いかが思ふらむとさすがに過ぐしがたくて、裳の裾を引きおどろかしたまへれば」（①三三七）と源氏の方から行動を起こしている。そして、「大荒木の森の下草老いぬれば駒もすさめず刈る人もなし」（古今・雑歌上・八九二）の一節（波線部）が書かれた扇を見つけ、これを男日照りを嘆いたものと解し、「森こそ夏の、と見ゆめる」（①三三七）と応じるのである。この引歌表現については、『源氏釈』以来

ア　ひまもなくしげりにけりな大荒木の森こそ夏のかげはしるけれ

という出典不明の古歌を踏まえたものとされてきたが、『源注拾遺』が

イ　ほととぎす来鳴くを聞けば大荒木森こそ夏の宿りなるらし　（信明集・二八）

を指摘して以降は、こちらの方が有力視されている。アを踏まえた発言とすれば、下草の茂りを木々の茂りとして引き受け、「ひまもなくしげりにけりな」とそれを肯定しつつ、しかしそんな大荒木の森こそ夏の木陰としては相応しいのだと応じたことになろう。『拾遺集』には木陰の涼しさを詠んだ

行く末はまだ遠けれど夏山の木の下蔭ぞ立ちうかりける　（夏・一二九・躬恒）

夏山の影をしげみやたまぼこの道行く人も立ちどまるらん　（夏・一三〇・貫之）

という和歌が載るが、十世紀初頭頃から詠まれ出した樹蔭納涼という発想を踏まえながら、涼しい木陰のある大荒木の森（＝あなたのところ）こそ夏には立ち寄りたいものと踏み込んだ発言をしたことになる。「立ち寄ってよさそうな森ではないか、と、扇の絵の批評にかこつけての皮肉」（集成）には違いないが、物語内の季節は夏であり、当意即妙な応答と評価してよかろう。一方、イを踏まえた発言とすれば、時鳥に他の男たちを寓し、「駒もすさめず刈る人もなし」と言うけれど、あなたのところには大勢男たちがやってきているようではないか、と応じたことになる。あり得なくはないが、男日照りを嘆く源典侍に対していきなりその多情を揶揄するのは必然性に乏しいように思う。直後に源氏は「人や見つけんと苦しきを」（①三三七）と感じているが、前掲Aや後続和歌の「笹分けば人や咎めむ」に照らしても、ここは源典侍に対して積極的に出てしまったからこそ、人目を気にしてしまうという流れなのではないか。いずれとも決し難いが、ここではアを踏まえた発言で、三条西実枝が「箋曰よき陰なれば立よらんの心にてかる人もなしにてはなきそとをさへたる歟」（岷江入楚）と推論したような応答であったと考えておきたい。

しかし、源典侍が「君し来ば手なれの駒に刈り飼はむさかり過ぎたる下葉なりとも」（①三三八）と積極的に誘ってくると、人目を気にする源氏としては及び腰にならざるを得ない。「笹分けば人や咎めむいつとなく駒なつくめる森の木がくれ」（①三三八）、もし私があなたに通うようになるとすでに森の下草を食んでいる他の駒（＝男たち）がいるようですから人に見咎められてしまうでしょう、と逃げを打つのである。言い換えれば、源典侍から逃れる口実として、初めて源氏は彼女の多情に言及するのではないか。対する源典侍は必死にすがるものの、源氏は逃げの一手であり、源氏の「思ひながらぞや」（①三三八）の言葉に対しては、「限りなく思ひながらの橋柱思ひながらに中や絶えなむ」（拾遺・恋4・八六四）を想起して、「橋柱」（①三八八）すなわち「思ひながら」とおっしゃいますがこのまま私たちの仲は絶えてしまうのですか、と恨み言を言うのである。この「橋柱」については、「思ふこと昔ながらの橋柱ふりぬる身こそ悲しかりけれ」（一条摂政御集・一一）を踏まえたとする注釈書もあるが（玉上評釈など）、「恨みかく」という表現からすると、ここは老いの嘆きを訴えたとみるよりも、もっと積極的に追いすがったと理解する方がよいだろう。

こうして、源氏と源典侍との和歌の応酬は一段落となる。ここでは、老いてなお好色な源典侍に興味を持って、周囲の目を気にしながらも近づいていく源氏と、周囲の思惑には頓着せずひたすら源氏に愛情を訴える源典侍の姿が描き込まれている。

続いてⅡの分析に移ろう。Ⅰ以降の経緯が「見つけきこえてはまづ恨みきこゆるを、齢のほどいとほしければ慰めむと思せど、かなはぬものうさにいと久しくなりにけるを」（①三三九）と述べられているように、源典侍の造型はⅠから連続しているが、源氏の方は微妙な変化が生じているようにも思われる。源氏が源典侍に言い寄ったのは、前引したように「かうさだ過ぐるまで、などさしも乱るらむといぶかしく」思ったからだが、ここでは源典侍への興味よりも同情心が強調されているようである。「森の下草老いぬれば」「さかり過ぎたる下葉なりとも」などに潜められていた老いの嘆きに、源氏が心動かされたということであろうか。

そんなある日、温明殿のあたりで源氏は源典侍の琵琶の演奏を耳にする。

Ｂ　夕立ちして、なごり涼しき宵のまぎれに、温明殿のわたりをたたずみ歩きたまへば、この内侍、琵琶をいとをかしう弾きゐたり。御前などにても、男方の御あそびにまじりなどして、ことにまさる人なき上手なれば、もの恨めしうおぼえけるをりから、いとあはれに聞こゆ。「瓜作りになりやしなまし」と、声はいとをかしうてうたふぞ、すこし心づきなき。鄂州にありけむ昔の人もかくやをかしかりけむと、耳とまりて聞きたまふ。弾きやみて、いといたう思ひ乱れたるけはひなり。（①三三九～四〇）

「もの恨めしうおぼえけるをりから、いとあはれに聞こゆ」とあるように、藤壺への叶わぬ思いを内に秘めているだけに、その音色が哀切なものとして聞こえてくるのだが、それは同時に、「この君（＝頭中将）も人よりはいとことなるを、かのつれなき人（＝源氏）の御慰めにと思ひつれど、見まほしきは限りありけるをとや」（①三三九）と語られる典侍の、つれない源氏への思いが琵琶の音色に表れていたということでもあろう。さらに源典侍は、催馬楽「山城」を踏まえて「瓜作りになりやしなまし」と口ずさむのだが、これはいっそ源氏のことを諦めてしまおうかということであり、Ｉの源典侍像とは異質な消極的な姿が描き出されている。波線部について、『源氏物語注釈』は、

「少し心づきなき」は、催馬楽の歌意から「いっそあきらめようか」という心情を読み取り、途中であきらめられては、好色人《すき》としての面目が許さないという源氏の心情。

とするが、声のをかしさに言及されるのは、小君（帚木①九七）や朧月夜（花宴①三五六）など若い人物が多いことからすると、ここは「老女の美声の不調和を思う」（新大系）ということであり、老女とは思えぬ若々しい声から『白氏文集』「夜聞声者」を連想していくという文脈なのであろう。「夜聞声者」に登場するのは十七八の少女であり源典侍とは年齢が合わないことが不審がられているが、ここでは合わないことが重要なのだと考える。物語はⅠと異なる源典侍像を印象づけようとしているのであり、「少し心づきなき」と感じつつもその「いといたう思ひ乱れたるけはひ」に源氏はしだいに引き込まれていくのである。

　そして今回も、源氏が催馬楽「東屋」（の前半部）を口ずさんで近寄ると、源典侍はもとの印象を取り戻し、同じく「東屋」後半部の一節「おし開いて来ませ」（①三四〇）と積極的に応じて源氏を誘い込もうとする。対する源氏は「例に違ひたる心地」（①三四〇）を抱くのだが、男女の問答体である「東屋」の前半を口ずさめば相手が後半で返答するのは、言わば当然である。にもかかわらず、先のような感想を抱くのは、『全集』が

> 「東屋」の後半の詞句どおりに源氏を誘引するのである。しかし源氏は当初、女のこのような応じ方を期待してうたいかけたのではない。むしろ、「例に違ひたる心地」とあるように、あまりの色好みに唖然とする。

と施注するように、源氏が好色ではない源典侍像を念頭に置いていたためであろう。逆に言えば、源氏はここで現実に引き戻されるのであり、「立ち濡るる人しもあらじ東屋にうたてもかかる雨そそきかな」（①三四〇）と、独り身の嘆きを強調して源氏を誘惑する源典侍に対しては、「疎ましや、何ごとをかくまでは」（①三四〇）と感じ、「人妻はあなわづらはし東屋の真屋のあまりも馴れじとぞ思ふ」（①三四〇）と、同じく「東屋」を踏まえながら切り返すのである。これはⅠでの贈答と同工異曲だが、しかし源典侍の贈歌が恨みよりも嘆きを主にしたものであるだけに、「とてうち過ぎなまほしけれど、あまりはしたなくやと思ひかへして、人に従へば」（①三四〇）と、今回は源典侍への同情心の方が勝ってしまうのであろう。このまま自分が立ち去っては源典侍にみっともない思いをさせてしまうと考えるところから、源氏は彼女と一夜を過ごすことになるのだと思われる。

このように、ⅡはⅠと大枠を共通させてはいるものの、Ⅰとは異質な源典侍の一面が強調されていただけに、源氏の同情心がより自然な形で導き出されてくることになる。見方を変えて言えば、Ⅰでの興味関心からⅡの同情心へと重心がしだいに推移してきたため、源典侍を拒む気持ちを持ちながらも、拒み通すことができずに源氏は源典侍の世界に引きずり込まれていくのである。

三　頭中将の登場

そこに登場するのが、頭中将である。頭中将の狙いは、

C　頭中将は、この君の、いたうまめだち過ぐして、常にもどきたまふがねたきを、つれなくてうちうち忍びたまふ方々多かめるを、いかで見あらはさむとのみ思ひわたるに、これを見つけたる心地いとうれし。かかるをりに、すこしおどしきこえて、御心まどはして、「懲りぬや」と言はむと思ひて、たゆめきこゆ。

（①三四一）

と記される通り、普段色恋沙汰とは無関係を装っている源氏の秘かな恋愛場面を押さえて少し脅かしてやるという点にあった。それゆえ、頭中将はこっそりと二人の寝所に進入してくるのだが、源典侍の多情を気にかけていた源氏はそれを典侍の愛人の修理大夫と勘違いして、「あな、わづらはし。出でなむよ」（①三四二）云々という感想を抱く。この「わづらはし」はⅠⅡの場面にも用いられており、他に男を通わす源典侍への感情として一貫している。典侍への同情心から一夜を共にした源氏であったが、頭中将の闖入により再び「わづらはし」とする思いが復活してきたということなのであろう。しかし源氏は、「誰と知られで出でなばやと思せど、しどけなき姿にて、冠などうちゆがめて走らむ後手思ふに、いとをこなるべしとおぼしやすらふ」（①三四二）と、こっそり逃げていく自身の姿を「をこ」と捉えてためらうのである。

「をこ」は派生語を含めてⅢの場面に三度用いられる重要語だが、この時源氏は「をこ」を回避する方向に気持ちを切り替えるのである。それゆえ、源氏に代わって源典侍が笑われる場面が現出することになるのだが、のみならず、冷静さを取り戻した源氏は男の正体を頭中将だと見破りさえする。そして、「なかなかしるく見つけたまひて、我と知りてことさらにするなりけりとをこになりぬ」（①三四三）とある通り、ここに二度目の「をこ」が登場するのである。この「をこになる」という言い回しが珍しいため、文意が正確には把握しがたいのだが、「頭中将に乗せられる自分の愚かさを直感」（新大系）というようなことだと考えておきたい。つまり、一度は「をこ」を回避したと思われた源氏であったが、これが単なる修理大夫の闖入ではなく、自分を脅すための行為であったと気づき、自分が「をこ」を回避しきれなかったという思いを抱いているところなのであろう。そして、翌朝改めて「あやしのことどもや、下りたちて乱るる人は、むべをこがましきことも多からむと、いとど御心をさめられたまふ」（①三四五）との感想を抱くことになる。ここに「いとど」とあるのは昨夜から自分の行為の愚かさを自覚していただめだろうが、この騒動を通して、源氏は、羽目をはずして色恋にのめり込むことの愚かさを思い知るのである。軽い気持ちから始めた源典侍との恋が、自らの「をこ」さを自覚することで収束するという結構なのだと理解される。この一件以降のありようが「女は、なほいと艶に恨みかくるを、（源氏ハ）わびしと思ひありきたまふ」（①三四六）とまとめられているように、源典侍の態度は以後も一貫しているものの、対する源氏がそれに応じなくなったために、二人の恋がこれ以上に展開していくことはない。言い換えれば、ここに源典侍物語は語り収めとなるのである。

ところで、物語は「をこ」を源氏が自覚したところでⅢを終わるのではなく、頭中将と源氏のやりとりを中心にⅢの場面を展開させていく。それは、前掲Cの頭中将の思いが、Ⅲの後半部を領導してくためであろう。正体を見破られたにもかかわらず、なおも頭中将が源氏の直衣を手放さなかったために、今度は源氏が

頭中将の直衣を脱がそうとしてもみ合いになり、頭中将の直衣の綻びが切れてしまうと、

D中将、

「つつめる名やもり出でん引きかはしかくほころぶる中の衣に

上にとり着ばしるからん」と言ふ。君、

かくれなきものと知る知る夏衣きたるをうすき心とぞ思ふ

（①三四三〜四）

との贈答が交わされることになる。この「中の衣」を実体化して捉える注釈書が多いが、他の用例に照らして、ここも二人の仲をこそ表現したものと理解すべきであろう。[注8]つまり頭中将は、自らの直衣がはだけて袙（ないし単衣）が見えてしまったことに言い掛けて、こんなことになって二人の友情にひびが入ったので自分はあなたの噂をばらしてしまうぞと脅したということなのだと思われる。対する源氏は、何も隠すことのできない薄い衣と知りながら夏衣を着ているなんて…と応じるのだが、賢木巻に「羅の直衣、単衣を着たまへるに、透きたまへる肌つき、ましていみじう見ゆるを」（②一四二）との用例があることからすると、ここで頭中将が着ていたのも「羅の直衣」であり、直衣がはだけたから袙（ないし単衣）が見えた（＝二人の友情にひびが入ったから噂をばらすぞ）と言った頭中将に対して、そもそもそんな薄い夏衣（夏の直衣）を着ているから下が透けて見えるのだ（＝自分に対する友情が薄いから噂をばらそうとするんだな）と言い返したということではあるまいか。もちろん、これは男同士の戯れ合いにすぎないのだが、頭中将が源氏の秘密暴露にこ

だわりを見せるのは、前掲Cの「いかで見あらはさむ」という気持が底流しているからだと考える。

同じことは、催馬楽「石川」を踏まえた贈答にも指摘できよう。帯を返却する際に、今度は源氏の方から頭中将と源典侍の関係にかこつけたような和歌が贈られるのだが、頭中将は「君にかくひき取られぬる帯なればかくて絶えぬる中とかこたむ」（①三四五）と応じるのである。表面的には、源典侍との関係が途絶えたらあなたのせいだと恨みますよ、ということだが、二度も「かく」を用いているのは、『玉上評釈』が「「かく」は、帯をとられた時のあの状況をさす。あなたの忍び事、あの時の様子をいいふらしますよ、とおどかしたのである」とするようなことでもあったのであろう。

こうして、機会を捉えては源氏を脅した頭中将がいよいよ源氏に「もの隠しは懲りぬらむかし」（①三四六）と言ったところで、前掲Cに領導されてきたⅢの後半部は終わりを迎えることになる。対する源氏は「などてかさしもあらむ。立ちながら帰りけむ人こそいとほしけれ。まことはうしや世の中よ」（①三四六）と応じるのだが、注目したいのは波線部である。頭中将への対抗心から素直に「懲りぬ」とは言わないものの、最後に本音を漏らすように出てきた「うしや世の中よ」とは源氏のどのような思いの表出であるのか。

源氏のこの発言については、『源注余滴』以降「人言は海人の刈藻に繁くとも思はましかばよしや世の中」（古今六帖・うらみ・二一〇八）との関連がしばしば指摘されてきた。『源注余滴』が「下に「とこの山なる」とあれば人ごとのしげきをおもひていへるなるべし」とするように、「もの隠しは懲りぬらむかし」への返答であることに照らしても、ここは人の噂は嫌なものよというような意味合いが期待されるところではある。[注9]確かに「思はましかば」は通常

いたづらに過ぐる月日をたなばたの逢ふ夜の数と思はましかば　（拾遺・秋・一五一・恵慶）

親の親と思はましかば訪ひてまし我が子の子にはあらぬなるべし　（拾遺・雑下・五四五）

のように「と」で思考内容を受ける語であり、この点は

なにはがた群れたる鳥のもろともにたちゐるものと思はましかば　（紫式部集・一七）

ひたぶるにうれしからまし世の中にあらぬところと思はましかば　（東屋⑥八四）

心をばなげかざらまし命のみさだめなき世と思はましかば　（浮舟⑥一三三）

でも変わらない。それゆえ、結句「よしや世の中」を「よしや世の中と思はましかば」の意に解せるのなら、歌一首は、世間の噂がどんなにうるさくてもそれが世の中だと思うことができたらそれでいいのに、というような意味になり、反実仮想に注意すれば、しかしそう思うことができないから辛い世の中である、とするところから、人の噂は嫌なものよというような意味合いを導き出すことは可能なように思われる。「よしや世の中」を「うしや世の中」に変えるのも歌意を汲んでのことだと想像されるが、しかし、当該歌が「うらみ」に分類されていることからすれば、この「思はましかば」は

東よりある男まかりのぼりて、さきざき物言ひ侍りける女のもとにまかりたりけるに、いかで急ぎ
上りつるぞなど言ひ侍りければ

おろかにも思はましかば東路の伏屋といひし野辺に寝なまし　（拾遺・雑賀・一一九八）

と同じく「人を愛する」という意の「思ふ」の用法と考えるべきであり、たとえ世間の噂がうるさくてもあの人が私のことを思ってくれていたらそれでかまわない（しかし、実際はあの人が私のことを思ってくれないからとても「よしや世の中」とはいかない）というような内容を詠んだ和歌ということになろう。反実仮想を用いて自分を思わない相手を恨んだ歌だということである。

とすれば、源氏がこの古今六帖歌をここで踏まえたとは考えにくい。「「憂しや世の中」は引歌であるが、未詳」（集成）というのが穏当なところかと思われるが、「うしや世の中」と言っている以上、ここで何らかの厭世感が表明されていることは疑い得ない。文脈からして、人の噂は嫌なものよという可能性も捨てがたいが、ここはもう少し緩やかに「ままならぬは男女の仲」（新大系）くらいに捉えておくべきだろう。言い換えれば、今回の一件を通して、源氏は「うしや世の中」という認識に到達したということであり、先の「をこ」と合わせて、源典侍との関係がこれ以上進展しないことを確認して源典侍物語は締めくくられるのである。

四　おわりに

以上、源典侍物語を和歌表現に留意しながら読み解いてきたが、そこに立ち現われてきたのは、軽い気持ちから始めた恋がしだいに引き返せないところに進んでいき、やがて恋に溺れることの「をこ」さを自覚することで収束する、という恋物語であった。最後に、このような恋物語が描かれたことの文学史的な意義について考えておきたい。

従来、源典侍物語については、老女の恋という点から、『伊勢物語』六十三段や『うつほ物語』忠こそ巻などとの関連が注目されてきた。確かに、自ら積極的に源氏に言い寄る源典侍の造型には、これらとの関連が認められる。しかし、老女（源典侍）と関わる男（源氏）の造型まで同じと言うことはできない。Ⅱの分析で確認したように源氏は同情心から源典侍と関係を持ってはいるが、物語はそれを「世の例として、思ふをば思ひ、思はぬをば思はぬものを、この人は思ふをも、思はぬをも、けぢめ見せぬ心なむありける」（伊勢物語・六十三段）というふうには位置づけていないのである。結果として源氏は源典侍と関係を持ったが、それは源氏が「けぢめ見せぬ心」を持っていたからではない。物語はそもそもの動機を「かうさだ過ぐるまで、などさしも乱るらむといぶかしくおぼえたまひければ、戯れ言いひふれてこころみたまふに」と語っていたし、相反する二つの心情を抱いていた源氏が最終的に自らの行為を「をこ」なものとして相対化したところで二人の関係を語り収めているのである。とすれば、同情心から源典侍と関係を持つⅡの場面に

Ⅰや㈽が加えられていることで、源典侍物語はこれまでの老女の恋を描いた物語とは異なる様相を見せていると捉えるべきではないか。

その際注目すべきは、やはり源氏が最終的に辿り着いた「をこ」の認識であろう。源典侍物語について「をこ」を言う場合、それは源典侍が「をこ」であるという意味で言及されることが多かった。そのような見方には頷かれる面も多いが、しかし物語が「をこ」の語をもって語るのは実は源氏の方なのである。とすれば、そのことの意味が問われなければなるまい。『蜻蛉日記』下巻には、道綱母の養女に求婚していた藤原遠度について、「右馬頭の君（＝遠度）は、人の妻をぬすみとりてなむ、あるところにかくれゐたまへる。いみじうをこなることになむ、世にも言ひ騒ぐなる」（天延二年七月）という侍女の発言が記されている。人妻を盗み出して姿を隠している遠度を世間の人々が「をこ」と評しているというのだが、源氏の「下りたちて乱るる人は、むべをこがましきことも多からむ」という感想の背後にも、このような世間の目が潜んでいるのであろう。とすれば、源氏の獲得した「をこ」の認識とは、そのような世間の目を内在化したものであったということになる。恋する者はしばしば周囲を顧みずに眼前の恋に没入していくことがあるが、源典侍との一件を通して源氏は、そのような恋の持つ滑稽さに気がついたということのなのだと考える。源典侍物語は老女の恋を描いた物語ではあるが、そしてそれは「此段物語の狂言也」（岷江入楚）と評されるような側面を持っていたのではあるが、同時にまた源氏が「をこ」の認識を獲得する物語でもあったのである。

私見によれば[注10]、一途に対象にのめり込んでいくそのような男の恋の負の側面は、『うつほ物語』によって顕在化され『源氏物語』第二部になって「執」と明示的に捉えられるようになると思われるが、両者を繋ぐような位置に源典侍物語を位置づけることはできないだろうか。『源氏物語』に即して言えば、光源氏が「をこ」を意識するのは空蟬との関係など十代の頃に集中しており（当該三例を含めて七例）、二十代以降の物語ではほどんと見られなくなる現象である。しかし、だからといって、二十歳を過ぎた源氏が世間の目を気にして恋にのめり込まなくなるということはない。むしろ反対に「癖」の発動としての朧月夜との恋物語が花宴巻から開始されていくように、源典侍物語を通して獲得した「をこ」の認識が以降の光源氏の恋愛関係を規定していくとは言いがたい。それゆえ、単純な図式化は慎まなければならないが、本稿では、物語が第二部の「執」という認識を獲得する前史的段階を示すものとして、源典侍物語における「をこ」の獲得をひとまず位置づけておきたい。

注

1　益田勝実「歌語りの世界」（『益田勝実の仕事2』ちくま学芸文庫、二〇〇六年）。初出は、一九五三年三月。

2　阪倉篤義「歌物語の文章――「なむ」の係り結びをめぐって」（『文章と表現』角川書店、一九七五年）。初出は、一九五三年六月。

3　益田勝実「有由縁歌」（『萬葉集講座』第四巻、有精堂、一九七三年）。

4　清水克彦「万葉集巻十六論――その編纂意図をめぐって――」（『萬葉論集』桜楓社、一九七五年）。初出は、一九六八年十月。

5　神田龍之介「東下り章段の成立と虚実」（『伊勢物語　虚構の成立』竹林舎、二〇〇八年）。

6　歌物語的歌集については、平野由紀子「伊勢集と物語的家集」「朝忠集・信明集の歌物語的改編」（『平安和歌研究』風間書房、二〇〇八年）など参照。

7　老女との恋という点で『伊勢物語』六十三段との関連が指摘されるが、源氏は昔男のように老女への同情から声を掛けているのではない。この点については、外山敦子「源典侍――重畳する両面性が織りなす物語――」（『源氏物語の老女房』新典社、二〇〇五年）参照。

8　倉田実「頭中将と源氏の贈答歌――「中の衣」をめぐって――」（『源氏物語の鑑賞と基礎知識　紅葉賀・花宴』至文堂、二〇〇二年）、畠山大二郎「「中の衣」と「綻び」――紅葉賀巻の頭中将の歌を中心に――」（『物語文学論究』二〇〇七年三月）参照。

9　『新旧全集』は古今六帖歌を「逆の意味に裏返して「うしや世の中」――人言のうるさいのはいやなもの、とした」と解し、『鑑賞と基礎知識』も古今六帖歌を「変換して用いたとすれば、人言のうるさい世の中だこと、の意」とする。

10　拙稿「仲忠とあて宮――『うつほ物語』論――」（『日本古代恋愛文学史』笠間書院、二〇一五年）などでこのような見通しを述べた。

＊作品の引用は、『源氏物語』『万葉集』『常陸国風土記』『伊勢物語』『古今和歌集』『蜻蛉日記』は新編日本古典文学全集（小学館）に、『拾遺和歌集』は新日本古典文学大系（岩波書店）に、それら以外の和歌については新編国歌大観（角川書店）に拠ったが、表記を私に変えたところがある。

吉田　幹生（よしだ　みきお）　成蹊大学文学部教授。専攻：日本古代文学。『日本古代恋愛文学史』（笠間書院、二〇一五年）、「作中和歌の意味と機能――夕顔巻「心あてに」をめぐって――」（『文学』二〇一五年一月）、「枕詞と万葉歌の展開」（『国語と国文学』二〇一六年二月）など。

前期物語から見る物語史

正道寺　康子

一　はじめに

王朝物語史上の最高傑作は『源氏物語』であると言われる。長編でしかも他作品への影響力が絶大であり、日本文学の代表的な作品として、今なお色褪せることなく世界中の人々から愛読されている。

この『源氏物語』が登場する以前には、『竹取物語』『うつほ物語』『落窪物語』のような伝奇物語（作り物語）と、『伊勢物語』『大和物語』『平中物語』といった歌物語があり、これら二系統の物語を総合して「前期物語」と称する点はほぼ通説となっている。

現存する前期物語以外にも、少なくとも約三〇の散佚した物語があったとされる。[注1] 散佚物語は現存資料から物語内容を推測するしか方法はなく、前期物語の全貌を解明することは困難である。従って、藤井貞和氏が「現存物語はその頂上に立って、選ばれるようにしてのこされ、われわれにもたらされたのであった」と述べるように、[注2]残された前期物語からまずその特徴を考察してゆくことになる。

小論では、前期物語に影響を及ぼした上代文学や散佚した前期物語を視野に入れつつ、現存する前期物語が物語史の中でどのような位置づけにあり、物語をどのように方向づけたのかを検証したい。

二　『竹取物語』と上代文学——前期物語の特徴①

1　限りある命の物語

『源氏物語』絵合巻では、『竹取物語』を「物語の出で来はじめの親なる竹取の翁」と表現する。三谷榮一氏が「「物語の出で来はじめの祖」とは、「物語文学」として「女の御心を遣るもの」として出現しはじめた頃、つまり数多い仮名物語のなかで、もっともすぐれた一級作品という意に解すべきであって、単なる仮名文の出で来はじめの元祖などと考えるべきではない。」と指摘するように、[注3]『竹取物語』を初期王朝物語の最高傑作と捉える見方が一般的だ。

『竹取物語』の研究の到達点は、曽根誠一・上原作和・久下裕利編『竹取物語の新世界』（武蔵野書院、二〇一五年）によって知られるが、物語の主題の一つに「かぐや姫の人間化」が挙げられることは言を俟たない。高田祐彦氏は、「人間の心を描くという点で、『竹取物語』が初期物語の中で際立ってすぐれた達成を示している」と述べる。[注4]この「かぐや姫の人間化」については後述する。

『竹取物語』で特筆すべき特徴は二点ある。一つは、「月の都」からやって来た天女・かぐや姫が人間とは結婚しないこと、つまり人間と神または異類との婚姻をタブーとしたこと。従って、人間と神・異類の子も誕生しない。もう一つは、帝が富士山で不死薬を燃やさせたことから、人間は人間らしく命に限りがあるものとして描かれていることである。

神話を見てみよう。『古事記』冒頭で、国生みの後、イザナミノミコトが亡くなっていることから、日本神話では神も死ぬ（以下、神話は『古事記』に拠る）。イザナミノミコトは死者が赴く黄泉国からこの世には永遠に戻らないどころか、現し世の人間を一日に千人縊り殺すと宣言し、人間に死をもたらした。

また、天皇の寿命が有限になったのは、天孫降臨神話で知られるニニギノミコトの結婚に原因があるという。ニニギノミコトは美しいコノハナノサクヤビメとだけ結婚し、醜い姉のイハナガヒメを姉妹の父・オホヤマツミノカミのもとに送り返してしまう。オホヤマツミノカミは大変恥じて、「娘を二人一緒に奉ったのは、イハナガヒメは石の如く磐石であるように、コノハナノサクヤビメは木の花の咲き誇るが如く栄えるようにと願ってのこと」と言い、「イハナガヒメを送り返したので、ニニギノミコトの寿命は木の花のようにはかないものとなるだろう」と言った。このような次第で、今日に至るまで天皇の寿命は長くないとする。日本神話では「生と死の起源」を語り、天皇を始めとする人間はこの世に生を受けたら必ず死ぬという現実をそのまま受け入れている。

『古事記』中巻では、垂仁天皇が「時じくの香の木の実」を求めて、タヂマモリを常世国に遣わす。しかし、タヂマモリが常世国から戻った時、既に天皇は崩御していた。「時じくの香の木の実」は不老不死の実で、もし垂仁天皇が口にできたら永遠の命が得られたであろうに、口にすることなく亡くなってしまった。タヂマモリは、持ち帰った時じくの香の木の実の半分を大后に献上し、残りは垂仁天皇の陵に供えて哭泣し、殉死した。大后もタジマモリも、天皇が亡くなったので、「時じくの香の木の実」を食べても仕方がないと思ったのだ。ここでも天皇を始め人間の命は有限である。

浦島伝説でも、浦島は玉匣を開けてしまい、たちまち老いるか（『丹後国風土記』〈佚文〉）、亡くなるか（『万葉集』巻九・一七四〇番歌）、あるいは鶴になってしまう（御伽草子「浦島太郎」）。その後、浦島神社に祀られたとはいえ、浦島もこの世で永遠の生命が得られたという設定にはなっていない。

『竹取物語』は、こうした上代文学の延長上にある。かぐや姫は月に還る前、帝に不死薬を置いてゆくが、帝はかぐや姫から貰った手紙と不死薬を富士山で燃やさせてしまう。かぐや姫のいないこの世で永遠の命が得られても何の価値もないと思い、不老不死になれるチャンスを帝は自ら放棄したことになる。王朝物語では人間の命は有限であるという暗黙のルールが、前期物語によってできたと言える。

2　異類との結婚の有無

「月の都の人」であるかぐや姫は人間との結婚を拒否したが、上代文学ではどうであろうか。

前述したように、人間は有限の命となった。とはいうものの、海幸・山幸神話（『古事記』）では、ニニギノミコトとコノハナノサクヤビメとの子である山幸彦すなわちホヲリノミコトは、海神の娘・トヨタマビメと結婚し、ウカヤフキアヘズノミコトを生む。さらに、ウカヤフキアヘズノミコトはトヨタマビメの妹と結婚し、誕生したのが初代天皇カムヤマトイハレビコノミコト（神武天皇）である。トヨタマビメはワニの姿で出産する。従って、神武天皇は異類婚によって誕生したとも言える。

神や異類と結婚して子を儲けるという設定は、神話や伝説にしばしば見られる。『竹取物語』のルーツと目される「伊香の小江」（『近江国風土記』〈佚文〉、『帝王編年紀』養老七年条所収）では、伊香刀美が伊香の小江に天降った天女と結婚し、男二人・女二人が誕生している。その後、天女は天羽衣を探しとって昇天するが、子どもらは地上に留まり伊香連の先祖となることから、伊香連は人間と神との婚姻によって誕生したという設定である。

古代日本文学に多大な影響を与えたという宋玉の「高唐賦」「神女賦」（『文選』巻一九）や唐代伝奇『遊仙窟』、日本では『万葉集』の伝説歌から推測される、柘枝伝説（『万葉集』巻三・三八五～三八七番歌）、松浦川伝説（巻五・八五三～八六三）、竹取の翁伝説（巻一六・三七九一～三八〇二番歌）、浦島伝説（巻九・一七四〇番歌）など、人間が神女と邂逅する話は多く存在し、人間の男が神女と交わることもある。

ところが、『竹取物語』ではかぐや姫が結婚を拒否したことから、神婚・異類婚姻譚は成立しないし、人間と神・異類との間に子が誕生するといった設定もない。

『竹取物語』によって、王朝物語が人間と神・異類との結婚をタブーとし、人間と神・異類との子を誕生させないというルールが決定づけられたと言えるかどうか、次に前期散佚物語を視野に入れて検討したい。

3　前期散佚物語と結婚

『蜻蛉日記』冒頭に「世の中に多かる古物語のはしなどを見れば」とあるように、当時、物語が数多く存在したことが分かる。『源氏物語』以前にどのような王朝物語が存在したかを知る手がかりとして、源為憲によって編まれた『三宝絵詞』（永観二年〈九八四〉）の序文がある。

物の語と云て女の御心をやる物、大荒木の森の草よりも繁く、荒磯海の浜の真砂よりも多かれど、①木草山川鳥獣もの魚虫など名付たるは、物言はぬ物に物を言はせ、情けなき物に情けを付たれば、只海あまの浮木の浮べたる事をのみ言ひ流し、沢の真菰の誠となる詞をば結びおかずして、『伊賀のたをめ』『土佐のおとど』『今めきの中将』『長井の侍従』など云へるは、②男女などに寄つつ花や蝶やと言へれば、罪の根、事葉の林に露の御心もとどまらじ。

まず、「大荒木の森の草よりも繁く、荒磯海の浜の真砂よりも多かれど」から、当時、数多くの物語が作られたこと、①からは山川草木や動物などを擬人化した物語、②からは求婚譚が存在したことが分かる。中野幸一氏によると、前期散佚物語には「伝奇的、説話的、仏教的、異国的など、さまざまな性格をもった物語が存在した」[注5]ようであり、異形の者が登場する話（『朱の盤』）や天上界を舞台とする神仙譚（『はこやのとじ』）、求婚譚（『からもり』『伊賀のたをめ』）や恋愛談（『今めきの中将』）、仏教説話的物語（『伏見の翁』）、異国物語（『長恨歌』『王昭君』）などがあったという。

これらの前期散佚物語の中でも、藤井貞和氏は、『からもり』『はこやのとじ』が『竹取物語』と共通の要素を持っているとし、ごく初期の物語群に位置づけられると指摘する。[注6]『からもり』『はこやのとじ』は、『源氏物語』蓬生巻に、末摘花が「古りにたる御厨子あけて、『からもり』、『はこやのとじ』、『かぐや姫の物語』の絵に描きたるをぞ時々のまさぐりものにしたまふ。」とあり、『竹取物語』と並んで登場する。「唐守」とも表記される『からもり』や『はこやのとじ』、『竹取物語』の共通要素とは、神仙的要素が色濃い点である。親王の娘であり、古めかしい女性として描かれる末摘花が神仙譚を好んだという設定は興味深いではないか。

『はこやのとじ』の形成過程について、神野藤昭夫氏は、「柘枝伝説」が『柘枝伝』という神仙譚的要素を含んだ漢文伝に書き直され、その『柘枝伝』を媒介に『はこやのとじ』が誕生してくる道筋を読み取れるとする。[注7]それに先立ち、「柘枝伝説」の原型を、『万葉集』巻三・三八五〜三八七番歌、『懐風藻』、『続日本後紀』嘉祥二年（八四九）三月二十六日条を総合して、神野藤氏は次のように推測する。[注8]

> 吉野川で漁をしていた男（味稲・美稲・熊志禰）が梁にかかった柘枝をとると、それが美女に変わり、二人は愛の歌を交わしあって結ばれるが、天のとがめを受けて、女はひれごろも（領巾衣）＝羽衣を翻して昇天するというものであったとみることができる。

さらに、神野藤氏は推測した『柘枝伝』『はこやのとじ』と『竹取物語』との共通点を次のように指摘する。[注9]

ふとだまの帝が一度は自分のものとすることのできた照満姫を奪い返された嘆きのなかで追慕の歌を詠む構造と、吉野のうましねが柘枝の変じた女といちどは結ばれるものの、領巾翻して天へと去ってゆく構造は、見事に対応するものがある。さらに、地上と仙界との対立、照り満ちる女主人公の形容、仙界への帰還は、月の世界からやってきたかぐや姫が、帝との交渉の後に月へと帰ってゆく構造とモチーフに照応する点には、成立期の物語の好尚と特質がよく反映している、ということができよう。

前期散佚物語では人間（帝）と天女との婚姻はあったようだが、人間と天女との間に子は誕生していない。『竹取物語』では、人間と神・異類との婚姻すら成立しなかった点が斬新であったと言える。

ところで、後期物語の『狭衣物語』では、主人公・狭衣が臣下から帝位につき、彼の実子の皇位継承まで約束されるという現実にはありえない設定をうち出し、従来の王朝物語からの脱却を図ろうとしたが、あくまでも狭衣は人間である。『浜松中納言物語』のように、日本と唐を舞台とし「転生」が描かれようとも、王朝物語が人間の物語であることに変わりはない。

そうは言うものの、平安時代末期から鎌倉時代にかけて新境地を開拓すべく、神話・伝説返りをする王朝物語もあるようだ。三角洋一氏の研究によると、特異な趣向を持つという点で、『夢ゆゑ物思ふ』（散佚・鎌倉期以前）が改作され、「夜な夜な訪れる天若御子の子を懐妊して、父に勘当された姫君が新帝の后に昇るという『別本たなばた』（室町物語草子）となったようだが、[注10] 後代になって初めて天人（天若御子）の子を人間の女が懐妊するという筋立てが登場している。

話を戻すが、『竹取物語』以降、主要な王朝物語では、主人公格が「変化の人」と称されながらも、神・異類と結婚し子をなしてゆくといった筋立ては皆無である。神・異類とは結婚しない、神・異類との子を産まないという方向性も、結婚拒否のかぐや姫の誕生によって決定づけられたのではないか。

前期物語の特徴として、人間の物語でしかも人間は有限の命であること、人間と神・異類とは子を成さないといった点が特徴として確認できた。繰り返すが、『竹取物語』以降、王朝物語で神婚・異類婚姻譚を取り入れたものがないことを考えるならば、『竹取物語』の誕生がこれ以降の王朝物語の性質を決定的にしたと言える。

三　『竹取物語』と浦島伝説——前期物語の特徴②

前項の『はこやのとじ』形成過程で確認したように、王朝物語が上代文学や中国文学の影響を受けて成ったことは、古くより指摘されている。三谷邦明氏は、王朝物語が誕生する経緯を次のように述べる。[注11]

しかし、「斑竹姑娘」との関連性は薄いものの、中国小説との関係は忘却してはならないはずで、唐風文化による漢詩文の隆盛を背景に舶載された中国の志怪小説を模倣して『日本霊異記』『善家秘記』『紀家怪異録』等が編まれ、また伝記類も六国史中の薨卒伝等が遺されており、更には『遊仙窟』等の影響下に執筆された仮名に改めれば『竹取物語』に類似した本文《テキスト》になる可能性を秘めた『柘枝伝』『浦島子伝』等が存在したが故に、この物語は書かれたのであって、中国小説やそれを模倣した日本の漢文小説があったが故に、昔話等の口承文芸を対象化・パロディ化して、物語文学という新たな言語世界が開拓されていったのである。

古橋信孝氏は、物語の誕生を『万葉集』巻一六の歌物語的な題詞や左注を持つ歌に求める。[注12] 例えば、三八〇四番歌の題詞「昔者有㆓壮士㆒、新成㆓婚礼㆒也。」を「昔、壮士ありけり。新たに婚礼をなしける。」と訓む。[注13] 物語を書いているという意識があるという。

『万葉集』は歌物語への展開に目を向けられがちだが、『万葉集』の題詞・歌・左注といった構成は、古橋氏が指摘するように、王朝物語の誕生に多くの示唆を与えてくれよう。伝奇物語にも和歌があることから、唐代伝奇などの漢文小説からストレートに伝奇物語が誕生することは考えられない。

それならば、神仙的要素が濃く、『竹取物語』と類似した世界観を有する浦島伝説をどう考えるべきか。渡辺秀夫氏は、『竹取物語』が誕生する背景に、「平安期文人社会における〈神仙ワールド〉」があったとし、『竹取物語』と浦島伝説は同源であると考える。[注14]

星野之宣氏も同様の見方で、フィクションとしながらも、コミック「再会」で、「浦島とかぐや姫の話は、本来ひとつだった伝説が分断された」とし、翁になった浦島が竹林の竹の中から小さな女の子を発見するという筋立てにしている。『丹後国風土記』（佚文、前田家本『釈日本紀』巻一二「浦嶋子」条）の「筒川の嶼子」では海の果てにいった嶼子が星々とめぐり合うことから、「浦島の行った世界とかぐや姫の故郷とは、つまるところ同じ場所だったのではないだろうか…？」と宗像教授に言わせている。[注15]

確かに、『竹取物語』と浦島伝説は同源かもしれないが、『万葉集』で歌われながらも、『丹後国風土記』『浦島子伝』『続浦島子伝記』と漢文脈で伝承されていった浦島伝説と、仮名文字で書かれた『竹取物語』とでは、決定的に違う何かがあると考えねばならない。漢字で書かれるということと、仮名文字で書かれるということの違いに目を向けてゆくことが、王朝物語誕生の背景を考える上で重要であろう。

前述したように、浦島も限りある命から自由ではなかった。ところが、神女といとも簡単に夫婦となる点が『竹取物語』とは大きく異なる。

『日本書紀』では「於ㇾ是浦嶋子感以為ㇾ婦。相遂入ㇾ海」、『丹後国風土記』では「肩を双べ袖を接はせ、夫婦之理を成しき。」とある。さらに、『続浦島子伝記』では、神女との結婚の様子が具体的に描写されている。浦島子は「神女と共に玉房に入」ると、神女と「此の素質を以て、共に鴛衾に入り、玉体を撫でて、繊腰を勒り、燕婉を述べ、綢繆を尽せり。魚目を比ぶるの興、鴛心を同うするの遊、舒巻の形、偃伏の勢、普く二儀の理に会ひ、倶に五行の教に合へり。[注16]」とあり、これは男女交合における秘技を述べたものだとされる。[注17]

浦島伝説で、故郷の親を恋しく思う浦島は切ないが、神女との交接の具体的描写は『遊仙窟』以上に衝撃的であり、男性向けである。すぐに神女と結婚するストーリーは、男女が和歌のやりとりを経て恋愛が成就する平安貴族の生活スタイルや、恋の絶頂よりも片恋・悲恋の苦しみを詠う和歌の世界[注18]を考えると、抒情性からはほど遠い。

『万葉集』では浦島伝説の歌そのものがあり、『丹後国風土記』『続浦島子伝記』では歌も載せているのに、男女の交接を描いたものだから、仮名文字で書かれる機会を失ったのではないか。

一方、『竹取物語』では、帝と約三年にわたって文を交わしあっても結婚することのなかったかぐや姫は、「女の御心をやる」物語の内容に叶うものであったと言える。

しかも、かぐや姫の故郷である異界は、中国文学や日本文学で繰り返し登場する手垢のついた「蓬萊」や「常世」ではない。海の底でも海の彼方でもない、天に存する「月」に異界を創り出した点も新鮮であったのだろう。[注19]

四　人間の物語としての『竹取物語』

1　かぐや姫の罪

『竹取物語』が散佚することなく残り、前期物語の中でも初期の傑作となりえたのはなぜか。本章では、物語と神話・伝説・説話との違いを探ることで、前期物語が何を可能にしたのかを考察したい。

『竹取物語』で天界（かぐや姫）は地上（帝・皇権）を相対化するものだとされるが、小嶋菜温子氏は、かぐや姫の物語には天と地が互いを禁忌とすると指摘する。[注20]「月の都」の論理からかぐや姫を見てみよう。

かぐや姫は「罪をつくりたまへりければ」、「穢き所」に下したと「王とおぼしき人」が言う。かぐや姫の罪は物語の中で明らかにされていないが、罪障を消滅したから月に戻るという設定だ。かぐや姫は天人として未熟であり、「穢き所」で完璧な天人になるための修業をさせられたとも考えられる。地上での贖罪生活は、所謂通過儀礼であり、かぐや姫の貴種流離譚でもある。[注21]

くらもちの皇子が、蓬萊の玉の枝を持ち帰ったと聞くや「我はこの皇子に負けぬべし、と胸つぶれて思ひけり」と、最初から偽物であることを見抜けない。帝が強引に宮中に連れてゆこうとした時は、「きと影になりぬ」と禁じ手を使った。月の王からすれば、「月の都の人」としては、落第点をつけざるを得ない。それでも、帝と約三年もの間、文を交わすも決して出仕しなかった時点で、ようやく天人の身分が保障され、かぐや姫の贖罪は終了となったのだ。

昇天の場面で、翁・嫗を「見捨てたてまつりまかる、空よりも落ちぬべき心地する」とし、帝への手紙に「今はとて天の羽衣着るをりぞ君をあはれと思ひいでける」という歌を添えた時、かぐや姫の人間としての心は極まる。ところが、天の羽衣を着せられたかぐや姫は「翁を、いとほし、かなしと思しつることも失せぬ。この衣着つる人は、物思ひなくなりにければ、車に乗りて、百人ばかり天人具して、のぼりぬ。」と、一瞬にして人間の心を失ったのだ。天人と人間には深い断絶があることを物語は残酷なまでに伝えている。

かぐや姫の罪について、渡辺秀夫氏は、梁・陶弘景撰『真誥』や『太平広記』の引く『通幽記』『玄怪録』を例に挙げ、天上界での性愛は厳しく忌避されるとし、かぐや姫が「淫欲の罪」によって地上に下されたとする。[注22]また、小嶋菜温子氏は、『うつほ物語』の阿修羅が「昔の犯しの深さ」によって「悪しき身」を受け、贖罪のために桐の巨木の番人になったことに注目し、醜悪な阿修羅は、かぐや姫のデフォルメであると指摘する。よって小嶋氏は、かぐや姫の罪が醜悪かつ猥雑な本性を持つと推定する。[注23]

『うつほ物語』冒頭の俊蔭漂流譚で、清原俊蔭は仏から前世を明らかにされる。前世で犯した淫欲の罪が非常に重いので（「淫欲の罪はかりなし」）、本来なら永遠に人の身を受けることができなかったのだが、飢えた衆生を救う仙人に三年間「菜摘み水汲みせし功徳」ゆえに、「輪廻生死の罪を滅ぼして、人の身を得たるなり」。さらに、俊蔭は、波斯国西方で「今、この山に入りて、仏・菩薩を驚かし、懈怠邪見の輩（阿修羅――筆者注）に忍辱の心」を起こさせた。また、忉利天の天女を母に持つ「七人の人」が「瞋恚の報い」のために「国土の衆生」になっていたのも、「その業、やうやう尽きにたり。」「残れる業を滅ぼして、天上に帰るべし」と、天上に還れることになった。つまり、俊蔭の淫欲の罪が滅却できたのは、懈怠邪見、あるいは瞋恚の罪がある輩に「忍辱の心」を起こさせたからである。

かぐや姫も地上で喜怒哀楽の感情を知って人間化し、翁・媼に仕え、帝とは三年ほど「たがひに慰めたまふ」であった。

かぐや姫の罪が俊蔭と同じく「淫欲の罪」なのか、あるいは「七人の人」の犯した「瞋恚の罪」なのかは物語に書かれていないので推測の域を出ないが、もし淫欲の罪によって「穢き所」に下されたのだとしたら、人間との結婚を最後まで拒否し続けたので、それが贖罪となったのではないか。浦島伝説や『柘枝伝』、『はこやのとじ』では、神女が人間と交わっている。このことこそ神女の淫欲の罪として捉えられ、かぐや姫は人間とは交わらない天女として設定されることになったのだ。

そうであるならば、『うつほ物語』俊蔭の前世の「淫欲の罪」は、天女と交わったことだとも推定できよう。前世で罪を犯したこと、その償いとして他者に「忍辱の心」を生じさせて新たな運命を主人公が獲得するあたり、『竹取物語』と『うつほ物語』は近いところにある。

2 『竹取物語』の到達点

『竹取物語』では天と地が互いを禁忌としながらも、物語は人間のために書かれ、人間の側にある。月の王は、翁に「いささかなる功徳を、翁つくりにけるによりて」、かぐや姫を遣わしたとある。『丹後国風土記』「奈具の社」で、老夫婦が十年余、天女を自分の子として過ごしたという、ほんの僅かな功徳によって、『竹取物語』の翁・嫗は、再度、かぐや姫（天女）を慈しみ養育することに挑戦させられ、今度はかぐや姫を強引に帝に渡そうとしなかったことから、「奈具の社」の翁・嫗の生き直しのようにも映る。「槻の木」に寄りかかって泣いていた天女も、「竹の中」に籠められ、かぐや姫として再生したと言えようか。

『竹取物語』では、かぐや姫が月に還る場面で、翁と嫗へ手紙をしたためるが、そこには、「月のいでたらむ夜は、見おこせたまへ」とある。「月が出ているような夜は、月を見てください」——翁や嫗には残酷な言葉だ。かぐや姫は、天の羽衣を着たとたん、地上での記憶を失うのに、翁や嫗はかぐや姫を忘れることができない。かぐや姫の昇天後、翁や嫗は「薬も食はず。やがて起きもあがらで、病み臥せり。」とあるので、月を見ることもなかったかもしれない。

月が出た夜は月を見てほしいということは、月を見たら私を思い出してほしい。月に私がいるということを忘れないでほしい、というメッセージにも受け取れる。かぐや姫は翁や嫗の心の中に生き続けることを願ったのだ。かぐや姫の言葉には、人は生き続ける限り、愛する者や愛した者を記憶の中に留めることができるという発見があった。

帝が不死薬を放棄した点については、室伏信助氏が、「就中、帝の詠じた最後の和歌（「あふこともなみだにうかぶ我が身には死なぬ薬も何にかはせむ」──筆者注）は、皇権という制度それ自体に背を向けた、個の人間として死の選択の願望を内在し、上の句の愛の不在と一体化して、ここに物語における人間の成立、すなわち皇権非在のダイナミックスを表現史の上に確立したことになるのである。「富士」の謎解きも、「不死（薬）」を拒む人間の証しにとどめを刺す、掉尾の一句に他なるまい。」と指摘する。[注24] 帝の物語も、最終的にはひとりの人間の物語に帰するところとなる。帝が死を受け入れた点については、大井田晴彦氏が次のように述べる。[注25]

私はここに、芥川龍之介が唐代小説を翻案した『杜子春』を想起する。地獄の鬼どもに苛まれる母への愛情ゆえに、戒を破った杜子春は仙人になりそこねる。しかし、自分が人間でしかないことに、あらためて喜びを見出だした彼の気持ちは晴れやかである（ちなみに原作では、仙術を得られなかったことを道士に叱責され、杜子春は悄然として悔やんだ、とある）。『竹取物語』にせよ、『杜子春』にせよ、両作品を貫くのは、人間への愛情と信頼に裏打ちされた、この世の肯定に他なるまい。

帝の死後も煙が月へ向かってたち上っていったらしい（「その煙、いまだ雲の中へ立ちのぼるとぞ、いひ伝へたる。」）。このような終わり方は、かぐや姫に想いが届かず徒労に終わったとしても、人間の恋心は決してなくなることがないということを教えてくれる。神話や伝説・説話とは異なり、結末に余韻を持たせ、しかも「この世の肯定」がストレートに伝わってくるのが物語であった。

月は満ち欠けすることから、「死と再生」の象徴である。たとえかぐや姫が「月の都」に戻り、それがかぐや姫の地球上における死を意味したとしても、現代に至るまで読者は、月の中にかぐや姫が生き続けているということをどこかで信じているような気がしてならない。

五　物語の長編化

1　長編化の方法

上原作和氏の考証によると、「『竹取物語』は、すでに『うつほ物語』の書かれた十世紀半ばには、十五首の和歌も含む現行の形態であった」という。[注26] 上原氏は、多くの物語要素を共有する『竹取物語』と『うつほ物語』を「初期物語の王者」とし、「『竹取物語』は、かくして文学史上に「物語の母胎」として屹立し、物語史を貫流する「祖」となっている」と述べる。

『うつほ物語』は『竹取物語』の特徴を継承しつつ、どのように長編化したのか。そのヒントとなるものが、前期散佚物語にあるという。

稲賀敬二氏によると、『交野の少将』『かくれみの』『狛野の物語』は、共通の場を持っていたようだ。[注27]『光源氏物語抄（異本紫明抄）』巻一に「かたの丶少将はかくれみの丶中将のあに也。但かくれみのは中将の時にあらば、かくれみの丶東宮亮といはれし人也。こまの丶物語のはじめの巻也。…」とあり、交野の少将と隠蓑の中将は兄弟で、そのことは『狛野の物語』第一巻にあるという、三物語が共通の作中人物で強く結びついていることが分かる。中野幸一氏は、稲賀氏の説を踏まえ、作中人物や作中世界を重ね合わせるといった合成方法が、『うつほ物語』の成立事情を考える上で有効であるとする。[注28]

『うつほ物語』は俊蔭漂流譚を有する俊蔭巻のみが独立して流布することも多く、俊蔭一族の物語が源正頼一族（あて宮）、忠こそ、神南備種松（源涼）などの物語と結合し、音楽伝承譚とあて宮求婚譚が交錯しながら長編化していったことは諸氏によって指摘されている。[注29]短編を積み重ねてゆく方法で長編化したのである。[注30]

さらに、俊蔭漂流譚のモチーフが仲忠孝養譚や源涼の物語に繰り返されるといった三田村雅子氏の指摘や、[注31]新しい過去を次々に作ることによって長編化したとする室城秀之氏の指摘[注32]によって、『うつほ物語』の長編化の方法が幾つもあったことが分かる。[注33]

物語に統一性や一貫性を持たせるための結合の方法として、俊蔭一族以外の作中人物も、音楽説話の影響を受けて人物造型がなされたことは既に指摘した。[注34]例えば、忠こそには伯奇、丹比弥行には伯牙・嵆康・介子綏、源実忠には百里奚の説話が反映されている。七絃琴を主題とする長編物語は、俊蔭一族以外の物語にも音楽説話を反映させることで、物語の統一性を図ったのである。

主人公のモデルも多ければ多いほど、如何様にも長編化できる。『伊勢物語』第六九段（狩の使）では、『鶯鶯伝』や「高唐賦」「神女賦」などの影響が指摘されているが、[注35]男と伊勢斎宮との一夜を「神の女との夢の中での、あるいは夢のような逢瀬」とし、幻想的な世界を構築している。

作中人物に重層性や神秘性、独自性を持たせるために、例えば『うつほ物語』の清原俊蔭には、遣唐使として渡唐する場面では藤原貞敏・吉岑長松といった日本史上の実在人物、波斯国での音楽を求める旅は伶倫・伯牙・嵆康・薩埵王子・楊威などの孝子といった海彼の伝説上や実在の人物の影響があり、複数のモデルによって造型されたことが分かる。[注36]

『うつほ物語』では、上代文学、浦島伝説など日本の漢文伝、絵画や実際の音楽（七絃琴の琴曲）に取材しつつ、仏教・神仙思想・儒教を混淆して『竹取物語』と同じく神仙的要素の濃い物語を創り出した。[注37]両者の最大の違いは、『竹取物語』で大きく扱われることのなかった音楽を主題としたことである。

2　『竹取物語』から『うつほ物語』へ

次に、物語構成から長編化の方法を考える。『うつほ物語』は、予言や遺言に従って俊蔭一族のストーリーが展開してゆく。俊蔭は、波斯国西方で、将来「天女の行く末の子」になるという運命を獲得し、さらに忉利天の天女からは俊蔭が七絃琴の家の始祖になるという予言を、仏からは俊蔭の孫が「七人の人」の第七番目の生まれ変わりで「果報豊かなるべし」という予言を受ける。

これらは主として仏教による予言であり、物語の展開に「授記」が深く関わる。物語では実際に予言どおりに展開していくので、読者には今後の凡その展開が予測できるようになっている。

『うつほ物語』の予言・遺言・夢を整理すると次のようになる。[注38]

①黄金の札（予言）↓桐の巨木の下の部分を貰い受ける、俊蔭が天女の行く末の子となる

②忉利天の天女から俊蔭への発言（予言）↓俊蔭が琴の家の始祖となる、南風・波斯風弾琴時の来訪を約束

③仏の俊蔭への発言（予言）↓「七人の人」の第七人目の人が俊蔭の孫として転生

④俊蔭の俊蔭娘への遺言↓俊蔭娘は「天道」に任せる、「幸い極めむ」時と「災い極まる」時に波斯風・南風を弾琴しなさい、生まれた子が孝子であったら七絃琴を伝授しなさい

⑤嫗の俊蔭娘への発言（夢）↓上達部の子を生んで繁栄、針の夢を見て生まれた子は孝の子

①②③の予言は仏教の「授記」、④の遺言は仏教・儒教・俗信の混淆したもの、⑤の夢は俗信に基づく。

『竹取物語』では、かぐや姫の出自と翁の前世が結末部で示されたが、それが来世にわたって展開されることはない。『伊勢物語』六三段（つくも髪）では、老婆の嘘の夢語りがあり、それがきっかけで男は老婆の相手をしたが、夢の実現は現世においてのみであった。一方、『うつほ物語』は予言・遺言・夢を巧みに織り交ぜ、俊蔭一族四代にわたる秘曲伝授の物語としており、特に③で「七人の人」の第七番目の人が俊蔭の孫（仲忠）に転生すると予言したことが、長編化に大きく貢献したと言える。

予言・遺言・夢の多用は『源氏物語』にも引き継がれ、光源氏の将来について観相・宿曜の占い・夢占と

いった信仰による三つの予言がなされ、この予言通りにほぼ物語は展開してゆく。

①光源氏は帝王になる相があるが、そうなると世が乱れることもある。しかし、臣下として国の要になるといった相でもないという予言（高麗人の相人・倭相によるもの、桐壺巻）。

②予想に反して「違ひ目」があり、謹慎しなくてはならないことがあるという予言（光源氏のみた夢を夢解きしたもの、若紫巻）。

③光源氏の子どもは生涯に三人という予言（宿曜によるもの、澪標巻）。

複数の予言・遺言は物語の長編化を要請することになるが、ほぼ予言通りにストーリーが展開することから、作中人物の人生を規制する働きを持つとも言える。

さて、『うつほ物語』では『竹取物語』を拡大化し、前世・今世・来世、天上界と地上界、日本国と唐・高麗・天竺・波斯国西方などの異国というように、時間的にも空間的にもスケールの大きい物語にした[注39]。俊蔭は失意のまま亡くなり、その後三〇数年を経て俊蔭娘やいぬ宮の七絃琴披露によって報われる。人は亡くなった後も関係者が生きている限り、忘れられることなく、何度も繰り返し思い起こされ、長い時間をかけて供養されることを『うつほ物語』は知らしめてくれる。これは、『竹取物語』の結末部をさらに発展させたものである。

俊蔭の失意のまま迎えた死、俊蔭娘と仲忠の北山のうつほ住みという、平安貴族の視点からは貴種流離譚に相当する場面を連続して描き、予言・遺言の実現に向けて俊蔭の曾孫・いぬ宮まで秘曲伝授の物語を展開させたことも、長編化できた要因の一つであろう。

再度繰り返すが、『竹取物語』の延長線上に『うつほ物語』はある。仲忠が「七人の人」の生まれ変わりだとしても、仲忠はあくまでも俊蔭娘と藤原兼雅との間に生まれた子である。『うつほ物語』においても天女とは交わらない、俊蔭一族も死から逃れることはできないという『竹取物語』が設けた自主規制を遵守したと言える。

六　おわりに

天人や仙人を登場させたり、異界を描き出したりといった荒唐無稽な物語ではあっても、限りある命の「人間」を物語の主人公とし、神・異類とは契らない、あるいは神・異類の子を儲けないという物語が、平安時代前期に紡ぎだされた。物語史において連綿と人間の物語が描き続けられた点を鑑みるに、そういった物語の性質を決定づけたのが、前期物語の『竹取物語』ということになろう。物語は予言・遺言・夢に沿って展開するという暗黙のルールもあった。「私」ではない作中人物が前世・今世・来世という時間軸と、日本と異国・異界という空間軸を往来し、人と神・異類とが邂逅するという神仙的要素の濃い『竹取物語』『うつほ物語』から、次第に求婚譚のウエイトが大きくなり、『源氏物語』に引き継がれた。

今世に人として生を受けたなら人間を生きざるを得ない。そうであるならば人間の物語を書こうという作者の矜持と、喜怒哀楽をうたったり、人の愛しさを語ったりすることができるという喜び、さらには、物語ならば自分とは異なる人生や自分の知らない時代・世界を創り出し騙ることもできるという作者の創作への興味が相俟って日本の「物語」は誕生した。

物語の生成という点からは様々な課題が残る。本文批判や古典語からのアプローチ、あるいは内外の文献を手がかりとする源泉・出典からの検討、散佚物語の復元など、課題は山積するが、前期物語が物語史上どのような位置を占めるか、どう読めるのか、物語の誕生は何を切り捨て何を可能にしたのか、といった点はある程度解明されつつある。

小論の考察も、諸先学の研究成果に負うところがほとんどである。勉強不足のため、諸先学の膨大な研究を網羅できなかった憾みはあるが、物語史における前期物語の特徴を考察した。

注

1 中野幸一氏は、前期物語に属すると推定される散佚物語について、その物語の存在が確認される資料（（ ）内に記載）をもとに次のように列挙する（「物語史の中の『うつほ物語』」、新編日本古典文学全集『うつほ物語』①、小学館、一九九九年、四頁）。

朱の盤（紫明抄・河海抄・花鳥余情） 伊賀のたをめ（三宝絵詞・源氏「東屋」・新猿楽記） 今めきの中将（三宝絵詞・勧女往生義） 梅壺の少将（枕草子） 埋れ木（枕草子・風葉集） 王昭君（源氏「絵合」） おとぎき（枕草子） をはり法師（うつほ「国譲上」・好忠集・続詞花集） かくれみの（枕草子・宝物集・無名草子・平家公達草紙・風葉集・河海抄） 交野の少将（落窪・枕草子・源氏「帚木」「野分」・異本紫明抄・河海抄） 桂中納言物語（異本紫明抄・原中最秘抄） かはほりの宮（枕草子・狭衣・風葉集） かもの物語（蜻蛉日記） からもり（伊勢集・うつほ「菊の宴」「国譲上」「楼の上下」・源氏「東屋」）

国ゆづり（枕草子） 狛野の物語（枕草子・源氏「蛍」・異本紫明抄・花鳥余情） 正三位（源氏「絵合」） 住吉物語（能宣集・大斎院前御集・枕草子・源氏「蛍」・輔親集・風葉集） せり川（枕草子・源氏「蜻蛉」・更級日記） 長恨歌（伊勢集・源

氏「蜻蛉」「絵合」・更級日記・夜の寝覚）　月待つ女（枕草子・紀伊集）　道心すすむる（枕草子・風葉集）　とほ君（枕草子・源氏「蜻蛉」・更級日記）　土佐のおとど（三宝絵詞）　舎人の閨（仲文集・拾遺集・道命阿闍梨集・うつほ「蔵開下」・続詞花集）　殿うつり（枕草子）　長井の侍従（三宝絵詞・勧女往生義）　はこやの刀自（源氏「蓬生」・源氏古註「若紫」・河海抄・花鳥余情・風葉集・実隆公記）　花桜（赤染衛門集）　ひとめ（枕草子）　伏見の翁（勧女往生義・元亨釈書）　松が枝（枕草子）　み吉野の姫君（大斎院前御集）　物うらやみの中将（枕草子）

2　藤井貞和「散佚物語《前期》」（三谷榮一編『体系　物語文学史』第三巻、有精堂、一九八三年）二〇〇頁。

3　三谷榮一「物語文学とは何か」（三谷榮一編『体系　物語文学史』第一巻、有精堂、一九八二年）三四頁。

4　高田祐彦「『竹取物語』の心とことば」（秋山虔編『平安文学史論考　武蔵野書院創立九〇周年記念論集』武蔵野書院、二〇〇九年）七一頁。

5　中野幸一注1前掲書、六頁。

6　藤井貞和注2前掲論文、二〇三〜二〇五頁。

7　神野藤昭夫「初期散佚物語群と王朝物語」（『國文學』四三―二、一九九八年）五七頁。神野藤昭夫『中古文学研究叢書6　散逸した物語世界と物語史』（若草書房、一九九八年）も参照。

8　神野藤昭夫注7前掲論文、五六頁。

9　神野藤昭夫注7前掲論文、五七頁。

10　三角洋一「改作物語と散逸物語――『住吉物語』『とりかへばや物語』の周辺――」（新編日本古典文学全集『住吉物語　とりかへばや物語』小学館、二〇〇二年）四〜五頁。

11　三谷邦明「竹取物語」（三谷榮一編『体系　物語文学史』第三巻、有精堂、一九八三年）三〇頁。

12　古橋信孝『文学はなぜ必要か　日本文学&ミステリー案内』（笠間書院、二〇一五年）八一〜八三頁。

13　古橋信孝氏は、「普通は「昔、壮士ありき」と訓まれている。「き」とするのは、題詞は事実を語るものと考えられているからである。私は物語を書いていると考えているから「けり」とした。物語は伝え聞いた過去をあらわす「けり」で語る。」と述べる。注12前掲書（初めて指摘したのは、『物語文学の誕生』角川書店、二〇〇〇年）。

14 渡辺秀夫研究発表「『竹取物語』を読みなおす――平安前期文人層における〈神仙ワールド〉の復元的共有――」（第三四回・二〇一五年度和漢比較文学会大会、於関西大学、二〇一五年九月一三日）。

15 星野之宣「再会」（『宗像教授異考録』第六集、小学館、二〇〇七年、初出『ビッグコミック』二〇〇六年一一月一〇日号～一一月二五日号）九四頁、五〇頁。

16 重松明久『浦島子伝』（現代思潮新社、二〇〇六年）五八頁。

17 渡辺秀夫「続浦島子伝記論」（『中古文学』一八、一九七六年）、三浦佑之『浦島太郎の文学史　恋愛小説の発生』（五柳書院、一九八九年、八六頁）。

18 『万葉集』の伝説歌によって知られる菟原娘子・真間の手児奈・松浦佐用姫などの伝説はみな悲恋である。また、『伊勢物語』第六段（芥河）と、ストーリーが類似する『今昔物語集』巻二七「在原業平中将女被噉鬼語第七」とを比較すると、歌物語と説話の差が一目瞭然である。『今昔物語集』では、鬼に食われたとされる女は「女の頭の限と、着たりける衣共と許残たり。」で、業平は「奇異く怖しくて、着物をも取敢へず、逃て去にけり。」と猟奇的だ。一方、『伊勢物語』には、『今昔物語集』にはない和歌「白玉か何ぞと人の問ひし時　つゆとこたへて消えなましものを」を登場させ、非常に抒情的だ。

この二作品の詳細な比較は、菊地仁氏の「〈鬼一口〉怪異譚の変成――『伊勢物語』を『日本霊異記』と『今昔物語集』との狭間に読む」にある（室伏信助編『伊勢物語の表現史』笠間書院、二〇〇四年、一六二～一七七頁）。

19 『竹取物語』の月については既に『仏説月上女経』の影響が指摘され、唐代に始まった月見の風習や漢詩文における月の描写からの検討がなされている。曽根誠一・上原作和・久下裕利編『竹取物語の新世界』（武蔵野書院、二〇一五年）が研究の現在を知るものとして簡便である。

20 小嶋菜温子『かぐや姫幻想――皇権と禁忌』（森話社、新装版二〇〇二年）五四頁など。

21 貴種流離譚については、折口信夫「叙景詩の発生」（『折口信夫全集』一、中央公論社、初出一九二六年）参照。

22 渡辺秀夫注14研究発表。

23 小嶋菜温子『源氏物語批評』（有精堂、一九九五年）一九〇～一九二頁。

24 室伏信助「竹取物語の成立――『ベルリン・天使の詩』に触れて――」(『王朝物語史の研究』角川書店、一九九五年)七八頁。
25 大井田晴彦『竹取物語　現代語訳対照・索引付』(笠間書院、二〇一二年)九八頁。
26 上原作和「文学史上の『竹取物語』」(注19前掲書所収)一六頁。
27 稲賀敬二「「交野少将」と「隠れ蓑の中将」は果して兄弟か――黒川本「光源氏物語抄」の資料を中心に」(『源氏物語を中心とした論攷』笠間書院、一九七七年)。
28 中野幸一注1前掲書、七頁。
29 『うつほ物語』の成立に関する研究史は、学習院大学平安文学研究会編『うつほ物語大事典』(勉誠出版、二〇一三年)にまとめられている。俊蔭巻と藤原の君巻がどちらも「昔」で始まり物語の冒頭形式を有していることから、野口元大氏は、俊蔭巻の叙述が藤原の君巻に依拠するものの、藤原の君巻は俊蔭巻を前提とはしていないことから、まず藤原の君巻が執筆されたとする(「うつほ物語の形成――首巻をめぐっての問題――」『国語と国文学』三二―一二、一九五五年)。
30 『源氏物語』における長編性・短編性の問題を論じたものに、松岡智之氏の「物語のストーリーとその射程――長編性と短編性――」(『新時代への源氏学1　源氏物語の生成と再構築』竹林舎、二〇一四年)がある。
31 三田村雅子「宇津保物語の〈琴〉と〈王権〉――繰り返しの方法をめぐって――」(『東横国文学』一五、一九八三年)。
32 室城秀之「長編物語の誕生――うつほ物語――」(秋山虔編『平安文学史論考　武蔵野書院創立九〇周年記念論集』武蔵野書院、二〇〇九年)八五～九六頁。
33 中野幸一氏は、「執筆の過程で長編としてのさまざまな方法を獲得している」とし、特色ある叙述の方法として、戯曲形態の場面構成、対話による物語展開、消息文の多用、省略の草子地の使用である(「宇津保物語　第二部」(注2前掲書所収)一二八～一三二頁)。
34 上原作和・正道寺康子共編著『日本琴學史』(勉誠出版、二〇一六年)。
35 泉紀子「斎宮章段の成立と虚実」(山本登朗編『伊勢物語　成立と享受I　伊勢物語　虚構の成立』竹林舎、二〇〇八年)に詳しい。
36 上原作和・正道寺康子共著『うつほ物語引用漢籍注疏　洞中最秘鈔』(新典社、二〇〇五年)、注34前掲書参照。

37　上原作和・正道寺康子注34・注36前掲書に研究史や参考文献を載せる。

38　①〜⑤に該当する原文を掲げる。

①龍に乗れる童、黄金の札を阿修羅に取らせて上りぬ。札を見れば、書けること、「三分の木の下の品は、日本の衆生俊蔭に施す」と書けり。阿修羅、大きに驚きて、俊蔭を七度伏し拝む。「あな尊。天女の行く末の子にこそおはしけれ」と尊びて、…

②「天の掟ありて、天の下に、琴弾きて族立つべき人になむありける。…この三十の琴の中に、声まさりたるをば、我名づく。一つをば南風とつく。一つをば波斯風とつく。この二つの琴をば、かの山の人の前にてばかりに調べて、また人に聞かすな」とのたまふ。「この二つの琴の音せむ所には、娑婆世界なりとも、必ず訪はむ」とのたまふ。

③「この山の族、七人にあたる人を、三代の孫に得べし。その孫、人の腹に宿るまじき者なれど、この日の本の国に契り結べる因縁あるによりて、その果報豊かなるべし」とのたまふ…

④「娘は、天道に任せ奉る。…命の後、女子のために気近き宝とならむ物を奉らむ」とのたまひて、「…錦のは南風、褐のをば波斯風といふ。その琴、『わが子』と思さば、ゆめ、たふたふに、人に見せ給ふな。ただその琴をば、心にも、なき物に思ひなして、長き世の宝なり、幸いあらば、その幸ひ極めむ時、災ひ極まる身ならば、その災ひ限りになりて、命極まり、また、虎・狼・熊、獣に交じりさすらへて、獣に身を施しつべくおぼえ、もしは、伴の兵に身を与へぬべく、もしは、世の中にいみじき目給ひぬべからむ時に、この琴をば掻き鳴らし給へ。もしは、子あらば、その子十歳のうちに、見給はむに、聡くかしこく、魂調ほり、容面・心、人にすぐれたらば、それに預け給へ」と遺言し置きて、絶え入り給ひぬ。

⑥「この丑三つは、嫗、夢に見奉りたり。…『いとかしこき夢なり。その見えけむ人は、上達部の御子生みて、つひにその子の徳見むものぞ。もし、自然に中絶ゆることやあらむ』となむ合はせし。されば、おもとの御栄えの始めなり。多く見給ふるに、針にて見ゆる子は、いとかしこき孝の子なり。」

39　山口博『王朝歌壇の研究　文武聖武光仁朝篇』（桜楓社、一九九三年、三二四〜三三四頁）に詳しい。

《参考文献》※注で示したものは含まない。

藤井貞和編『王朝物語必携』（學燈社、一九八八年）。

糸井通浩・高橋亨共編『物語の方法――語りの意味論――』（世界思想社、一九九二年）。

中村真一郎『王朝物語　小説の未来に向けて』（潮出版社、一九九三年）。

豊島秀範『物語史研究』（おうふう、一九九四年）。

片桐洋一『源氏物語以前』（笠間書院、二〇〇一年）。

高橋亨『源氏物語の詩学　かな物語の生成と心的遠近法』（名古屋大学出版会、二〇〇七年）。

後藤幸良『平安朝物語の形成』（笠間書院、二〇〇八年）。

平沢竜介『王朝文学の始発』（笠間書院、二〇〇九年）。

古橋信孝『日本文学の流れ』（岩波書店、二〇一〇年）。

小峯和明編著『日本文学史　古代・中世編』（ミネルヴァ書房、二〇一三年）。

※本文引用は、『古事記』『日本書紀』『風土記』『万葉集』『竹取物語』『伊勢物語』『蜻蛉日記』『源氏物語』『今昔物語集』は新編日本古典文学全集（小学館）、『三宝絵詞』は新編日本古典文学大系（岩波書店）、『うつほ物語』は室城秀之校注『うつほ　全』（おうふう）、『光源氏物語抄』は源氏物語古註釈叢刊・第一巻（武蔵野書院）による。一部、私に表記を改めたところがある。

正道寺　康子（しょうどうじ やすこ）　聖徳大学短期大学部准教授。専攻：『うつほ物語』を中心とした王朝物語。「『うつほ物語』とユーラシア文化」（『国文学 解釈と鑑賞』二〇一一年八月号、至文堂）、「『うつほ物語』と仙界の音楽」（小山利彦・河添房江・陣野英則編『王朝文学と東ユーラシア文化』武蔵野書院、二〇一五年）など。

後期物語から見る物語史
――『源氏物語』の複合的引用と多重化する物語取り――

横溝　博

一　はじめに――〈物語史〉という営み

〈物語史〉の新しい構想とは何なのか、それはどのような手立てをもってなされるものなのか――、このような問いに物語研究者であるとしても、誰もが十分な回答を持ち得ているとは言い難いであろう。何しろことはそう単純ではなく、現存物語ばかりか、散逸物語も含めれば、かなりの点数にのぼる王朝作り物語のタイトルである。散逸物語といっても、部分的には残存しているものもあり、出典不明の古筆切資料も、場合によってはあだおろそかに扱えるものでもなく、異本の類も含めれば、対象となる資料の点数はそれなりの数に膨れあがる。そもそも現存する物語にしても、『夜の寝覚』『浜松中納言』『あさぢが露』『雫に濁る』『風につれなき』『いはでしのぶ』『むぐらの宿』『恋路ゆかしき大将』『夢の通ひ路』のように、大なり小なり欠損箇所を抱えている物語も複数ある。これらの物語を、正しく読めているのかという不安であるし、成立や先行物語との影響関係を推し量る上で手掛かりとなる重要な部分が、こうした欠損箇所に含まれている可能性もあるのであれば、そうした作品を、文学史の時間軸の上に、どのように配列し、定位してよいか、判断に迷う場合も多々起こりうるであろう。ことは『源氏物語』であっても同じであり、作中に引かれる『正三位』『唐守』『はこやのとじ』『交野少将』などが散逸しているのであるから、その記述を含む箇所については、解釈において永久的に決定不能性をはらんでしまっている。たとえば、もし『落窪物語』が散逸していたとして、『枕草子』における清少納言の通頼への共感を理解できたであろうか。あるいは『うつほ物語』が散逸していたとして、同じく清少納言の仲忠びいきを理解できたであろうか。想像するだにぞっとしよう。「物語は」の段を、完全に掌握し得ないのが何とも悔しいではないか。

かかる散逸物語をも含めた物語というジャンルがはらむ問題に正面から向き合い、広い視野のもと、可能なかぎり現存する物語を相互に関連づけていくことで、〈物語史〉の剔出を試みた研究に、神田龍身氏『物語文学、その解体――『源氏物語』「宇治十帖」以降』（有精堂、一九九二年）、豊島秀範氏『物語史研究』（おうふう、一九九四年）、神野藤昭夫氏『散逸した物語世界と物語史』（若草書房、一九九八年）、三角洋一氏『王朝物語の展開』（若草書房、二〇〇〇年）、辛島正雄氏『中世王朝物語史論 上下』（笠間書院、二〇〇一年）、土方洋一氏『物語史の解析学』（風間書房、二〇〇四年）、神野藤氏『知られざる王朝物語の発見 物語山脈を眺望する』（笠間書院、二〇〇八年）、星山健氏『王朝物語史論 引用の『源氏物語』』（笠間書院、二〇〇八年）、勝亦志織氏『物語の〈皇女〉もうひとつの王朝物語史』（笠間書院、二〇一〇年）があり、いずれも精力的な物語解読の成果である。たとえば、これら先学の書を並べて、一つの〈物語史〉を構築しようとするようなあらたな研究は起ち上がっているのであろうか。部分的にはその成果を参照することはあるにせよ、いまだなされているとは言えない状況である。前掲書の論者にしても、それぞれの目論見があって〈物語史〉の構築が目指されているわけだが、まったく野放図であるのではなく、確たる〈物語史〉の構築が一方では目指されているはずである。読者や研究者の数だけ〈物語史〉があってよいという意見もあろう。事実、そうなのかも知れないが、たとえば〈軍記物語史〉なるものを聞かないことからも分かるように、それぞれの作品が引用関係によって成り立っているという、物語という文芸ジャンルに固有の問題がある。それゆえに、〈物語史〉なるものは、必然的に目指されるのだ。してみれば、先学の提出した成果を検証し、あらためて相互に関連づけていくことで、誰もが参照しうる〈物語史〉の構築を目指し、共有が図られるような志向があってよいはずである。それこそ、「物語史学」とでも称するような、一研究領域として、これは認知され、斯界に存在してよいかと思われる。

それでは、そのような問題意識に立つとき、〈物語史〉の構築は、どのような構想、もしくは手立てをもってなされるものなのか――。初めの問いに立ち戻るのであるが、やはり現存するテクストや、その断片を網羅的に、しかも可能な限り徹底的に読み解き、掘り下げ、解釈し直していくよりほかないということである。前掲書が様々に行っていることも、そのようにして、状況証拠を丹念に積み重ねていくことで、〈物語史〉なるものを肉付けていく営みにほかならない。その上で、さらに他のジャンルの文学テクストとの相互関係性を推し量り、広く文学史の中に還流させていくことが目指される。いましばらくは、こうした作業の繰り返しが必要であろう。〈物語史〉の構築に近道はないのであり、〈物語史〉とは、つまるところ文学テクストの精緻な読解に根ざして、テクストの内側から切り開かれていく体のものである。

それでは、そのようにして開拓される〈物語史〉とは、どのようなものなのか。本稿では以下、鎌倉時代の物語テクスト『いはでしのぶ』を俎上に上げて、『源氏物語』との関係において、いかなる〈物語史〉が浮かび上がってくるか、考えていきたい。

二 『源氏物語』の複合的引用と場面設定——その1

『いはでしのぶ』は、〈物語史〉を考える上で、じつに興味深いテクストである。おそらく、この作品ほど、豊饒な物語引用が試みられている作品は他にないだろうと思われる。先行物語取りそのものが、テクスト生成の使命であるかのようだ。中世における『いはでしのぶ』の高評価も、そのような物語取りの手法の多彩さ、それを一編の物語に仕立てる作者の手際の良さにあったのではないだろうか。いまだその全容は解き明かされてはいないものの、本稿で物語引用の徴証をあらたに示すことで、そこからどのような〈物語史〉が起ち上がってくるか、考えたいと思う。まずは、物語も序盤の次の場面に着目したい。

〈本文①『いはでしのぶ』〉

神無月十日あまり、殿の上御物怪にわづらひ給ふとて、所変へてやとこころみに、帥の中納言といふ人の家、下つ方なるに渡り給へる、御訪ひに大将参り給ひて、少し更くるほどに帰り給ふ道、六条わたりにや、中河のほどに、築地所々崩れて、いたうものふりたる所の、木枯らしけあしう吹き払ふ梢もまばらに、いとすごう見わたさるるを、いかなる人の住みかならんと思すは、はや故帥の宮の古き御跡なりけり。あまりさし入らぬ隈なうのみ紛れしほどに、なかなかいづこにわきて御目もとまらぬを、まことに、思し出でられて、物見より見給へば、築地の崩れより、内もよく見ゆるに、網代車いたうやつれたれどよしありて見ゆる、引き立てられたり。女車のさまなれど、誰かはただ今尋ね来むと、などやらむ、あやしうおぼえ給ひて、好き好きしき昔の御馴らひ、かやうのことにはなほ重からぬ御心にて、ただ夢ばかり気色見むと思して、御車をやり過ぐしつつ、少しのきたるほどより降り給ひて、あらぬ方より入り給ひぬ。

（巻一・二一一頁）

一条院の大将が、かつて交際のあった女性（故帥の宮の娘・宮の君）の邸の前を通りかかり、邸内に男が訪れている様子を察して、中を窺おうと邸内に忍び込む場面である。これが、病気見舞いの際のことであること、「六条わたりにや、中河のほど」などとあることから、誰しも『源氏物語』「夕顔」巻の冒頭場面、「六条わたりの御忍び歩きのころ、内裏よりまかでたまふ中宿りに、大弐の乳母のいたくわづらひて尼になりにけるとぶらはむとて、五条なる家たづねておはしましたり。」（夕顔①一三五頁）を思い起こすであろう。続けて、「築地所々崩れて、いたうものふりたる所」と、古色蒼然とした邸宅の様子や、「はや故帥の宮の古き御跡なりけり」と、大将が邸宅の主に気づくところからは、『源氏物語』「蓬生」巻で、光源氏が故常陸の宮邸の前を通りかかり、見覚えのある木立などから、「はやうこの宮なりけり」（蓬生②三四四頁）と、気づく場面が想起される。さらに読み進めれば、邸内に忍び込んだ大将は、男の正体が昵懇の二位中将であることを悟って、その尻尾を摑まえようと、つぶさに様子を窺うという展開になるのであるが、前掲引用文に続くその場面は次のようにある。

（本文②『いはでしのぶ』）

時分かぬ深山木どもの中を分けて、蔭の方より上へ上り給ひつつ、よく案内知りたる御道づかひなれば、さもありぬべきところにて立ち聞き給ふに、なのめならず艶なる男の、ただこの端つ方にてぞあひしらふなる、誰ならんと紛ふべき人のけはひならぬに、いとめづらしうて、この君さへかかづらひより給ひにけむ。見顕しつる嬉しさよと、心騒ぎもせらるるまでおぼえ給ひつつ、かくと聞こえで帰らんことは念なく口惜しくおぼえ給ふ。（巻一・二一一頁）

ここまで読み進めて、この場面が骨子としては、『源氏物語』「末摘花」巻を模していることがはっきりとしてくる。

（本文③『源氏物語』）

透垣のただすこし折れ残りたる隠れの方に立ち寄りたまふに、もとより立てる男ありけり。誰ならむ、心かけたるすき者ありけりと思して、蔭につきてたち隠れたまへば、頭中将なりけり。この夕つ方、内裏よりもろともにまかでたまひける、やがて大殿にも寄らず、二条院にもあらで、ひき別れたまひけるを、いづちならむと、ただならで、我も行く方あれど、あとにつきてうかがひけり。（末摘花①二七一頁）

光源氏の微行を知った頭中将が、末摘花邸で光源氏を待ち伏せる場面である。末摘花を透き見しようと忍んでいた光源氏であったが、男の存在に気がつき、こっそり出ようとするところへ、頭中将がすかさず寄って行き、呼びかける。

（本文④『源氏物語』）

「ふり棄てさせたまへるつらさに、御送り仕うまつりつるは。

もろともに大内山は出でつれど入る方見せぬいさよひの月」

と恨むるもねたけれど、「この君」と見たまふに、すこしをかしうなりぬ。（末摘花①二七二頁）

光源氏に見顕したことを恨みがましく告げる頭中将と、それを憎らしく思う光源氏。色好みの男たちが互いに軽妙なやりとりを交わし合う印象的な場面だが、『いはでしのぶ』では、大将は二位中将の車に忍び入り、二位中将を車の中に引きずり込むという展開になっている。二位中将を捉える大将の手際はじつに巧妙であるが、見顕す場面は次のようである。

（本文⑤『いはでしのぶ』）

「深きゐの心の奥は知らねどもこれも忍ぶの道ならぬかはかくは修行者よ。あな尊とや。今は験つき給ひぬらん。祈りして給はせよ」とのたまふに、「さばかり人に似ず、かやうに好き好きしき振る舞ひはありともおぼえぬ事を、いつしかこの人ゆへ見あらはされ聞こえぬるよ」と思ふねたさに、類なけれど、いとをかしうなりて、笑はれ給ひぬ。（巻一・二二八頁）

お互いを詰るその態度こそ異なるものの、歌のやりとりも含めて、全体のニュアンスとしては「末摘花」巻に似通っていることが分かる。とくに波線部以下、二位中将の思いは、光源氏の心中に、「かうのみ見つけらるるをねたしと思せど」（末摘花①二七三頁）と語られているのと重なり合うものであり、ライバルに尻尾を摑まれて癪に感じているところなど、「末摘花」巻を想起させるに十分であろう。その後、『源氏物語』では、光源氏と頭中将は一つの車に乗車して、左大臣邸に赴くのであるが、『いはでしのぶ』でも、大将は二位中将の車に同車して、そのまま一条院に赴くというように、全体の成り行きにおいても、『いはでしのぶ』が『源氏物語』「末摘花」巻の展開を踏まえるものであることが明らかである。

以上、『いはでしのぶ』における『源氏物語』の場面取りともいうべき箇所を、『源氏物語』との比較から詳しく見てきたが、これが『源氏物語』の一つの場面にとどまらず、関連する巻の印象的なくだりを、いわば聯想的につなぎ合わせ、複合的に展叙した、じつに手の込んだシーンであることが分かると思う。まずは

「夕顔」巻の冒頭部を思わせる行文にはじまることで、「忍び歩き」の情趣を持ち込んだ上、全体としては、頭中将が光源氏の微行を見顕す「末摘花」巻の展開をなぞりながら、当の女君の邸は、落魄のイメージの色濃い「蓬生」巻の故常陸の宮邸の風情に仕立てている。場面展開の大枠の中に、関連する巻巻の細部の描写を落とし込み、場面を印象づけるのに大きく与っている。このような場面構成のあり方からは、この物語が、『源氏物語』の様々な場面を自在に聯想し、関連づけうる熱心な物語読者に向けて作られたものであることを想像させる。単純に『源氏物語』のパロディと呼んで片付けられるものではない。

さて、このように紹介してきて、『いはでしのぶ』の当該場面が、『源氏物語』に大きく寄りかかったものであることが明らかになったことと思う。ところが、じつは右に見てきた二位中将の微行露顕のシーンは、『源氏物語』ばかりか、平安末期の物語テクスト『在明の別』の場面もが重ねられていると思しいのだ。まず、前掲『いはでしのぶ』(本文②)に続く場面は次のようである。

(本文⑥『いはでしのぶ』)

さらに、さばかりいとまなき御心地を念じつつ、やや夜深くなるまで立ち聞き給へば、例の、女方はいみじうすすみざまに、しみかへり思ふべかんめるを、男はもとよりいとかりそめなる気色にて、もののたよりか、もしは、さして暁ほかへなどのていにのたまふなめり。いと言の葉は聞こえず。出で給ひなんとするなるべし。今少し端なる心地して、女、

別るれどたぐひもあらじ小夜深き鳥より先の心尽くしは

まことに堪へがたげに聞こえなせば、

「おどろかす憂き音は鳥にそふものをいつも別れに堪へぬ涙の

げに心尽くしは尽きすべうもなしや」と、うちなげき給ふ気色など、いたう心に入りたりとは聞こえね

ど、千々の言の葉を尽くし、いかにせんと思ひたらん人よりも、類なうなまめかしげなるは、げに女な

らばかならず心はなびきなんかしと、聞き入り給へるに、げにも、とみに許さぬ気色にて、

「見てだにも見る目に飽かず長らへんその行く末も志賀の浦波

あぢきなのことどもや」と、例のにくからぬさまに、何とやらん聞こゆれば、こまやかに語らふ音し

て、うち笑ひ給ふこともあり。

（巻一・二一三～二一四頁）

大将は男が二位中将であると悟った上で、なお忍んで立ち聞きし、中将と女の会合の様子を窺っている。『源氏物語』においては、頭中将は透垣の蔭から寝殿の中の様子を窺っていたに過ぎなかったが、大将は勝手知ったる故帥の宮邸の建物の中に入り込み、二人の至近距離から様子を窺っているのである。推量の助動詞「めり」が多用されてはいるが、歌のやりとりを始めとして、二人の一挙一動が大将によってこと細かに察知されている。いわば、右の場面は、もっぱら大将を視点人物として描かれているのであり、こうした図式は、『在明の別』巻一、女大将による三条界隈の垣間見歩きの場面を聯想させるものがあろう。

『在明の別』の女大将は、生来、隠れ蓑よろしく透明人間になる術を身につけており、姿を隠しては、男女の情交を間近に覗き見ているのであった。巻一では、三条界隈において、①「叔父左大将と継子姫君の密

通」、②「三位中将と三条女の会合」、③「三位中将と中務宮北の方の不倫」の現場を、次々と覗き見て回る。このうち、『いはでしのぶ』と特に関わりのある場面は、三位中将が登場する②③の場面である。②は零落した姫君と思しき気品のある女性との会合であり、三位中将は愛情半ばといった様子で、じきにそそくさと退出して中務宮北の方へと足を向けてしまい、③の場面となるのであるが、その中務宮北の方（右大臣の中の君）が、ひどく色好みな女なのであった。まずは、『在明の別』②「三位中将と三条女の会合」の場面から見てみたい。それは次のようである。

（本文⑦『在明の別』）

三条わたりに、少しあばれたる家の、木立ちをかしきほどなる、門は忍ぶ草いたく茂りて、踏み分けたる跡もなし。片つ方の小さき門に、いたく忍びたりと見ゆる男のけはひしたるを、「あやし」と、目とどめて見給へば、三位の中将なりけり。「何ばかりのことにて立ちどまるらん」と、さすがにゆかしければ、蔭につきて紛れ入り給へれば、人あまたあるけはひもせず、いとかすかに心細げなり。

（巻一・九ウ～一〇オ）

「三条わたり」とあるのに始まり、荒れた家のたたずまいや、そこに三位中将を発見するくだりなどは、前掲本文③『源氏物語』「末摘花」巻との類似が見いだせよう。これはあたかも、「かやうの所にこそは、昔物語にもあはれなることどももありけれ」（末摘花①二六九頁）、さらには「世にありと人に知られず、さびしくあばれたらむ葎の門に、思ひの外にらうたげならむ人の閉ぢられたらむこそ限りなくめづらしくはおぼへめ」（帚木①六〇頁）と語られていたことを、地で行くような場面であり、『在明の別』が『源氏物語』を強く意識していることが、表現や措辞の一致から窺える。すでに『在明の別』において、『源氏物語』取りがなされているのである。以下、『在明の別』では、末摘花ならぬ「らうたげ」な三条女との逢瀬が語られ、続けて、③「三位中将と中務宮北の方の不倫」の場面となるのであるが、その女の色情甚だしいことが、次のように印象的に描き出される。

（本文⑧『在明の別』）

限りなく深き中に、たまさかにめづらしきにも、明くるほどなさを思ひ入りたるさま、かたみにたぐひなき中にも、女はまさりざまに押し当てて、いみじくまとはれたるさま、男をこそうたてあるものに思ひ疎まれ給へれ、「かばかりの際にも、かたはなるわざはまじるなりけり」とのみ、言ひやらん言の葉もなき気色も、見る人までぞ苦しき。…（中略）…中将、いみじきことを言ひ尽くして、今ぞ直衣などひきつくろひても、なほえ動かずまとはれて、かたみに絞る袖の気色、げにたまさかならむ中に、浅うずしもあるまじけれど、ひたすら心づきなく見なされ給ふには、うたてぞ思さるる。女、

「かくてただ厭ふ命の消えななん絶えず悲しき心砕かで

惜しからぬ命を」と言ひあへず、むげに明かくなりゆくに、立ち出づるを、飽かず見送る女の耳にさし当てて、

ことわりにあらぬ命は消えもせじ心づからの身はたぐへども
と言ひ入れて、われも立ち帰り給ふ。

（巻一・一七オ～二〇オ）

男への執着から、男にまとわりついて離れようとしない女の情欲の強さが象られている。前掲本文⑦『在明の別』の場面もそうだが、①から③の場面はすべて女大将の隠れ蓑の視点による語りであり、前掲本文③『源氏物語』「末摘花」巻における「頭中将なりけり」という気づきめいたことばが、じつは光源氏によるものではなく、語り手が介入してのことばであったのとは異なり（光源氏はそれが頭中将であるとは気づいていない）、『いはでしのぶ』『在明の別』では、視点人物からの語りという点で一貫している。そして、『いはでしのぶ』における二位中将と宮の君の逢瀬の場面は、情景としては、『在明の別』②「三位中将と三条女の会合」の場面を、そして男女の会合という点では、『在明の別』③「三位中将と中務宮北の方の不倫」の場面を意識するものであろう。『恋路ゆかしき大将』に、「いはでしのぶの宮の君めきて、よろづに移ろひやすくあだなるにもあらず。」（巻五・二〇四頁）などと引かれるように、宮の君という人物の第一の特徴はその多情さにあり、その呼称や出自・境遇からして、『源氏物語』「蜻蛉」巻の宮の君との重なりをも考えなければならないとしても、その雛形として、『在明の別』の中務宮北の方の存在は看過しがたいものがある。さらには、前掲『いはでしのぶ』（本文⑥）の傍線部に、「男はもとよりいとかりそめなる気色にて、もののたよりか、もしは、さして暁ほかへなどのていに」というのは、まさに『在明の別』の三位中将が、三条女を訪れながら、はや中務宮北の方へと心が向き、気もそぞろであったのを踏まえるかのような行文である。

もとより『いはでしのぶ』の二位中将は、『在明の別』の三位中将のような色好みではなく、一品宮への「いはでしのぶ恋」を抱えるナイーヴな人物であり、宮の君への恋にのめり込んでいるわけではないものの、対する女が、「女方はいみじうすすみざまに、しみかへり思ふべかんめるを」と、ひどく男に執着し、「まことに堪へがたげに」別れを嘆いているところなど、『源氏物語』を離れて、前掲『在明の別』（本文⑧）の場面取りと評してよい風情である。『いはでしのぶ』はさながら、『在明の別』②の三条女のシーンで、女を中務宮北の方に置き換えたかのようであり、大枠としては、『源氏物語』「末摘花」巻の光源氏の微行露顕に依拠しつつ、視点人物のあり方において、『在明の別』を強く意識させるように作っており、宮の君という多情な女君の存在を、作中に印象づけようとしているかのようである。

以上に述べてきたことを、図解を以て要すれば次のようになろう。

『源氏物語』（末摘花・蓬生）→『在明の別』（巻一）
→『いはでしのぶ』（巻一）

『いはでしのぶ』は『在明の別』の『源氏物語』取りをも含めて、内在化しているのである。先行物語において関係する場面をすべて聯想的に取り込み、複合化し、多重化することによって、場面を構成する、このような貪欲かつ旺盛な物語摂取、物語構成というものは、もっぱら物語に通暁する読者を面白がらせ、満

足させるためのものではなかったか。このような物語生成と享受の営みを、先行物語との関わりからつぶさにひもとくことこそが、〈物語史〉構築のための作業と呼びうるかと思われる。なお、当該場面のいわばプレテクストとして、『在明の別』を想定する理由については別にもあり、それについては次節でさらに例を加え、検討することとしたい。

三 『源氏物語』の複合的引用と場面設定――その2

『いはでしのぶ』巻六は、中宮が出生の真実〈嵯峨院の子ではなく関白〈かつての二位中将〉が実の父であるということ〉を知らされ、歎きを深める場面から始まる。

〈本文⑨『いはでしのぶ』〉

六 ふるから小野のもとの心は、あらはれてしのちは、雲居の月の影変はりつつ、峰の朝日の光をだに、我が方たけう思し落とされし御心おごりに、人知れざりけるまどひの道知らで過ぎけん年月の、心憂く悲しさ、なべてのことわりにも超えて、恥づかしき事さへことに思されたる、院の御気色、さはあるまじける、と思し知るには、あはれも深くまさらるるにつけて、

大空の光をかげと頼む身の心の闇と聞くも悲しき

（巻六・六〇九頁）

文頭、「六」と頭書されているのは、これが巻六の巻頭であることを示す、底本・三条西家本に固有の記号である。「ふるから小野のもとの心」とは、『古今和歌集』の「いそのかみふるから小野のもとかしはもとの心は忘られなくに」（雑上・八八六・題しらず・よみ人しらず）の句を引くいわゆる引歌表現であり、引歌表現による書き出しの形式は『いはでしのぶ』の他巻にも見られることから、これが巻六の冒頭の文であることを自ずと物語っている。この文を本文に即して解釈すれば、「関白が中宮に対する親心を忘れられずに、ほのめかした中宮出生についての秘密の真相が、中宮にそれと知られてからというもの」となり、続く「雲居の月の影変はりつつ」の「雲居の月」が、中宮の比喩であることから、一文、真実を知った中宮が、顔色も一変するほど心境に変化を来し、歎きを深めていることをいう。以下、これまで嵯峨院と皇后の間に生まれた内親王であるとの矜持から、他を圧倒し見下してさえいた傲慢さを恥じ、人知れず苦悩してきた関白の気持ちを知らずに過ごしてきた自分を心底情けなく思い、また嵯峨院の様子から、院が真相を知らないであろうことを察して、歎きを深める中宮の心境が象られている。「大空の〜」歌には、嵯峨院の庇護を受け、表面的には何の苦悩もない自分とは裏腹に、「心の闇」すなわち中宮に対して親子の名乗りをできず、人知れず苦悩を重ねていた関白を思いやって悲しむ、中宮の複雑な心情が詠い込められている。

このような『いはでしのぶ』の中宮の懊悩する姿というものが、『源氏物語』「若菜上」巻において、明石の女御が祖母尼君からはっきりと自分の素性を知らされて、わが身の程を思い知る心境を範とするものであることは、容易に察しがつくところであろう。以下は、明石の尼君から過去の出来事を聞かされた直後の、明石の女御の心境である。

（本文⑩『源氏物語』）

心の中には、わが身は、げにうけばりていみじかるべき際にはあらざりけるを、対の上の御もてなしに磨かれて、人の思へるさまなどもかたほにはあらぬなりけり、身をばまたなきものに思ひてこそ、宮仕のほどにも、かたへの人々をば思ひ消ち、こよなき心おごりをばしつれ、世人は、下に言ひ出づるやうもありつらむかし、など思し知りはてぬ。

（若菜上④一〇五頁）

出生時のことを知らず、本来ならば大きな顔はできない出自・身分でありながら、紫の上の撫育があってこその東宮への参入であったのだが、それをよいことに思い上がっていたわが身であったと、自らの慢心を反省する明石の女御の心境が語られている。この後、母・明石の君が訪れ、女御の異変に気がつき、真実が打ち明けられたことを知って危惧するものの、祖母・娘・孫の三人が、一族の紐帯を確かめるように、しみじみと和歌を唱和する場面へとつながる。やがて、懐妊していた女御が皇子を安産し、それを受けて明石の入道の夢告と遁世の報がもたらされるというように、右の場面は、一族の悲願達成へと物語を導くための重要な結節点でもある。『いはでしのぶ』でも右の場面の後、中宮の出産へとつながっていく物語の展開であることからは、『源氏物語』「若菜上」巻の流れが意識されていることはみとめられるであろう。「心おごり」「思し知る」といった語の重なりなど、明石の女御の自省する内面を写し取るものであることが看取される（傍線部）。

しかし、その心境において重なるものがあるといいながら、女君をとりまく事情は、それぞれ大きく異なっていることにも留意しなければならない。『いはでしのぶ』では、関白（当時権大納言）と通じた母君（伏見大君、後に皇后）が、懐妊後間もなく尚侍として入内し、帝（嵯峨院）の寵愛を受け、帝の子として中宮を出産したという経緯であり、関白の実の親の名告りは、皇統の〈血〉の継承に関わる重大な問題としてある。一族の歴史を聞かされ、自らの出自を理解したという明石の女御とは、事態の深刻さにおいて大きく異なるものである。自らの慢心を省みつつ、真実と向き合うとはいえ、女君が直面する事態はかくも異なっている。

そのような異なりに注目する時、じつのところ、『源氏物語』以上に『いはでしのぶ』に如実に影を落としていると思われるのは、前節でも見た『在明の別』である。『在明の別』巻三、故右大将（のち女院）の遺児として入内し、中宮にまで上りつめた姫君が、実の父親である内大臣から、出生の秘密を知らされる場面がそれである。

（本文⑪『在明の別』）

（中宮ハ文ヲ）見給ふままにうつ臥して、さらにえためらはせ給はず。年ごろ、何ごとにつけても、世の常の后、大臣多くおはすれど、御身も塵も居ず、けだかく思し召し上がりつる心の底まで、神仏もいかに見給ひつらん、同じゆかり、一の人と聞こゆれど、なずらひにかけても思しならはぬ御身のほどぞ、いと悲しく恐ろしく思し続けらるる。

（巻三・一八ウ〜二〇オ）

内大臣から、実の父親が自分であることを手紙によって知らされ、衝撃を受けて困惑する中宮の心境である。この場合、自分が密通によって生まれた子であることを知らされるのであり、その点、『いはでしのぶ』の中宮よりも深刻さが増しているが（但し『在明の別』の中宮は、父親と思っている故右大将がじつは女であり、現在の女院その人であるとは知らない。これは物語最大の秘密である）、程度の差こそあれ、そもそも『在明の別』も『源氏物語』「若菜上」巻の明石の女御をモデルとし、中宮の心境を象る上で変形させて用いていることが窺われよう。『いはでしのぶ』は、人物関係と物語内の状況において、まずは右の『在明の別』の場面に着想し、さらにそこから聯想される『源氏物語』「若菜上」巻の明石の女御の場合へと遡及して、『源氏物語』の措辞をも周到に取り込んだものと思量される。前掲『いはでしのぶ』（本文⑨）に、中宮の心驕りとして、「峰の朝日の光をだに、我が方たけう思し落とされし」とあったのは、前掲『在明の別』（本文⑪）に「世の常の后、大臣多くおはすれど、御身も塵も居ず、けだかく思し召し上がりつる心」とか、「一の人と聞こゆれど、なずらひにかけても思しならはぬ御身のほど」とある行文と照らし合う。これら女君の心驕りは、もちろん遡れば前掲『源氏物語』（本文⑩）の明石の女御に至り着く（以上波線部）。

その上で、さらに確認すれば、『いはでしのぶ』において、「峰の朝日の光」とは、帝にも擬えられる至高のものを指し示すことばであった（巻二にも朝覲行幸に供奉する内大臣について、「この君の差し出で給へるを、峰の朝日の光よりもけにめづらしく見奉る」〈四二三頁〉とある）。また、『いはでしのぶ』おいて、中宮が真実を知らされるのは、関白がしたためた手紙に、

知らじかし月をば空の光にて心の闇にかくまどふとも　（巻五・六〇四頁）

という歌があったことによるのであり、省筆されてはいるが、過去の出来事を知る中将内侍という侍女から、さらに詳しく過去の顛末が語り聞かされたであろう。『在明の別』では、内大臣の手紙が、真相を知る侍従内侍によって中宮にもたらされるが、侍従内侍宛の内大臣の手紙には、

かきくれし心の闇をそれながら雲居の月の影を見ぬかな　（巻三・一五オ）

と歌が書かれていた。『いはでしのぶ』の関白の「知らじかし」歌は、この歌を踏まえるものであろう。手紙を読んだ際の侍女の反応も、「いとあはれに悲しくて、ほろほろとうち泣きつつ」（『いはでしのぶ』巻五・六〇五頁）、「まづ悲しうて、ほろほろとぞ泣かれる」（『在明の別』巻三・）と共通し、前掲『いはでしのぶ』（本文⑨）に見えた中宮の歌、

大空の光をかげと頼む身の心の闇と聞くも悲しき　（巻六・六〇九頁）

は、『在明の別』の侍従内侍の内大臣への返事に、

照る月の雲居の影は分かねども紛ふ闇路を聞くぞ悲しき　（巻三・一五オ〜一五ウ）

とある歌を踏まえているとみて差し支えないであろう。また、さらに言えば、『いはでしのぶ』巻六（六一一頁）において、関白と中将内侍が、中宮のことをめぐって密談するとおぼしき条があるのであるが、そこで交わされる歌、

忘るなと君に伝へよ契りありてこは忍ぶべき仲のあはれを（関白）
世の常に忘るる人もあらじかしこの世に深き仲の契りは（中将内侍）

は、『在明の別』で内大臣が侍従内侍と密談の後、病床から中宮に宛てて送った歌、

思ひ置く君だに今はあはれ知れこの世にかかる仲はありやと　（巻三・一六ウ）

を意識して作られていると見られるのである（この前後の条、死にゆく柏木の場面がとりこまれている）。

以上、右に見てきた例でも、前節でまとめたように、『在明の別』を起点として遡及的にその典拠となっ

た『源氏物語』の措辞をも取りこみ、内在化する、『いはでしのぶ』の複合的かつ重層的な物語取りの手法が見てとれるのである。

『源氏物語』（若菜上）→『在明の別』（巻三）
→『いはでしのぶ』（巻五、六）

四　おわりに――〈物語史〉とテクスト生成の原理

本稿で見てきたのは、これから開拓されるであろう〈物語史〉のための、一つのケーススタディであるに過ぎない。『いはでしのぶ』からは、ほかにも様々な物語取りの例を取り出すことができ、現存している部分に関しては、それらのすべてを剔出することが大きな課題であると言えよう。ともあれ、本稿で見てきたように、『源氏物語』以後の物語（とりわけ中世王朝物語）は、『源氏物語』の大きな影響下にあるとはいえ、都度、『源氏物語』との一対一の対応が試みられているわけではない。時代が下れば下るほど、『源氏物語』取りの例は様々なバリエーションをもって積み重ねられていくのであり、後の物語作者は、それら蓄積された物語取りの例を取り押さえながら、同様の場面を、いくつかの物語から複合的かつ重層化して引用し、読み方次第で先行物語の面影が様々に揺曳するよう、周到に仕組んでいるのである。『いはでしのぶ』

などを見ると、おそらくはそうした先行物語取りそのものが、読者が新作の物語に要求するものの一つであったに違いなく、もちろん個々の物語に固有の表現やストーリー展開は存在するものの、プロットにおいては、重層化された場面取りの手法によって、多彩な先行物語引用を試み、熱心な物語読者のマニアックな欲求を満たそうと目論んでいる。とりわけ中世王朝物語などは、いかに先行物語を貪欲に摂取しているかに、存在意義そのものが賭けられているといっても過言ではない。分量に比例しないテクストの重厚さも、かかる手法を用いてのことによる。このような意味で、物語テクストというものは、その内部に〈物語史〉をはらんでいるのであり、〈物語史〉によって、個々の物語は繋がっている。平安後期以降の物語から〈物語史〉を構築するとは、物語テクストの中に複層化し、多重化された先行物語の姿を、一つ一つ丁寧に引き剝がしては観察し、テクスト生成の原理を、とりわけ『源氏物語』の受容という観点において探る試みにほかならないのである。

かくして〈物語史〉形成の力学とは、『源氏物語』というものを、その享受のありようから遡及的に観察し、その間に成立した様々なテクストとの相関の中で定位し直すことで、作品として確固たるイメージを与えていこうとする志向そのものである。平安後期以降の物語たちにとって、『源氏物語』とは乗り越えるべき〝目標〟ではなく、徹底して読み込むための〝対象〟であった。すべては読む快楽と愉悦のための物語なのであり、『源氏物語』あってこその〈物語史〉と言える。が、それもまた〈物語史〉の一部に過ぎないこと、物語と物語との予想を裏切るような繋がりがありうることを念頭において、先入観にとらわれない、柔軟な発想を心がけるようにしたい。〈物語史〉とは、まさに物語の読者の成長とともに進化する動態そのものであり、物語を読むという営みにほかならないのである。

＊本稿における物語テクストの引用は以下に基づく。
・『いはでしのぶ』……小木喬著『いはでしのぶ物語 本文と研究』（笠間書院、一九七七年）。
・『源氏物語』……阿部秋生・秋山虔・今井源衛・鈴木日出男校注・訳『新編日本古典文学全集 源氏物語①～⑥』（小学館）
・『在明の別』……市古貞次・三角洋一編『鎌倉時代物語集成 第一巻』（笠間書院、一九八八年）。
・『恋路ゆかしき大将』……宮田光・稲賀敬二校訂・訳注『中世王朝物語全集8 恋路ゆかしき大将 山路の露』（笠間書院、二〇〇四年）
右の内、『いはでしのぶ』については諸本の紙焼写真を、『在明の別』については『天理図書館善本叢書第六巻 あさぢが露・在明の別』（八木書店、一九七二年）の影印により、本文を確認しつつ、適宜、校訂を施し表記を変えるなどして用いている。

横溝 博（よこみぞ ひろし） 東北大学大学院文学研究科准教授。専門は物語文学。論文「平安時代の『源氏物語』本文――物語は本当に〝書写〟されたのか――」（助川幸逸郎。立石和弘・土方洋一・松岡智之編『複数化する源氏物語』新時代への源氏学7、竹林舎、二〇一五年）、「『和歌知顕集』と源経信――仮托者の風景――」（前田雅之編『中世の学芸と古典注釈』中世文学と隣接諸学5、竹林舎、二〇一一年）、「中世王朝物語の通過儀礼」（小嶋菜温子編『王朝文学と通過儀礼』平安文学と隣接諸学3、竹林舎、二〇〇七年）。

漢文脈の中の源氏物語

――「雨夜の品定め」の諧謔的な語りと『女誡』――

西野入　篤男

はじめに

女性への教誡的テクストとしても理解された歴史を持つ「雨夜の品定め」は[注1]、果たしてイデオロギーの再生産だったのか、それとも別の視座から捉え直す可能性を秘めたテクストなのだろうか。本論では、「品定め」の諧謔性からアイロニーを読み取ることによって、テクストの抱え込むイデオロギー性が転覆される可能性を示してみたいと思う。アイロニーを発生させる装置として具体的に注目するのは、語り手の諧謔表現と、「品定め」の場で特異性を発揮する源氏の言動であり、転覆されるイデオロギー性として、儒教社会の女性規範として強い影響力を発揮した『後漢書』列女伝「曹世叔妻伝」所載の班昭『女誡』の言説に注目してみたい。従来の研究が、物語内容を構成する会話文からアプローチしたのに対し、本論では地の文から会話内容を逆照射するという方法を取る。恐らく「品定め」は、〈会話文／地の文〉〈教誡性／諧謔性〉〈男性性／女性性〉〈漢籍／物語〉のせめぎ合いによって、意味を重層化・複雑化している。その点を明確に示してみたい。

左馬頭の妻女論と、諸芸能の喩えごとの後に挿し込まれた地の文から、いくつか問題提起をしてみよう。妻として理想的な女性がいないことや、夫婦の関係を良く保つには寛容な心が必要だと、熱弁をふるう左馬頭であるが、その内容に同意を示すのは頭中将であり、源氏は居眠りをしている。

と言えば、中将うなづく。「…（中略）…」と言ひて、わが姉妹の姫君は、この定めにかなひたまへりと思へば、君のうちねぶりて言葉まぜたまはぬを、さうざうしく心やましと思ふ。馬頭、物定めの博士になりて、ひひらきゐたり。中将はこのことわり聞きはてむと、心入れてあへしらひゐたまへり。

（六八〜六九頁[注2]）

この場面でまず目を引くのが、左馬頭を「物定めの博士になりて、ひひらきゐたり」とする語り手の言葉である。何もかも知ったように弁じ立てる左馬頭を、「博士」などと文章博士をもじって表し、彼の言葉を「馬頭」という官職に掛けて「ひひらく（馬のいななき）」と嘲笑的に表現している。何とも皮肉の効いた語り口であり、左馬頭の「ひひらき」を「ことわり」として熱心に耳を傾ける頭中将と、それとは対照的に居眠りをする源氏という光景は、視覚的にもアイロニカルな仕立てとなっていよう。

続けて左馬頭は、女性のうわべの気色や情けが当てにならないことを諸芸能に喩えて論じるが、やはり語り手は、場の情景をコミカルに描き出している。

とて、近くゐ寄れば、君も目覚ましたまふ。中将、いみじく信じて、頬杖をつきて向かひゐたまへり。法の師の、世のことわり説き聞かせむ所の心地するも、かつはをかしけれど、かかるついでは、おのおのの睦言もえ忍びとどめずなむありける。（七〇～七一頁）

ようやく目を覚ました源氏と、相変わらず左馬頭の言葉（ひひらき）を「ことわり」として真剣に聞く頭中将。「法の師の、世のことわり説き聞かせむ所の心地」とされるが、[注3]それは先の「物定めの博士」と同様に諧謔表現であり、「博士」の「ことわり」と、「法の師」の「ことわり」がユーモラスに共鳴している。語り手は、儒仏の道理が示される場のようだと述べながら、実際に語られている内容が、儒仏の崇高な「ことわり」とは程遠い卑近な内容であることを読者に伝えようとしている。「ことわり」の意味が文脈によって二重化され、言語的アイロニー（第二次的な意味が第一次的な意味を皮肉的、冷笑的にあざけるもの）として読者の前に示されているのである。

この場面の「法の師の、世のことわり説き聞かせむ所」を、例えば『花鳥余情』は、「三周のすかたいまの物語の作りさまにあひたるなり。世俗文字の業、狂言綺語の誤をあらためて、讃仏乗の因、転法輪の縁とせる心なり。下の詞に中将いみじう興して、のりの師の世のことはり、とききかせん所の心ちするといへる、このことはりをおもひてかけるなるへし」と解釈する。「讃仏乗の因、転法輪の縁」など、読者を仏道に導く方便の主題を読み取っているわけだが、そうなると、先の「博士」の「ことわり」は、読者を儒教の教えへと導くものとして理解されようか。ただし、儒仏の教誡との理解には、語り手の諧謔性が排除されてしまう点に問題がある。

語り手の諧謔性を、どのように位置づけ、分析できるのか。〈教誡性／諧謔性〉で解釈の揺らぎが生じている。それは〈会話文／地の文〉の相互作用の問題でもあろう。教誡となっているのは左馬頭の会話内容であり、それを諧謔的に示すのは地の文の語りだからである。

また、それと関連して問い直されるべきは、男性四人の女性談義という特殊な場で働く論理と性差の問題である。支配的なイデオロギーの内部に位置する男性たちによって繰り広げられる言語ゲームが「品定め」であり、そこでは〈男性性／女性性〉が前景化されることとなる。女性性を周辺化して規範的枠組みに嵌め込もうとするような、差別的で自己満足的な言葉や、男性性を正当化する言葉が発せられる場であると言えよう。従来から注意が向けられてきたことではあるが[注4]、しかし、そうした言葉を語り手がアイロニカルに描き出すことについては言及されてこなかった。地の文の諧謔性が、〈男性性／女性性〉の問題とどう関わるのかに注目する必要がある。

なお、会話内容がアイロニーによって転覆されるとすれば、そこに含まれる教誡的なイデオロギーの実質的内容が問題となるわけだが、そこに『女誡』の言説を見出してみたい。「品定め」の主な話題を構成する左馬頭の女性観は、自身の経験より帰納的に導き出されたかのごとく振る舞っているが、その多くが『女誡』の求める女性像から創造された可能性が高い。その点を明らかにした上で、左馬頭の言葉を抜き出して解釈すれば、古注の述べるよう儒教社会の規範的女性像を読者に提示するような教誡的なテクストとして捉えることができるだろう。しかし、その発言に向けられた諧謔的な語りにアイロニーを発生させて解釈するならば、左馬頭の言葉は相対化され、支配的イデオロギーに抵抗したテクストとも読めるようになる。読者が語り手の諧謔性を受け入れるか否かによって「雨夜の品定め」がまったく異なる様相を見せることを、以下では具体的に述べていきたい。

注意を促す〈語りの構造〉と〈源氏の言動〉

「つれづれと降り暮らして」（五五頁）より始まる「雨夜の品定め」では、作中人物の行為と会話が読者の前で演じられ、読者が直接に見聞きしているような錯覚を引き起こす、劇化された物語となっている。帚木巻冒頭からの概説的・説明的な語りのモードから、[注5] 出来事がシーンとして具体的な設定の中で再現される語りのモードへと移行していく。

「品定め」の場の「現在（枠物語）」を構成するのは地の文の位相であるが、物語の実質的内容を担っているのは、作中人物が語り手となって語る長大な会話文である。ある人物の長い会話が終わると、一旦、基点となる地の文の位相が挿まれ、再び別の人物による新たな語りが開始されていく。挿まれた地の文では、先に見たように、会話内容に対する登場人物の言葉・態度・心中や、また諧謔表現を用いた皮肉が示されるため、読者は会話内容をそのまま受け入れることを妨げられる。こうした語りの構造は、会話文で語られた内容以上の何かを読み取るよう読者に注意を促す戦略的な語りと考えられ、従って、会話文と地の文の相互作用に目を向ける必要が生じてくるのである。

そうした語りの手法に加え、会話内容に対して注意を喚起する大きな要因として機能するのが、男たちの言葉に同調しない源氏の存在である。発言に対する懐疑や冷やかし、それに付随する嘲笑的な「笑ひ」が示されるため、読者はその会話内容を素直に聞き入れることができない。

例えば、頭中将の語る三階級論に対して、源氏の取った態度を見てみよう。非の打ち所のない女性はめったにいないと悲嘆する頭中将に対して源氏は、「うちほほ笑み」（五七頁）ながら、「その片かどもなき人はあらむや」（同）と素朴な疑問を投げかける。それに対して頭中将は「中の品」の女には見所があると「いとくまなげなる気色」（五八頁）で語るが、源氏は「その品々やいかに。いずれを三つの品におきてか分くべき…」（同）と、上中下の線引きが流動的で確定し難いのではないかと鋭い質問をぶつけて頭中将を困らせた。そこに左馬頭と藤式部丞が加わり、「品定め」が本格的に始動する。源氏の質問に対し、さらに持論を展開する頭中将であるが、結局、源氏の賛同は得られない。

「すべてにぎははしきによるべきななり」とて、笑ひたまふを、「別人の言はむやうに心得ず仰せらるる」と中将憎む。（六〇頁）

三つの階級は、家柄・世評・経済力などの諸要素の複合で決まると言いながら、結局は財力に帰着した頭中将の論の急所を突き、源氏は笑う。最初の「うちほほ笑み」という友好的な笑いとは異なり、ここの「笑ひ」は共感を示さない嘲笑的な「笑ひ（嗤い）」であるため、頭中将は不快を覚え、「憎む」のであった。このように語り手は、疑義や反論、そしてシニカルな「笑ひ」を示すことによって、頭中将の三階級論を貶め、以後の物語を覆う価値規範として定位させない。

中の品の女性の話を引き取りつつ左馬頭が続けて語ったのが、「葎の門」に代表されるような意外性ある女性の魅力であるが、そこでも語り手は「いでや、上の品と思ふだにかたげなるよを」（六一頁）という源氏の批判的な心中を示している。その後に語られるのが、先に見た左馬頭の妻女論であり、ここで見たものよりも痛烈な皮肉が向けられていることは確認した通りである。「博士」のように妻女に関して熱く語る（「ひひらく」）左馬頭と、その「ひひらき」を「ことわり」として熱心に耳を傾けている頭中将、興味がなかったのか居眠りする源氏。視覚的にも言語的にもアイロニカルな解釈が許される場面である。頭中将の三階級論と同様に、左馬頭の妻女論も「品定め」の価値規範として定位されることはないのである。

以上、語り手の視点から場の様子が諧謔的に示されることによって、その発話内容は貶められ、いずれも「品定め」の規範的な観念にならないことを確認した。続けて「品定め」を支配する場の論理と、嘲笑的な「笑ひ」や諧謔表現によって貶められることとなる会話の実質的な内容・性質に目を向けていこう。

「雨夜の品定め」の場の論理

男社会で浮く源氏――女性的読者の憑代としての身体――

問題提起の箇所で述べたよう、「品定め」は、支配的なイデオロギーの内部に位置する男たちが繰り広げる言語ゲームであり、〈男性性/女性性〉という性差が前景化される場である。一般に、そうした場では、男同士の連帯を強化するために、女性性が批判・批難されることとなるが、しかし、先に見てきたように、源氏は男たちの連帯を乱す存在として機能している。この点に関して少々触れておきたい。

四人の男が集まり、いざ女性談義が始まろうとするその箇所で、語り手は「いと聞きにくきこと多かり」(五八頁)と弁解めいた発言をしている。「女性読者への言い訳めいた語り手の言葉」(『新編全集』頭注)とされるよう、語り手が意識しているのは男性読者ではなく、〈物語〉の主要な享受者である女性読者であろう。以後は「男の目を借り、男本意の立場から論じる一方通行の議論に終始し、完全に女性の心を無視し、女側の反論を封じた」[注6]とされるような内容が、主に左馬頭によって熱く語られることとなる(ただし、読者の性差によって自然と解釈が分かれるわけではない。以後は、「男性的読者になるか」「女性的読者になるか」といった意味で、読者の性差を扱う)。では、女性的立場に立つ読者はそれをどのように読めば(聞けば)いいのか。「品定め」で語り手は、左馬頭の発言に対する頭中将と源氏の反応を対照的に示している。これはそのまま、男女の読者の反応を先取りした語り手の配慮として読み取ることはできないか。男性的読者は頭中将のように、左馬頭の言葉に同意を示して「うなづき」ながら聞けばいい。一方で女性的読者は、源氏のように一定の距離を保ちながら、冷やかしたり嘲笑ったり無視したり（居眠り）して聞けばいいのである。次の描写は、源氏の両性具有性や同性愛的視点として論じられる箇所であるが、[注7]本論のような視座に立つと異なる解釈可能性も拓かれてこよう。

白き御衣どものなよよかなるに、直衣ばかりをしどけなく着なしたまひて、紐などもうち捨てて添ひ臥したまへる御灯影いとめでたく、女にて見たてまつらまほし。（六一頁）

「女にて見たてまつらまほし」は、単に源氏の美しさを称えた表現ではないだろう。男たちの言葉に、疑義を呈したり、疑問を抱いたり、興味を示さなかったり、皮肉ったりなど、場のルールに従わない異質な存在が源氏である。この場で浮いた存在である源氏が「女」とされるのは、男たちの言語ゲームの中に据えられた、女性的読者の憑代として仮に定位された身体として意味づけることができる。「仮に」としたのは、後に語り手は女性的読者も裏切るからである。

源氏が男たちの言葉に同調しないのは、女性の味方だからではない。よく知られるよう「品定め」の最後は、「君は人ひとりの御ありさまを心の中に思ひつづけたまふ」云々という記述で閉じられる。源氏には絶対的に理想的な女性（藤壺）が、その心の中に存在することが示されて終わるのである。頭中将の女性論にせよ、左馬頭の妻女論にせよ、彼らの大前提となっているのは「理想の女性などいない」ということではなかったか。そうした前提に立つ発言は、当然、藤壺を思う源氏に受け入れられることはない。語り手は、同意を示さない源氏の種明かしを「品定め」の最後に行っているのである。

〈男性性／女性性〉と〈漢籍／物語〉

さて、「品定め」の語りが、当時の社会を取り巻いていたであろう〈男性性／女性性〉における問題を前景化させていることを意識すると、左馬頭の思考の根幹が明確に見えてくる。妻女論で左馬頭の論理を確認しておこう。次に挙げるのは、妻女論の最初と最後の箇所である。

①おほかたの世につけてみるには咎なきも、わがものとうち頼むべきを選らむに、多かる中にもえなむ思ひ定むまじかりける。男の朝廷に仕うまつり、はかばかしき世のかためとなるべきも、まことの器ものとなるべきをとり出ださむにはかたかるべしかし。されど、かしこしとても、一人二人世の中をまつりごちしるべきならねば、上は下に輔けられ、下は上に靡きて、事ひろきにゆつろふらむ。狭き家の内のあるじとすべき人ひとりを思ひめぐらすに、足らはであしかるべき大事どもなむかたがた多かる。

（六一〜六二頁）

②繋がぬ舟の泛きたる例もげにあやなし。さははべらぬか。

（六八頁）

傍線を付した箇所からも明らかなよう、漢籍により自己の主張の正当化が図られていることを読み取ることができよう。古注より指摘されていることだが、①の「男の朝廷」と「狭き家の内のあるじ」を結び付ける発言は、「修身斉家治国平天下」（『礼記』大学篇）に代表されるような儒家思想の基本理念を、家庭管理者としての妻女の役割に結びつけた比喩である。②の「繋がぬ舟の泛きたる例」も、『文選』や『白氏文集』などの漢籍を引き合いに出して、自己の主張を正当化しようとする言辞以外の何ものでもない。

この間に差し挟まれる妻女論では、様々なことが女性に要求されている。「夫の世話と情趣の両立」、「（夫に従い導かれるような）素直さ・実直さ」、「（夫の浮気も許すような）寛容と忍耐」、「（夫の気持ちを裏切らない）信頼感」などとまとめられるであろうが、そうした紆余曲折を経てたどり着いた結論は、「今は、ただ、品にもよらじ、容貌をばさらにも言はじ」（六五頁）云々と、ただひたすらに素直で実直で、落ち着いたところのある女こそ、生涯の伴侶と決めておくのがよいとのことであった。この結論めいた発言の後、女性の軽薄な行動が非難されることとなるが、そうした女性批判の矢面に立たされたのが、「物語」とそこに語られた「女」たちであった。断っておくが、これは物語作者や語り手によって貶められているのではない。作中人物であり、この会話主である左馬頭が批難しているだけである。

左馬頭の発言内容はおおよそ次のようなもの。表面上は何もないかのように装いながら、不満が抑えきれなくなると深い山里や、辺鄙な海辺などに身を隠してしまう女がいる。幼いころに女房が「物語」を読むのを聞いて、心打たれることもあったが、いま思えば、まったく軽はずみでわざとらしい行動である。「心ざし深からむ男」を困らせ、「心を見知らぬように逃げ隠れする女」が身勝手さから出家するようなことは、

「仏もなかなか心ぎたなしと見たまひつべし」（六七頁）であり、「悪しき道にも漂ひぬ」（同）とまで述べ非難している。そんなことをされたらお互いの信頼が失われ、夫婦でいられなくなるともいう。加えて、夫の心移りを寛容するような包容力、ないしは忍耐力が必要で、もし浮気が原因で争うようなことがあれば、夫婦の縁が切れてしまうのだと主張されるのであった。

「漢籍」と結び付けられ正当化される言説の間で、貶められる「物語」と女たちの言動。要するに、男の言動と漢籍には真実があり、女の言動と物語にはそれがないのである。「真実は男と漢籍の中にある」、というのが左馬頭の女性観の根幹であろう。このことは、後に見る『女誡』の言説と照らし合わせたときに更に明確になるわけだが、ただし、「物語」を貶める左馬頭の発言も、結局は〈物語〉でしかない。しかも、この発言の後に語られているのが、左馬頭の言葉を馬の「いななき」とする皮肉めいた語り手の言葉なのである。読者の前には、何ともアイロニカルな構図として浮かび上がることとなる。

矛盾する頭中将と笑わない源氏

体験談にも目を向けておこう。直接体験の「き」で語り進める話し手は、その内容が事実であるという態度を崩さないが、例えばその先蹤として『竹取物語』の庫持皇子の漂流譚などと間テクスト性を発揮させれば、その事実性は揺らぎをみせる。注8『竹取物語』との差異は、読者が作中人物の語る内容が虚言であるかを知らされているか否かであろう。「品定め」の語り手は、その点を明らかにしない。また、『竹取物語』の体験談は、その一つ一つが相互に結びつくものではないが、会話風景を写し取った「品定め」では、それまでの話題や振る舞いが無関係ではあり得ない。ある言葉によってある言葉が導き出される場が「品定め」である。最初に語られたのが、左馬頭の体験談（「指食いの女」「浮気な女」）であった。左馬頭自身が「そのはじめのこと、すきずきしくとも申しはべらむ」（七〇頁）と述べるよう、それまで彼が語った女性観の根幹となった体験であるらしい。それについては後に詳述する。

さて、自身の語る体験談が、それまでの振る舞いと矛盾してしまうのが、頭中将が語る「内気な女」の話であろう。「身を隠す女」というモチーフであるこの体験談は、左馬頭に批難された女の話（物語の女）に通じるものであり、中将自身もその批判にうなずき同調を示していた。そのことを自覚しているためか、「痴者の物語をせむ」（八一頁）などと自嘲的に語り始め、歌の贈答の風情は「昔物語めきておぼえはべりし」（八二頁）などと述べている。これまでの自身の態度を省みても、男の言語ゲームの論理と照らし合わせても、頭中将は「内気な女」の話を、昔物語めいたお涙頂戴の結末に収束させるわけにはいかない。その解決策（落とし所）として選ばれたのが「吉祥天女」であり、それを引き、おどけてみせることによって場の雰囲気を壊すことなく「みな笑いぬ」と収めることができたのであった。

ここで注意しなければならないのは、玉上琢彌氏が注意を向けるよう、敬語が落ちていることであろう。[注9]

湖月抄本は「とて、みなわらひたまひぬ」である。四人のうち、地の文で敬語の「たまふ」がつくのは、源氏である。「わらひたまひぬ」とあれば、源氏も笑ったことになる。（中略）したがって、「とて、みなわらひぬ」だと、源氏は笑わなかったことになる。

この点に関して広瀬唯二氏は、転写の過程で本来付されていた「給ふ」が脱落したとは考えにくいとし、敬語表現の操作によって源氏一人だけ笑わなかったことを読者に伝えるのだとした。さらに、源氏が笑わなかったのは、「吉祥天女」にも劣らぬ完璧な女性として藤壺が心中に浮かんだからだと指摘する。[注10]その通りであろう。

実は、頭中将の物語に最も興味を示して、態度を一変させていたのは源氏その人であった。涙ぐむ頭中将に対して、「さて、その文の言葉は」（八二頁）などと合いの手を入れている。「品定め」冒頭の「文」をめぐる戯れごとから考えれば、頭中将が「御覧じどころあらむことかたくはべらめ」（五六頁）とごまかした「文」を狡猾に引き出したことになろうし、また、源氏を女性的読者の憑代と見るのであれば、女の物語こそ源氏の側にある性質のものでもある。物語めいた頭中将の話に興味を抱くのは不自然なことではない。しかし、彼は頭中将の落ちに笑うその場に同調することはなかった。当然そこには、広瀬氏が指摘するよう全てを兼ね備えた理想の女性（藤壺）が心の内に存在するからである。男の論理に収束させようとする言葉や、理想的女性の存在を否定する言葉に源氏は同調しないのである。その理由を、語り手は「品定め」の最後まで隠し通すのである。

以降では、左馬頭の言葉のイデオロギー性を見ていくこととなるが、その前に「指食いの女」と「浮気な女」が語られた後の場の反応を見ておきたい。

「…」と戒む。中将、例のうなづく。君、すこしかた笑みて、さることとは思すべかめり。「いづ方につけても、人わろくはしたなかりけるみ物語かな」とて、うち笑ひおはさうず。（八〇頁）

三階級論や妻女論で見たのと同様、語り手は左馬頭の会話内容に冷笑を浮かべて茶化す源氏を示している。「戒む」左馬頭に対して「さること」とは思うものの、やはり頭中将のように「うなづく」わけではないため、読者は左馬頭の言葉を素直に「戒め」と受け入れるべきではなかろう。いったい、古注釈書では儒仏道の経典が数多く指摘され、頭中将を説き伏せるほどの説得力を持ちながら、語り手に揶揄される左馬頭の言葉とはいかなる性質のものなのか。『後漢書』列女伝「曹世叔妻伝」所載の班昭『女誡』と関わらせて考えてみたい。

『後漢書』列女伝「曹世叔妻伝」所載の班昭『女誡』

『後漢書』列女伝

「雨夜の品定め」の女性観に古代中国の「列女伝」の影響を想定したのは、田中隆昭氏であった。[注11] 氏は左馬頭の女性観に、中国史書や「列女伝」に取り上げられる賢女、貞女、節義の女性との接点を探ったが、その対応関係は明確にできず、「源氏物語の女性列伝にはそれら（列女伝・著者注）が直接間接に影響を与えているであろうと推測するのである」との指摘に止まった。左馬頭が自己の発言を漢籍によって正当化しようとするのは既に見た通りであり、彼の語る妻女論が儒教的規範精神に根付いた見解であることは想像に難くない。そこで本論が注目するのが「三史」の一つである『後漢書』である。

これまで漢籍との関わりを論じる先行研究が注目してきたのは、『白氏文集』の諷諭詩引用であり、体験談で語られる女性の造型や、そこから派生する主題性、また物語の諷諭精神との接続が試みられてきた。[注12]それに比して、本論で扱う『後漢書』との関係は、仁平道明氏や田中隆昭氏の論究があるものの、「三史」の中で最も手薄な領域となっており、[注13]唐代伝奇同様に、今後の研究の進展が望まれる分野であろう。

さて、中国正史に列女伝が立てられたのは『後漢書』が最初であって、国家教学の儒教からみて、理想的な女性の概念が確立したのは後漢時代と考えてよい。「修身斉家治国平天下」に達するための「三綱五常」[注14]は、日中韓といった漢字文化圏の文化・教育を支える道徳的規範として、前近代の社会に強い影響力を発揮してきた。近代以降（十九世紀以降）もなお、日本の「良妻賢母」、中国の「賢妻良母」、韓国の「賢母良妻」なる言葉によって表象され、伝統的徳目の遺産として克服されたとは言い切れないアクチュアルな問題を抱えている領域でもある。[注15]そうした儒教社会の女性規範として強い影響力を発揮したのが「曹世叔妻伝」に載る班昭『女誡』であった。[注16]

「曹世叔妻伝」班昭『女誡』

班昭は、『後漢書』を記した班固の妹であり、彼の死後に未完であった『後漢書』を完成させた博学高才の女性である。彼女の著した『女誡』には、後漢時代の士の家庭における妻たる者の自覚が語られ、その理想が「卑弱」「夫婦」「敬慎」「婦行」「専心」「曲従」「和叔妹」の七篇で教示されている。儒教社会における母性の役割を論じた下見隆雄氏の研究に拠りつつ、その内容をまとめておこう。[注17]

「卑弱第一」では、妻として処する三原則が示される。一に、卑弱を自覚して謙譲恭敬を旨とすること。二に、常に家の仕事に精勤すること。三に、操を守って夫に仕え、祖先の祭りを引き継ぎ伝えていくことが説かれている。

「夫婦第二」では、天地の大義・人倫の要たる夫婦の道は、夫が妻を制御し、妻が夫に仕えるという異なる役割を確認することによって成就すると説く。ただし、お互いが己の役割と責任を確認しうる賢性を養うためには、男女ともに教育が必要であるという。

「敬慎第三」では、陰陽に鑑みて男女は行いを異にするとし、陽は剛を徳とし、陰は柔を用とすること、また男は強を貴とし、女は弱を美とするという。夫婦関係を保つための婦人最高の徳として、「敬（じっと我慢すること）」と「順（心を大きくゆったりすること）」が説かれている。なお、ここには夫婦関係が保たれなくなる過程も示されており、その点について後に詳しく言及する。

「婦行第四」では、「婦徳」「婦言」「婦容」「婦功」の四つが掲げられ、それぞれの解説と日常における実践が説かれる。「婦徳」は才知が特別に優れていることではなく、節を守り容儀を正すこと。「婦言」は弁舌が巧みであることではなく、言葉を選んで悪い言葉を口にしないこと。「婦容」は顔が美しいことではなく、身なりを清潔に保つこと。「婦功」は人より手先が器用なことではなく、機織りに専心し戯れを好まないことである。

「専心第五」では、夫一人に仕え、大切にすることを説く。「列女伝」などで称えられる「貞順」に通じる内容である。

「曲従第六」では、舅姑、とりわけ姑への仕え方を説き、姑の心に従い学べとする。

「和叔妹第七」では、夫の妹との調和を説いている。

舅姑や夫の妹との関係に言及することのない「品定め」においては、「曲従」「話叔妹」との直接的な関連は希薄である。しかし、その二項目を除いた五項目では、左馬頭が妻とするべき女性に求めた条件と多くの類似点を認めることができ、その点を次章で確認していきたい。

左馬頭による『女誡』の再創造

左馬頭の妻女論と『女誡』

頭中将の女の三階級論を引き取って、家庭における主婦の役割や望ましいあり方に熱弁を振るう左馬頭は、妻としたい女性の条件をあれこれと挙げるが、結局、身分や容貌よりも性格が良いというところに落ち着いた。

今は、ただ、品にもよらじ、容貌をばさらにも言はじ、いと口惜しくねぢけがましきおぼえだになくは、ただひとへにものまめやかに静かなる心のおもむきならむよるべをぞ、つひの頼みどころには思ひおくべかりける。（六五頁）

「ただひとへにものまめやかに静かなる心のおもむき」を求めるのは、ごく一般的な穏当な結論であろうが、『女誡』全篇にわたって最も重視されるのが、この性質である。例えば、「卑弱第一」で「女人之常道」の一つとして挙げられるのが、女性は「卑弱」を自覚し「謙譲恭敬」を旨とせよという教えであった。また、女は「柔」「弱」なる性質が本質だとする「敬慎第三」では、「然らば則ち身を修むるは敬に若くは莫く、強を避くるは順に若くは莫し」とされ、忍耐強さと寛大な心が「婦人之大禮」として求められている。左馬頭が結論的に述べた教訓的言辞は、儒教社会で常に重んじられ求められた女性の性質であり、詳細に見ていけば、同旨の言説は「品定め」にも『女誡』にも数多く確認できるだろう。

また、左馬頭の特徴的な言葉として、「容貌をばさらにも言はじ」が注目される。この観点は「指食いの女」の物語で、再び言及されることとなる。

「指食いの女」の造型と『女誡』

この女性は、左馬頭が「ひとへにうち頼みたらむ方は、さばかりにてありぬべくなむ思ひたまへ出でらる」（七六頁）と思い返しているよう、嫉妬深さを除けば、誠実で信頼の置ける女性であった。左馬頭は女の性質を次のように語っている。

・この女のあるやう、①もとより思ひいたらざりけることもにも、いかでこの人のためにはと、なき手を出だし、後れたる筋の心をもなほ口惜しくは見えじと思ひ励みつつ、とにかくにつけてものまめやかに後見、つゆにても心に違ふことはなくもがなと思へりしほどに、すすめる方と思ひしかど、とかくになびきてなよびゆき、②醜き容貌をも、この人に見や疎まれむとわりなく思ひつくろひ、疎き人に見えば面伏せにや思はむと憚り恥ぢて、みさをにもてつけて、見馴るるままに、心もけしうはあらずはべりしかど、ただこの憎き方ひとつなむ心をさめずはべりし。（七二頁）

・③着るべき物、常よりも心とどめたる色あひ、しざまいとあらまほしくて、さすがにわが見棄ててむ後をさへなむ思ひやり後見たりし。（七五頁）

・はかなきあだ事をも、まことの大事をも言ひあはせたるかひなからず、③竜田姫と言はむにもつきなからず、織女の手にも劣るまじく、その方も具して、うるさくなむはべりし。（七七頁）

努めて夫に仕えようと励む女の姿が、優れた資質が回想され語られているが、この様子は「婦行第四」の次の記述を踏まえていると考えられる。

婦行第四。女に四行有り。夫れ婦徳と云うは、①必ずしも才明の絶異なるにはあらざるなり。婦言とは、必ずしも弁口利辞なるにはあらざるなり。②婦容とは、必ずしも顔色の美麗なるにはあらざるなり。③婦功とは、必ずしも工巧の人に過るにはあらざるなり。①清間にして貞静、節を守りて整斉、己を行うに恥有り、動静に法有る、是れを婦徳と謂う。辞《ことば》を択んで説き、悪語を道《い》わず、時あって然る後に言い、人に厭われざる、是を婦言と謂う。②塵穢《じんわい》を盥浣《かんかん》し、服飾は鮮潔、沐浴するに時を以てし、身の垢辱《こうじょく》ならざる、是れを婦容と謂う。③心を紡績に専らにし、戯笑を好まず、酒食を潔斉して以て賓客に奉ず、是を婦功と謂う。

『女誡』は、女性に完璧な「才明」「弁舌利辞」「顔色」「工巧」を求めない。指食いの女は、『女誡』の説く「四行」のうち、「婦徳」「婦容」「婦功」の三つの徳目を備える、ないしは備えようと努めた女性として左馬頭に語られている。「婦功」の「心を紡績に専らにし」などは、「竜田姫」や「織女」に比されて称えられるなど、衣裳に関する言及の多い彼女の特に優れた資質であった。「疎き人（来客など）に見えば」は「潔斎して賓客に奉ず」に関わらせたと思われるし、「あながちに従ひ怖ぢたる人なめり」（七二頁）と左馬頭が見た女の姿は、「卑弱第一」が説く「常に畏懼するが若き」とされる規範的な態度なのである。「指食いの女」に唯一欠けていたのが「婦言」であり、その点を「もの怨じ（憎き方ひとつ）」や、罵倒の飛び交う喧嘩の場面に絡めて面白可笑しく仕立てたのが、左馬頭の創り出した物語であろう。また、その言い争いの場面は、「敬慎第三」の説く夫婦の恩義が失われ、離れ離れになっていく過程を基に仕立てられているのではなかろうか。

房室に周旋し、遂に媟黷《せつとく》を生ず。媟黷既に生ずれば、語言過《あやま》つ。語言既に過てば、縦恣《しようし》必ず作《おこ》る。縦恣既に作れば、則ち夫を侮るの心生ず。此れ止足を知らざるに由る者なり。夫れ事に曲直有り、言に是非有り。直なる者は争わざること能わず、曲なる者は訟えざること能わず。訟争既に施せば、則ち忿怒の事有り。此れ恭下に尚ばざるに由る者なり。夫を侮りて節あらざれば、譴呵《けんか》之に従う。忿怒して止まざれば、楚撻《そたつ》之に従う。夫れ夫婦為《た》る者は、義以て和親し、恩以て好合す。楚撻既に行わるれば、何の義か之れ存せん。譴呵既に宣ぶれば、何の恩か之れ有らん。恩と義と倶《とも》に廢し、夫婦離る。

概略は以下のようなものである。閨房での付き合いから、「媟黷《せつとく》（馴れ）」が生じ、「語言過《あやま》つ（言葉遣いがぞんざいになる）」こととなる。「語言過《あやま》つ」と「縦恣《しようし》（好き勝手な思い）」が起こり、そこから「侮るの心（夫を馬鹿にする心）」が必ず起きるようになる。物事には曲直があり、正しいと思う事柄については言い争わないわけにはいかず、間違っていると思う事柄については自己主張をしないわけにはいかない。言い争いと自己主張が行われると、「忿怒の事（腹を立てる事態）」が生じる。度を外れて夫を馬鹿にすると「譴呵《けんか》（叱声）」が加えられる。止めどなく腹を立てると「楚撻《そたつ》（鞭が飛ぶこと）」となる。義によって互いに和み、恩によって仲良くする。鞭打たれたとしたら、そこに何の義があろう。叱責が行われたら、そこに何の恩があろう。恩義が共に廃れれば、夫婦はばらばらになってしまう。

左馬頭は、女と言い争いになる前の関係を「見馴るるままに、心もけしうはあらずはべりしかど」と述べている。「馴れ」が生じると言葉遣いがぞんざいになり、好き勝手な思いが起きる。この点を、左馬頭はお互いの言動に当てはめているだろうか。夫に薄情な点があるとしても我慢せよ、とのことを「われたけく言ひそしはべる」（七三頁）と自嘲的に語っている。それに対して女は「すこしうち笑ひ（薄ら笑い）」（同）をして、

よろづに見だてなくものげなきほどを見過ぐして、人数なる世もやと待つ方は、いとのどかに思ひなされて、心やましくもあらず。つらき心を忍びて、思ひ直らむをりを見つけむと、年月を重ねむあいな頼みはいと苦しくなむあるべければ、かたみに背きぬべききざみになむある　（七三頁）

と返した。「敬慎」にある、夫を見下し馬鹿にする心が薄ら笑いと言葉に表れている。また、自身が正しいと思う事柄や相手が間違っている事柄については、自己主張をしないわけにはいかないともあった。[注18]そうなると当然、言い争いに発展するわけだが、度を外れると夫から妻に対して鞭が飛ぶというのが「敬慎」の論理である。しかし、そこを左馬頭は反転させて、あたかも自身が被害者であるように作り変えている。指を噛むという女の行為は、夫の鞭を反転させて諧謔的に構成し直したものなのである。

「浮気な女」と『女誡』

では、「指食いの女」とは対照的に語られた「浮気な女」はどうだろう。この女は「指食いの女」に比べて「人にも立ちまさり」と家柄・人柄が好ましく思われる女であったが、「艶に好ましきことは目につかぬ

ところあるに、うち頼むべくは見えず」（七七頁）と、当初より妻とするには頼りない女であった。「容貌をばさらにも言はじ」を引き受ける女性が「指食いの女」であるならば、「品にもよらじ」や「うわべの情」の問題に対応する女性として語られているのがこの女であった。頭中将からは「すきたる罪重かるべし」（八四頁）とされている。左馬頭の述べた教訓は、このような女は男が恥をかくことがあるから気をつけるのが良いというものである。この女性は『女誡』との関わりで言えば、「専心第五」に違反することは一目瞭然であろう。この篇は「貞女は両夫に見えず」（『史記』田単列伝）に知られるような女性規範であるが、一人の夫と添い遂げるために女性に必要な事柄が次のように示されている。

①故に『女憲』に曰く、意を一人に得る、是を永畢と謂い、意を一人に失う、是れを永吃と謂うと。斯れに由って之を言えば、夫には其の心を求めざる可からず。然れども求むる所の者は、亦た佞媚して苟めに親しむことを謂うには非ざるなり。

②固に心を専らにし色を正し、礼義の潔きに居るに若くは莫し。耳は淫聴すること無く、目は邪視すること無く、出でては冶容無く、入りては飾を廃つること無く、群輩を聚会すること無く、門戸を看視すること無き、此れをば則ち心を専らにし色を正すと謂う。

③若し夫れ動静は軽脱、視聴は陝輸、入りては則ち髪を乱し形を壊り、出でては則ち窈窕として態を作り、当に道うべからざる所を説き、当に視るべからざる所を観る、此れをば心を専らにし色を正すこと能わずと謂う。

①では『女憲』（詳細不明）の「得意一人、是謂永畢、失意一人、是謂永吃（一人の男性に気に入られるのは一生のあがり（添い遂げること）、一人の男性の機嫌を損ねるのは一生のおじゃん（独り身で終える））」を引き、従って夫の心を得なければならないが、そのために必要なのは「佞媚苟親（お色気を使っていちゃつくこと）」を意味するのではないという。必要なのは、②にあるよう「心を一途にして容儀を正しくし、礼儀と道儀が潔白であることが何よりも大切である。淫らなことには耳を貸さず、邪悪なものには目を向けず、外出するときにはめかしこまず、家庭の中でもふしだらな身なりはせず、他人と群がることをなく、戸外の様子をうかがったりしないこと」である。それに反して③のように、「もし行動が軽はずみで、あれこれ見たり聞きたがったり、家庭の中では髪を乱して身なりを整えず、外に出ては艶めかしく媚を売り、口にすべきでないことを口にし、目にすべきではないものに目を向ける」ようなことがあれば、「心を専らにし容儀を正すことができない」と戒める。「浮気な女」は、ここに説かれる訓戒に反する女性として左馬頭に造型されていよう。

総評と『女誡』

最後に左馬頭の総評の箇所との対応を述べておく。一般に、総評として位置づけられているが、『女誡』との関わりで言えば、補足として捉えられるような箇所である。

まず、「博士の娘」の話を「三史五経、道々しき方を明らかに悟り明かさむこそ愛敬なからめ」（八九頁）

と引き取った後に述べられるのが、女性にも学問が必要だとの見解である。

などかは女といはむからに、世にあることの公私につけて、むげに知らずいたらずしもあらむ。（八九頁）

この点もやはり、『女誡』の教えに含まれている。夫婦の道を「天地之弘義、人倫之大節也」とする「夫婦第二」には次のようにある。

今の君子を察するに、徒らに夫婦の御せざる可からず、威儀の整わざる可からざることを知り、故に其の男を訓えて検するに書伝を以てせしむるも、殊に知らず、夫主の事えざる可からず、義礼の存せざる可からざることを。但だ男に教えて女に教えざるは、亦た彼此の数に蔽ならざる乎。『礼』に、八歳にして始めて之に書を教え、十五にして学に至る。独り此れに依って以て則と為す可からざらん哉。

今の君子を察するに、ただ妻を御さなければならないこと、威儀を整えなくてはならないことを知るばかりである。故にその男子に教えるのに、書物について検討させるばかりで、娘たちが夫に仕えなければならず、道儀と礼儀のなければならぬことがまったく分かっていない。ただ男子にだけ教え、女子に教えなければ、男女の両者が相関の関係のものであるとの理法に暗いのではあるまいか。礼に八歳で初めてこれに書を教え、十五で学問に至るとある。[注19] ただ女子だけがこれに従う必要が無いと言えようか。

ここに指摘された子女教育の重要性は、儒教社会の歴史の中でも異彩を放つ発言として知られる。左馬頭が女子の学問について触れるのは、『女誡』の主張に通じるのである。

続けて左馬頭が語るのは、場違いな歌や時節に合わない歌を詠んでよこし、厭な思いをさせる事例であるが、これは「指食いの女」に込めることができなかった「婦言」の教えをここに差し込んだものである。「婦言」とは「必ずしも弁口利辞なるにはあらざるなり」であり、

辞《ことば》を択んで説き、悪語を道《い》わず、時あって然る後に言い、人に厭われざる、是を婦言と謂う。

であった。「悪語を道わず」は「指食いの女」に相当するかもしれないが、傍線を引いた箇所は、「すさまじきをりをり詠みかけたるこそ、ものしきことなれ」（八九頁）、「つきなきいとなみにあはせ」（九〇頁）、「そのをりにつきなく目にとまらぬなどは、おしはからず詠み出でたる、なかなか心おくれて見ゆ」（同）といった批判に、「婦言」の教えを込めていると考えてよかろう。

左馬頭の語る女性を『女誡』と併せて捉えてみると、祖先の祭祀を引き継ぐことや、舅姑に仕えること、夫の妹と仲良くすることを除けば、「卑弱」「夫婦」「敬慎」「婦行」「専心」のほぼ全ての教えを網羅している。左馬頭の女性一般論の結論部分、及び体験談に語られる女性の造形、そして総評の発言が、『女誡』を踏まえ、その言辞を物語内の現実に沿って仕立て直したものなのである。左馬頭による『女誡』の再創造とでも言えるものが、彼の発言内容なのであった。

安藤為明は『紫女七論』において「品定め」は「一篇の女誡」であると指摘した。[注20] この指摘そのものは直接に班昭『女誡』を指すものではないが、『女誡』を踏まえる左馬頭の言葉のみを抜き出してみれば、そのように理解されるだけの十分な根拠があったと言える。

揺らぐテクストとアイロニーの可能性

以上、「雨夜の品定め」を語り手と会話文の位相を分けて分析することにより、地の文の諧謔性によって相対化される会話内容について考察した。アイロニーの現場として捉え直すことによって、「品定め」は性差やイデオロギーの問題に批判的に向き合うテクストとして読むことができる。語り手は、女性（女性性）を貶めたり、規範的で固定的な観念に嵌め込もうとしたりする男性側の言葉を、視覚的にも言語的にもアイロニカルによって表象することによって脱規範化する視座を確保しているのである。

ただし、語り手の言葉をユーモアと捉えるか、アイロニーとして捉えるかは、読者の解釈に委ねられている。例えば『女誡』の言説を内包する左馬頭の妻女論を、語り手は馬のいななきに掛けて「物定めの博士になりて、ひひらきゐたり」と表現するが、この箇所を語り手のユーモアと捉えれば、それほど強い批判性を伴うことはない。「法の師の、世のことわり説き聞かせむ所の心地する」も同様であり、結果、左馬頭の言葉は、字義通りに「ことわり」として解釈され、古注のように儒仏の道理が説かれる場として理解することも可能である。その意味では、「品定め」はイデオロギー的女性規範の再生産となろう。しかし、馬のいななきに比される言葉を、「ことわり」として聞く頭中将の姿や、居眠りをする源氏の姿を視覚的アイロニーとして、また「ことわり」を上記の文脈によって意味が二重化された言語的アイロニーとして捉えるのであれば、左馬頭の差別的でイデオロギー的な発言を転覆するような批判性を機能させることができる。

こうしたアイロニーに関して、積極的な発言をしているのが藤井貞和氏である。氏は五分類で理解されてきたアイロニーに「語り手のアイロニー」と「作者のアイロニー」の二つを加えた七分類を提起する。注21　紙幅の都合上、詳述することはできないが、物語言説におけるアイロニーという視座は、漢籍引用から『源氏物語』の諷諭精神を捉えるような方法を緻密化する際に、一つの可能性を秘めているように思われる。

注

1　例えば『雨夜談抄』の「天台四門の亦有亦空門」や『細流抄』の「盛者必衰の理り」、『花鳥余情』の「法華経の三周説法のすがたをかたどれり」など。

2　『源氏物語』本文は『新編日本古典文学全集二〇　源氏物語①』（小学館）に拠り、頁数を付した。

3　『花鳥余情』は『法華経』の法説一周、喩説一周、因縁説一周という三周説法に倣うものと理解し、その妥当性については阿部秋生氏（「第三章　作者の思考」・「第六章　源氏物語の三部構成説」『源氏物語研究序説』東京大学出版会、一九五九年）の詳細な検討を経て定説となっている。

4　古注釈の理解のほか、藤岡作太郎の「婦人の評論」（『国文学全史（平安長篇）』岩波書店、一九一三年）との理解や、鈴木一雄の「作中男性の口を借りた男性社会側からの女性への矢、問いかけ、批判であった」（「「雨夜の品定め」論」『十文字学園女子短期大学研究紀要』二五、一九九四年九月）との理解など。

5　帚木巻冒頭の語りを論じたものとして、高田祐彦「語りの自在性」（『日本文学の表現機構』岩波書店、二〇一四年）。
6　前掲注4鈴木一雄論文。
7　立石和弘「「女にて見奉らまほし」考――光源氏の容姿と両性具有性」（『国学院雑誌』九二―一二、一九九一年十二月）。河添房江「性と文化のアンドロギュヌス」（『性と文化の源氏物語』筑摩書房、一九九八年）。
8　体験談の虚構性の問題は、蛍巻の物語論と関わる重要な課題として考えられるが、その点は稿を改めて論じたい。
9　玉上琢彌『源氏物語評釈』第一巻（角川書店、一九六四年）
10　広瀬唯二「「雨夜の品定め」における光源氏」『武庫川国文』四七、一九九六年三月
11　田中隆昭「女性列伝と「列女伝」」『源氏物語　歴史と虚構』勉誠社、一九九三年
12　『白氏文集』の諷諭詩からの人物造型・主題性を論じた新間一美「源氏物語の女性像と漢詩文――帚木三帖から末摘花・蓬生巻へ」（『源氏物語と白居易の文学』和泉書院、二〇〇三年）など帚木三帖を論じた緒論や、諷諭詩引用に『源氏物語』の社会批評の精神を読み取る日向一雅「「雨夜の品定」の諷諭の方法」（『源氏物語の準拠と話型』至文堂、一九九九年）などが挙げられる。
13　仁平道明「和漢比較文学研究の射程――〈『源氏物語』と『後漢書』清河王慶伝〉再説」『和漢比較文学』四六、二〇一一年二月、同氏「『源氏物語』と『後漢書』――光源氏の物語と清河王慶伝」『文学史上の『源氏物語』』（国文学解釈と鑑賞別冊）一九九八年六月。田中隆明「女性列伝と「列女伝」」『源氏物語　歴史と虚構』勉誠社、一九九三年。
14　「三綱」は君臣・父子・夫婦の間の道徳であり、「五常」は仁・義・礼・智・信の五つの道義のことをいう。
15　陳姃湲『東アジアの良妻賢母論――創られた伝統』（勁草書房、二〇〇六）は、十九世紀最後の十年から二十世紀初頭にかけて登場する「良妻賢母」「賢妻良母」「賢母良妻」という日中韓の女性像を、近代的意義をもった概念であったことを論じている。
16　『後漢書』の引用は古川忠夫訓注『後漢書』第九冊（岩波書店）に拠る。
17　下見隆雄「『女誡』における女性教導と主婦の位置――「曹世叔妻」より――」『儒教社会と母性――母性の威力の観点でみる漢魏晋中国女性史』研文出版、一九九四年。
18　争いを避けるためには「曲従第六」に示されるよう、己を曲げて従わなければならならず、それを「曲従」という。

19　注に『礼記』を引いて「八歳にして小学に入る」と言うのは、『大戴礼』保傅に「古者、年八歳にして出でて外舎に就く」とあるものか（『後漢書』第九冊（岩波書店）脚注）

20　国文学注釈全書三巻所収、『紫女七論』「其五作者本意」

21　藤井貞和「語り手を導きいれる」（『物語理論講義』東京大学出版会、二〇〇四年）で、次の七分類を提示している。

（1）Socratic irony（ソクラテス的アイロニー）：（特に議論などにおいて、）自分を馬鹿に見せかけるようにして、他人の欠点を招く。

（2）Dramatic or tragic irony（ドラマティックあるいは悲劇的アイロニー）：観客と人物との視点の二重性をあらわす方法。ギリシア悲劇において、人物が認識していない事情は観客が把握し、これによってプロットはより痛烈で感動的に鑑賞できる。

（3）Linguistic irony（言語的アイロニー）：言語の二重性。ローマ人によると言語の意味がかさねられ、第二次的な意味は第一次的な意味を皮肉的、冷笑的にあざけるものである。現代のアイロニーの使い方は主にこの方法である。

（4）Structural irony（構造的アイロニー）：（二十世紀から）語り手が「無意識」のうちに読者に対してより深い事情をあばく。たとえば、語り手が登場人物の会話を理解せずに伝えるが、読者が人物の「本当」の意味を認識する。

（5）Romantic irony（ロマン《物語》的アイロニー）：（十七、十八世紀から）語り手が読者といっしょにプロットの二重性を楽しむ。たとえば、書き手が小説の途中で直接読者に話しかけて、出来事についての感想を述べる。

（6）Narrator's irony（語り手のアイロニー）：アイロニーは語り手と登場人物たちのあいだにもどかしくどうしても引き起こされる。

（7）Author's irony（作者のアイロニー）：作者が語り手をあやつろうとしてあやつり切れない。作者の遣わした語り手のはずなのに、思いどおりにわが語り手がうまく語ってくれない。

西野入 篤男（にしのいり あつお）　桐朋女子高等学校音楽科専任教諭、桐朋学園大学非常勤講師、青山学院大学非常勤講師。「桐壺巻と賢木巻の交響——作中人物の内なる呂后説話から——」『源氏物語〈読み〉の交響』（新典社、二〇一四）、「謝六逸『日本文學史』における『源氏物語』——附〈目次・参考文献表〉」『源氏物語の礎』（青簡舍、二〇一二）。

和歌史における『源氏物語』

渡部　泰明

はじめに

『源氏物語』の登場は、和歌史にとっても大きな事件であった。古歌や時代の近い和歌を豊かに織り込んだ表現は、この物語以前の和歌史を受け止めているかのようであり、またこの物語以降の和歌にも甚大な影響をおよぼしている。『源氏物語』を抜きに和歌史を語ることはできないと言ってよいだろう。もとよりその中心には、物語の中に組み込まれた八百首近い和歌がある。歌集として見ても、小規模とはいえない。それどころか、撰集と異なりほぼ新作だけから成っているのだから、相当な歌数といってよいだろう。その和歌をどのように読み、どのように位置づけたらよいのか、興味尽きぬ問題である。その場合、和歌史において、という限定を加えたらどうなるだろうか。一つには、それまでの和歌史をどう継承し、どう固有性を獲得しているか、ということになるだろう。もう一つは、以後の和歌史における受容の問題となる。いうまでもなく、その影響は深く、広い。なぜそれほど大きな影響を与えたのか。『源氏物語』が傑作だから、その和歌も優れているから、という答えは簡潔明瞭だが、豊かな受容こそ傑作たる資格を作り上げる面もあることを考えれば、循環論法に陥る危険もある。

このように考えられないだろうか。『源氏物語』自体に、影響を促す要因があるのだと。すなわちこの物語にからめて和歌を詠みたくなる何かが、すでにこの物語の中に含まれていると想定してみたいのである。

さて、『源氏物語』の中の和歌は、物語の通例からいって、おのおのの登場人物が詠んだものとひとまず推定される。ある時は社交の具であったり、ある時は個人的な心情表現の手段であったりするものとして。ところが、はやく松田武夫氏は、「登場人物以外の物語作者が、前後の散文を接合させるための表現上の効果的手段として用いた和歌[注1]」に着目していた。さらに土方洋一氏は、『源氏物語』の中に、登場人物の直接の発話や消息とは次元の異なる、物語の場面の一つ外側に置かれている和歌があることに注目した[注2]。また、高田祐彦氏は、誰にも聞かれなかったはずの歌が記される場合があり、それは読者にのみ向けられ、語り手と聴き手の共同連帯を指向するものであることを論じた[注3]。

このような、進行する物語の内容とは次元を異にする和歌への着目は、いずれもこの物語の和歌がどのように読まれるべきものであったか、読者（読み手）への視野を開いていて示唆的である。三氏はともに物語の方法の側から論じているのだが、このことは和歌史の側から物語の和歌を考える上でも重要である。なぜかといえば、実際の物語の読者の多くが、歌を詠む人間だったからである。平安貴族、とくに女性たちは、和歌を必須の教養として要求された。歌人とまでは呼べなくても、歌を詠まなければならない場面の多い人々だったはずである。平安時代を過ぎても、『源氏物語』がまずは歌人たち、あるいは連歌作者たちに支持されてきたことも忘れてはならない。かつて物語の和歌は、主として歌を作る人々によって味わわれていた。だとすればその味読には、純然たる鑑賞的態度にとどまらず、和歌を詠作する感覚が滑り込んでいなかっただろうか。和歌を詠む感覚を刺激され、それを生かしながら作中歌を読んでいるという側面もあったのではないか。『源氏物語』の中にすでにそういう読解を促す仕組みが内在していたのではないかというのが、ここでの出発点である。

ここでは『源氏物語』諸巻の中でも、とりわけ和歌の役割の大きい、須磨巻の和歌について考察する。なお『源氏物語』本文の引用は、『新編日本古典文学全集』により、その頁数を示す。和歌の引用は私家集は『新編私家集大成』に、その他は『新編国歌大観』により、適宜表記を読みやすい形に改めた。

一　塩焼く海人

まず須磨巻の後半、光源氏が須磨に至った場面から見ることにしよう。和歌が詠まれるのは、女君たちと文のやりとりからである。最初は、長雨のころの「入道の宮」（以下、藤壺と呼ぶ）への手紙の中の光源氏の歌である。

宮には、

①松島のあまの苫屋もいかならむ須磨の浦人しほたるるころ　（光源氏、一八八〜九頁）

いつと侍らぬ中にも、来し方行く先かきくらし、汀まさりてなん。

歌中の「松島の海人」は尼となった藤壺を指す。賢木巻で、「音に聞く松が浦島けふぞ見るむべも心あるあまは住みけり」（後撰集・雑一・一〇九三）をふまえて、「むべも心ある」と口ずさみつつ、

ながめかるあまのすみかと見るからにまづしほたるる松が浦島　（光源氏、一三六頁）

と藤壺に歌いかけた、その歌をふまえている。塩垂れている「須磨の浦人」は、すでに引歌されていた『古今集』雑下・九六二の在原行平歌「わくらばにとふ人あらば須磨の浦に藻塩垂れつつわぶと答へよ」に基づいて光源氏自らのことだから、賢木巻のやりとりを今の自分の境遇に引き寄せつつ問いかけていることになる。この歌が、以下の歌々の出発点となる。「須磨の浦人」が、さまざまな歌ことばを引き出していく。それはあたかも、「須磨の浦人」の題を与えられた登場人物たちの競作のようである。

引き続いて、光源氏の朧月夜尚侍（以下、朧月夜）への文が記される。

つれづれと過ぎにし方の思ひたまへ出でらるるにつけても、

②こりずまの浦のみるめのゆかしきを塩焼く海人やいかが思はん　（光源氏、一八九頁）

藤壺への歌にあった「須磨の浦人」は、「塩焼く海人」として展開している。展開するといっても、もとより歌を受け取る朧月夜にはあずかり知らぬことであるが、物語を読み進んでいる読者はそう感じることになろう。

さて、この「塩焼く海人」とは誰のことだろう。現行の注釈書の多くは、朧月夜を指すと考えている。「懲りもせずに、相変らずあなたに会いたいと思っているが、あなたはどう思うだろうか」（新日本古典文学大系）のごとく解するのである。しかし、本来なら「塩焼く海人」は須磨にいる光源氏に言寄せるのにふさわしいはずで、都にいる朧月夜を指すとするのは、違和感がある。文字づらにこだわるならば、「塩焼く海人」とは、まずは実際に製塩を業とする海浜の民のことと考えるのが自然であろう。「みるめのゆかしき」というのも、掛詞として用いるにしても、「みるめ刈る」などの言い方に比べると特殊である。少なくとも表の意味は、「海松布に心惹かれる（なんて海人たちはそんな私のことをどう思うだろう）」の意と解せる。すなわち、須磨の浦の風景を描き、なじめぬそこでの生活を自嘲気味に述懐している言葉だったのだが、朧月夜に宛てた歌であることによって、「あなた（はどう思うか）」という意味合いが浮かび上がってくるのだろう。その上、その前の藤壺への歌の「松島の海人」が藤壺を指し、しかも「いかならむ」と同じように問いかけていた。二首の対応から、ごく自然に「塩焼く海人」イコール朧月夜と受け止められる。物語を読み進める立場においては、たしかに「塩焼く海人」は朧月夜でもある、と確信される、ということになる。光源氏が今見ている風景の中の人物にまずは即すのだが、歌によって訴えかける対人的場面性によって相手自身であるかに受け取らせ、しかも物語の言葉の連絡によって朧月夜を指すと思わせるのである。

光源氏の①「松島の」の歌に、藤壺は次のように返歌した。

このごろはいとど
③しほたるることをやくにて松島に年ふるあまも嘆きをぞつむ　（藤壺、一九一～二頁）

「須磨の浦人しほたるるころ」を受けて、自分の方こそ「塩焼く海人」となって、泣き濡れて嘆いてばかりいる、と答えたのである。もちろん、「塩焼く海人」とは言っていないが、「しほ」、「やく」（役・焼く）、「なげき」（嘆き・投げ木）の縁語・掛詞があるので、塩を焼くイメージが浮かび上がるのである。ただし、歌枕「松島」は、

松島の石間の磯にあさりせし海人の袖こそかくは濡れしか　（重之集・三〇五）

など、袖が濡れることを歌いこそすれ、製塩とは縁が薄く、塩を焼く同時代以前の例は見出しがたい。「松」「木」「つむ」という木にまつわる語を、上記の「やく」「なげき」とからませることによって、松島と製塩を結び付けたのである。

この歌について、『紫式部集』に見える一首との類似がしばしば問題にされる。

歌絵に、海人の塩焼くかたを描きて、樵り積みたる投げ木のもとに書きて、返しやる

四方の海に塩焼く海人の心からやくとはかかるなげきをや積む　（紫式部集Ⅰ・三〇）

たしかに共通する縁語を用いている。ただし、紫式部という個人の方法なり感性なりに直結するよりも、この時代の歌を作る感覚と共通していることに、なにより注目したい。そして、物語という場が、こうした同時代の和歌詠作の感覚なり方法なりを、存分に発揮させるものであることを重く見たいのである。

松島の海人の袖が濡れているという発想は、源重之歌「松島の」のごとく類型をなしていた。これを利用しつつそこから製塩へとつなげることを可能にしたのには、主として「焼く・役」の掛詞の役割が大きい。「役（やく）」は本来漢語（呉音）であるから、そもそも和歌には詠み込みにくいはずで、この掛詞の先例は多くない。

たかし山にて、すゑつきつくる所と聞きて

たつならぬたかしのやまのすゑつくりものおもふひをぞやくとすときく　（増基法師集・九二）

という陶作りを詠んだ特異な例が目に入るくらいで、その後この時代になって、

秋までの命もしらず春の野の花のふるねをやくとやくかな　（和泉式部集Ⅰ・九[注4]）

いみじう文こまかに書く人の、さしも思はぬに
藻塩草やくとかきつむ海人ならで所おほかるふみのうら哉　（和泉式部集Ⅰ・五四七）

など、和泉式部が好んで用いている。いわばこの時代の先端的な試みであり、読み手の目をひくものがあったろう。そしてこの掛詞のお蔭で「塩焼く」イメージを導入し、縁語を製塩にまつわらせ、須磨の光源氏にからめることが可能になった。作者の狙いの託された掛詞だったと思われる。まるで光源氏に寄り添う如くである。

三　くゆる煙・夜のころも

直後には朧月夜の歌が続く。

尚侍の君の御返りには、
浦にたく海人だにつつむ恋なればくゆる煙よ行く方ぞなき[④]　（朧月夜、一九二頁）

「燻ゆる」は炎を出さずに煙だけ出して燃えることで、炭窯や蚊遣火について用いられていることからも察せられるように、煙が広がっていかない「行く方もなし」に良く合う。「悔ゆる」を掛けて、後悔に苛ま

れている朧月夜の心情に適合してもいる。しかも「行く方なし」は、「心の晴らしようがない」の意に「そちらへ行くすべもない」を掛けて、光源氏の「みるめのゆかしき」への答えとなっているのであろう。ただし、光源氏歌の「塩焼く海人」をふまえて、製塩のイメージで答えているのだから、むしろ光源氏の気持ちをしっかり受け止めているといえよう。

「こりずま」から「くゆる煙」を引き出すのは、

人の娘のもとに忍びつつかよひ侍りけるを、親聞きつけていといたくいひければ、かへりてつかはしける　貫之

風をいたみくゆる煙のたちいでても猶こりずまの浦ぞ恋しき　（後撰集・恋四・八六五）

の例などの拠りどころとなっている。しかし上句の、「浦にたく海人」（②「塩焼く海人」を受ける）「つつむ」「恋」（「火」を掛ける）は、それぞれに下句を補強する役目を果たしている。あるいは下句が出来てから上句が整えられたのかもしれない。

藤原高遠の家集に次の歌がある。

海人の浦にかき集めたる藻塩草くゆる煙はゆくかたもなし　（大弐高遠集・二三〇　長歌の反歌）

非常に時代の近接する歌。寛弘六、七年（一〇〇九、一〇）[注5]とされる大宰府からの上京に際する長歌に付された反歌である。『源氏物語』のはやい影響作といえるのかもしれない。もとより先後はやはり微妙だと言わざるを得ないだろうが、たんなる個別の影響関係に事をとどめず、類似する両首の下句が鮮烈な印象を与えるものであったこと、歌詠みの創作意欲を刺激するものだったことを確認したい。この④の和歌も③同様、同時代の和歌の創作意識——もちろん水準以上のそれである——と、母胎を同じくするのである。

しかも高遠集の方は「悔ゆる」の意味がそれほど生かされていないのに比して、④ははっきりと後悔の思いが生かされている。「悔ゆる」こそ朧月夜にぴったりの言葉だろう。「塩焼く海人」を朧月夜の我が身に引き寄せるのに、これ以上ないイメージだ。

なお、この歌の第二句「海人だに」に「数多に」が掛けられていると見る解が古注以来存し、現代の注もほとんどがそう認めている。が、疑問である。そういう掛詞の例が他に見出しがたいことが理由の一つだが、そもそも「つつむ」といえば各方面に隠すものだろうから、「あまたに」とは言わずもがなで、説明的に過ぎる気がする。

それ以上に気になることがある。「数多に」を掛けるとすると、当然「つつむ恋」が強調されて、強調されれば、これが詠者、すなわち朧月夜に関わる事柄だとおのずと受け取られるからである。この状況下で、自分から我が思いを「恋」と言葉にすることは、朧月夜にそぐわないように思う。あくまで、「浦にたく海人」すなわち光源氏が、文を別人宛の文に包んできたことに限定されるべきだろう。「いまだに逢いたいなどというあなたさえ隠している恋心なのだから」ということになる。

そして第三句で、一転して今度は自分のことを語る。「まして私の後悔の思いの煙は晴らしようがない」と。「塩焼く海人」から「悔ゆる」（煙）に転じたところに妙味がある。関わる主体を転換させ、光源氏の言葉を我が身に引き寄せるのである。

「こりずま」という光源氏の歌の言葉をとらえ、古歌を応用して巧みに「くゆる煙」へと転じた。言葉はあくまで「塩焼く海人」にまつわらせている。それゆえ、後悔を訴える内容とは裏腹に、光源氏の心を深く受け止めている、と見なされる。

続いて紫の上の返歌が示される。

姫君の御文は、心ことにこまやかなりし御返りなれば、あはれなること多くて、

⑤浦人のしほくむ袖にくらべみよ波路へだつる夜のころもを

（紫の上、一九二頁）

これも実に周到に組み立てられた歌だ。しほ—波—よる、夜—ころも—へだつの縁語仕立ての上に、「波のかかる袖（泣き濡れた袖）」の意味合いも含まれていて、核となる「衣」の形象と一分の隙もなく縫い合わされている。光源氏の贈歌は記されていないが、①〜④の塩焼く海人の形象の連続によって、おそらく須磨の塩焼く海人になぞらえて嘆いた歌だったのだろうと、読み手は無理なく想像することができる。そして書かれてはいなくても、光源氏の歌にぴったりと即しながら、源氏の不在を嘆き訴えている、そうして心を合わせている、と確信できる。

もし物語の挿入歌という前提をはずし、この一首だけで見たらどうだろう。あるいは仮に詞書があっても、藤原定家の『百番歌合』(『源氏狭衣歌合』)のごとく、「須磨の浦にたてまつらせ給ひける」などという簡略なものであったら、事情がわかりにくい、という感想を持たれるのではないか。事柄(いわゆる「物数」)を詰め込み過ぎて、早口な印象である。例えば「潮汲む」という語がいささか唐突である。和歌に用いられた先例の見出しがたい語句でもあって、引っ掛かりを覚えかねない。しかし物語の読み手は、②「しほたるる」の歌で「塩焼く海人」と言っていたことに対応するのだろう、だから製塩の業にからめて光源氏のことを表そうとしたのだろうとおおよそ理解する。もちろん②歌は紫の上の関知するところではないから、あくまで読み手に許された理解である。

「夜の衣」も、共寝を連想させつついわくありげではあるが、なぜ波路を隔てて比べられるのだろう、という疑問も起こりうる。だが紫の上が「旅の御宿直物など調じて」送ってよこしたと、少し前の文章にあったことを想起して、納得させられる。「夜のころも」は、紫の上の衣でありつつ、光源氏に届けられたそれでもある。巧みな縁語によって、納得させられるのである。

この⑤歌は、縁語に腕をふるっている。⑤歌だけではない。この辺りの歌の多くが、縁語および縁語に類する言葉の連想の繋がりを重んじている。それらはいずれも他の作中歌や地の文の言葉との連動に支えられて生彩を放っている。少々無理なつながりであっても、物語の文脈等に補われて、理解される。逆にいえば、物語中の語との連関に助けられつつ、類型を打ち破るような表現を導入することも可能になる。鮮度の高い、意欲的な和歌表現の試みともなりうる。読み手は、和歌の言葉つづきの可能性をも実現しながら、作中歌を味読しただろう。
物語に張り巡らされた言葉どうしの連関は、歌を作る母胎となる。そしてその連関が結実する形で、歌が詠まれる。読み手は、歌を作る感覚を刺激されつつ、その母胎に入り込む。その上で作中歌の試みや腕前を味わう。どうやらそういう経緯が見えて来るのである。

四　伊勢の海人

次は、六条御息所の歌である。

さりとも年月は隔てたまはじと思ひやりきこえさするにも、罪深き身のみこそ、また聞こえさせむこともはるかなるべけれ
⑥うきめ刈る伊勢をの海人を思ひやれもしほたるてふ須磨の浦にて　（六条御息所、一九四頁）
よろづに思ひたまへ乱るる世のありさまも、なほいかになりはつべきにか」と多かり。

この⑥歌で注意しておきたいのは、次の徽子の歌である。

上より、間遠にあれやと聞こえ給へる御返に

馴れゆけばうきめ刈ればや須磨の海人の塩焼き衣間遠なるらん　（斎宮女御集Ⅰ（冷泉家本）・八四）

一般には歌仙家集本『斎宮女御集』の初二句「なれゆくはうきよなればや」（『新古今集』でも同）で知られている。その場合は「うきめ」が出て来ないが、西本願寺本の「なれぬればうきめかればや」もしくは掲出の、冷泉家時雨亭叢書『平安私家集四』所収の『斎宮女御集』のような本文であれば、「うきめ刈る」と須磨との結びつきに拠りどころを提供し、そして斎宮女御であるから地名伊勢との関わりのイメージも供給するであろう。⑥歌がどういう歌への返歌なのか、物語本文には省略されているのだが、「間遠ではないか」と逢瀬を求める帝への返歌であるこの斎宮女御の歌や、「うきめ」の語などを勘案すると、朧月夜への②「こりずまの」の歌のように、六条御息所にもやはり光源氏は「みるめ」を求める歌を贈ったのではないか、と読み手は想像することになろう。

この⑥の行文に続いて、すぐに次の歌が登場する。

⑦伊勢島や潮干の潟にあさりてもいふかひなきはわが身なりけり　（六条御息所、一九四頁）

ものをあはれと思しけるままに、うち置きうち置き書きたまへる、白き唐の紙四五枚ばかりを巻きつづけて、墨つきなど見どころあり。

御息所の文の中の一首であるという格好ながら、それにとどまらない迫力をもった歌だ。土方洋一氏のいうように独詠歌的であり、文脈の中におさまりきらない独立性をもつ。[注6]それにしても⑦の歌の抒情は、喚起力に富んでいる。それはひとえに、上句の序詞と、そこからの展開の鋭さに負っている。序詞ではあるものの、物象が独立した形象を果たしそれが主想部へと飛躍する、定型的な序詞とは趣を異にする。物象と心象とが画然と句切れておらず、もっと重層的である。でありつつ、主情への到達が直線的である。その主たる理由は、通常の序詞のように「の」でとどめるのではなく、「ても」によって主想部へとなだれ込んでいく言葉続きにあるだろう。

もとより同様の「ても」の先例がなかったわけではない。

荒小田をあら鋤きかへしかへしても人の心を見てこそやまめ （古今集・恋五・八一七・読人不知）
見れど飽かぬ吉野の河の流れても絶ゆる時なく行きかへり見む
（拾遺集・雑下・五七〇・柿本人麿、原歌：万葉集・巻一・三七・柿本人麻呂）

などはその例である。古今集歌「荒小田を」は、「あら」「かへし」という同音の繰り返しに主眼があり、その点では異なる。しかし、片や農民、片や海民のなりわいを具象的に述べておいて、心象へと転じて行く点では、共通する。人麿歌「見れど飽かぬ」は、すでに初句に心象が表れており、物象の独立性は小さい。ただし、吉野川の流れを見ながら、それと一体化するように心情を表出しているところは、重なるところがある。御息所の⑦歌の表現の強度の一端は、古代的なしらべに由来することにあると見てよいだろう。

ただし平安時代にもこの種の「ても」は少なくない。

人のむすめのもとに忍びつつ通ひ侍りけるを、親聞きつけていといたくいひければ、帰りてつかはしける　　貫之

風をいたみくゆる煙のたちいでても猶こりずまの浦ぞ恋しき　（後撰集・恋四・八六五）

左大将比叡へのぼりて帰り侍るに、むかへにまかり侍りてのち久しくまからざりしかば、おぼつかなきよしの歌の返しに

年深き谷の朝霧かつ見てもおぼつかなくぞ忘られぬかし　（元輔集Ⅱ・一一二）

御返りには、銀の籠を作りて、いみじう小さき蛤を入れて、かれよりまいりたる男に担はせて

名に高き浦の波間をたづねても拾ひわびぬる恋忘れ貝　（斎宮女御集Ⅱ・一八四）

貫之歌は先に④歌の拠りどころと推定される歌として掲出しておいた。とくに最後の「名に高き」歌は、伊勢にいる斎宮女御の歌であるだけに、六条御息所の歌の源泉の一つに数えられてよいと思う。いずれも「ても」で示される上句の行為が、事実として扱われ、具象性が強調されている点に特徴がある。

また、和泉式部の次の歌に注目したい。

潮の間に四方の浦々求むれど今はわが身のいふかひもなし　（和泉式部集・二七五）

一首は「観身岸額離根草、論命江頭不繋舟」の詞書を持つ一連の歌、いわゆる「観身論命歌」中のものである。⑦の六条御息所の歌とよく似ていて、影響関係を想定したくなる。[注7] では、どちらが先だろうか。この歌群の成立については、諸説ある中でも森本元子氏の寛弘五年（一〇〇八）十月頃とする推定[注8]が妥当性の高いものとして支持される。寛弘五年といえば、『源氏物語』がある程度できあがり流布していた時期と考えられ、須磨巻はその中に含まれていたと考えてよさそうだから、森本氏の推定に従えば、和泉式部の「潮の間に」の歌の方が、この最新の物語の影響を受けた作ということになる。もちろんその先後関係は確定しがたいが、③歌の「やく」の掛詞と同様、少なくとも和泉式部の歌を作る感覚に近いものがあることは確かである。それは、この⑦歌の理想的な読み手として、和泉式部のごとき歌人を想定すればいいのではないか、という想像に導くだろう。

「いふかひなし」（「いふかひもなし」も含める）にも注目したい。この語は、『小馬命婦集』（四）や『能宣集』（Ⅲ・三五〇）・『長能集』（Ⅰ・四五）に見えるものの、和歌の用例はさほど多くはない。散文的で、和歌には使い勝手が悪そうな語である。しかし、和泉式部には、先の「潮の間に」歌のほか、『和泉式部集』（Ⅰ・五三、五八四）や『和泉式部続集』（和泉式部Ⅱ・四九一、六〇一）、『和泉式部日記』などで繰り返し用いられている。こだわりのある語だったのだろう。読み手が和泉式部のような才たけた歌人であれば、六条御息所の歌に自己の資質と等質のものを見出し、その意図を深く理解しただろう。歌を創作する人間として共感しただろう。たしかにこのように歌が詠めると、自らの作歌体験や詠作方法に引き寄せて受け止めただろう。歌を作る感覚を挑発するような、この物語の和歌の魅力を押さえたいのである。六条御息所は、⑥で自らを伊勢の海人と定位した。その上で⑦では、それでは物足りないとばかりに、海浜に漁ることすらも否定的な口吻で捉え、我が身を深く掘り下げていく。「海人」の語から出発していても、須磨の光源氏にからめる方向には少しも向かわず、贈歌の範囲を逸脱してしまっている。土方氏の指摘するように、六条御息所への光源氏の返歌二首のいずれも、この⑦の内容に対応していないのである（注6論文）。光源氏の手に余る歌であり、彼をそっちのけにした歌だといえよう。そして読み手もまた、光源氏の姿を後景に退かせ、一首を正面から受け止めることになる。⑦歌は、折を口実にして、我が身を突き詰めた格好の歌である。それは一方で六条御息所の個性をかたどるとともに、一方で状況を借りて表現欲求を解き放つさまを印象づける。読み手が歌人であるならば、そこに羨望にも似た関心を寄せるのではないか。歌詠みとして創作意欲を強く刺激されるのではないか。後に藤原定家は、この歌や和泉式部の「潮の間に」の歌をふまえて、「尋ね見るつらき心の奥の海よ潮干の潟のいふかひもなし」（新古今集・恋四・一三三二）と詠んでいる。

五　泣く音にまがふ

次に、須磨での秋の場面の歌を見てみよう。「須磨には心づくしの秋風に」で始まる高名な箇所である。

枕をそばだてて四方の嵐を聞きたまふに、波ただここもとに立ちくる心地して、涙落つともおぼえぬに

枕浮くばかりになりにけり。琴すこし掻き鳴らしたまへるが、我ながらいとすごう聞こゆれば、弾きさしたまひて、

[8]恋ひわびて泣く音にまがふ浦波は思ふかたより風や吹くらん　（光源氏、一九九頁）

この歌で、「恋ひわびて泣く」のは誰だろう。玉上琢彌『源氏物語評釈』第三巻（角川書店、一九六五）に「（1）源氏と見る、（2）都の人と見るの両解がありえよう」とまとめているように、古注以来、光源氏・都人の二つの説がある。他の主要な現代の注釈では、（1）を採るのが日本古典文学大系・新潮日本古典集成などで、（2）が新旧の日本古典文学全集・新日本古典文学大系である。『源氏物語評釈』自体は、「われは都を思う。都にもわれを思う人はいくたりかいるであろう。その両地の感応が、風に、波になったかと思う」と評し、両意を含めて解しているようである。新日本古典文学大系は「恋しさに堪え切れずに泣く泣き声のように、須磨の浦の波音が聞こえるのは、我が思う都の方から風が吹いて来て、都人の悲しみの声を運んでくるからであろうか、の意」と注するので、いま（2）の説と判断した。この（2）説は、たしかに論理的である。なぜ思う方から風が吹くのか、理由づけが明快だからである。過不足なく歌の言葉を捉えている感がある。逆にそれだけに、この物語の和歌がしばしばもつ、ある種の「ゆるさ」ゆえの含みを取り落してしまいかねない。

そもそも、初句から「恋ひわびて泣く」と切り出せば、それは詠者自身の感慨だ、と誰しも理解するだろう。むしろ泣く主体が他に明示されない限り、それを詠者の行為でないとする方が、和歌として不自然であ

る。自ら恋しさに堪えかねて泣くのでなければ、読者の共感は得にくいだろう。やはり「泣く音」は光源氏のものと見るのが第一義であると考える。その上で、ここに動作主体に関わる曖昧さがあると見なしたい。『湖月抄』所載の「師説」には、「我恋詫てなくねにまがふ浦波は、我思ふひともおなじ心に思ひおこさんに、其かたより吹きくる風によする波なれば、我なく音にまがふならんと、心をふくめて見るべし」（引用は、講談社学術文庫本による）とある。「我」と都人とを重ねる理解は、勘所を押さえたものだと思われる。わが泣く音に紛うという、いわば曖昧な状況が、都の泣き声をも引き寄せるのであろう。地の文の「琴の音」が「泣く音」に響いているのも、わが泣く音であることを補強するであろう。

⑧「恋ひわびて」の歌を、歌人の立場から考えてみよう。まず、激しい嵐の音と波の音が耳につくという状況が与えられている。これらに寄せて涙にくれる旅宿の思いを歌うわけである。その際、古注以来指摘されている、

波たたば沖の玉藻も寄りくべく思ふかたより風は吹かなん　（躬恒集Ⅱ・二七四）

の表現を利用することを発想した。この古歌を導入することで、第三句以下の「浦波は思ふかたより風や吹くらん」を得て、波・風を結びつけ、旅の思いを形象化したわけである。

ここに「涙」を加えるのだが、波に涙を掛けたり、波風の音に涙を催させたりするのならば常套にとどまったはずだ。その点で「恋ひわびて泣く音にまがふ」は独自性に富む。そもそも音をめぐって「まがふ」

を用いるのは、通例であるとはいえない。従来は多く視覚の錯綜に用いられていた。それだけではない。自分の泣き声が波と交錯するという発想は、泣き濡れている自分からいったん抜け出して、波音の激しい自分のいる空間ごと外から聞いていることになる。自らを対象化しているのである。「恋ひわびて泣く」の主語を都人と見る説が生じるのも無理からぬのであって、確かに特異なのである。しかしその特異さこそが、この表現のねらいどころであろう。大まかに言えば、自分の心情（「泣く音」）を離れた外の地点から見て、なおかつ外界（波音）と交錯させる（「まがふ」）ことで、それが自分を離れ、他者のものとなる可能性が生まれる、という経緯を想像すればよいだろう。

そこで効いてくるのが、琴を少し搔き鳴らし、その音が「すごう聞こ」えたゆえに弾きやめた、という行文である。琴が涙を催させ、泣き声であるかのように感じられたということなのだろう。おそらく背景には、

秋の夜は人を静めてつれづれとかきなす琴の音にぞ泣きぬる　（後撰集・秋中・三三四・読人不知）

の歌がありそうだし、琴の音が泣き声に通じるというのは、「隴水凍咽流不得」（白居易・五絃弾）・「幽咽泉流氷下難」（同・琵琶引）――いずれも氷った流水を介してではあるが――ごく自然な連想であろう。光源氏はたしかに自分の泣き声を聞いているのである。そして「泣く音」は、「まがふ」という曖昧さを付与されつつ、言葉の繫がりの牽引力によって浮遊し、この主体を離れ、他者のものとなる可能性をひらくので

ある。

ここに、心情と描写を自在に往還するこの物語にふさわしい、固有の和歌の方法を認めたい。自分の身近にある物事に我が身をよそえる。相手が、であってもいいし、自分自身が、であってもよい。その上でそれをいったん突き放し、外から見て対象化する。結果として、その物事はその人物の比喩であることにとどまらず、他の主体をも呼び込むことを可能にする。

②「塩焼く海人」は、須磨の海民でありながら朧月夜をも表していた。

③「塩焼く海人」は、「やくと」の縁語掛詞を生かして、藤壺自身に引き寄せられていた。

④「塩焼く海人」は、「くゆる煙」によって、朧月夜に転じていた。

⑤「夜の衣」は須磨と都の双方の夜具を表していた。

⑦⑥によっていったん自らを「伊勢の海人」によそえていた六条御息所は、さらに海人のよそえでは不十分なところまで、我が身を突き詰めていこうとしていた。

そしてこの⑧では、「恋ひわびて泣く音」が、詠者光源氏の行為でありつつ、都人の泣き声をも表していた。これらはいずれも縁語や詩歌の言葉の連想を母胎として、物象に多様な主体との関わりをもたらすことを可能にしていたのである。その方法はまた、後の豊かな享受とも無縁ではない。例えば藤原定家は「袖に吹けさぞな旅寝の夢も見じ思ふ方よりかよふ浦風」（新古今集・羇旅・九八〇）と詠んだ。⑧歌の本歌取りである。「思ふ方より」吹く風を我がものにしようと歌っている。こういう主体の転換の方法そのものが、『源氏物語』に誘発されたものだったのではないかと思われるのである。

六　旅の空ゆく雁

前節まででは、主としてこの巻の和歌の固有の方法に焦点を当ててきた。繰り返すけれどもその方法は、縁語や詩歌の言葉の連想を母胎としていた。この母胎のあり方について、もう少し考えてみよう。

前節に引き続いて、秋の夕暮時、光源氏は、須磨にまでつき従ってくれた供の者たちと、海を見やっていた。

沖より舟どものうたひののしりて漕ぎ行くなども聞こゆ。ほのかに、ただ小さき鳥の浮かべると見やらるるも心細げなるに、雁の連ねて鳴く声楫のおとにまがへるを、うちながめたまひて、涙こぼるるをかき払ひたまへる御手つき黒の御数珠に映へたまへるは、古里の女恋しき人々の、心みな慰みけり。

⑨初雁は恋しき人のつらなれや旅の空飛ぶ声の悲しき　（光源氏、二〇一頁）

地の文では、まず視覚の上で舟→鳥→雁という連想が働き、また聴覚的にも舟→楫の音→雁の鳴き声と、やはり雁に連想が収束する。そして視覚・聴覚の双方を生かして、雁の和歌の唱和が連続して展開する。⑨の光源氏の歌が、一連の唱和を促し、導く役割を果たす。この歌のどこに、そういう動因が潜んでいるのだろう。

⑨はまず、雁を都の恋しい人の「つら」ではないか、という疑問を呈する。「雁のつら」ではなく、「人のつら」という言い方は、一種の逆説である。諧謔には違いないが、有り得ない想像にはかなく願いを託す、悲しいユーモアである。雁と恋うる人とを同列の存在と見なしたいと願ったのである。ともあれここに、雁と恋うる人とが、言葉の上だけにせよ、等号で結ばれた。

下句で雁についていう「旅の空」は、旅の中にある自分のことを滑り込ませてもいる。

物へまかりけるみちにて、雁の鳴くを聞きて　能宣
草枕我のみならず雁がねも旅の空にぞなき渡るなる　（拾遺集・別・三四五）
初雁、旅人聞く
初雁の旅の空なる声聞けばわが身をおきてあはれなるかな　（中務集Ⅱ・六五）

などの例もあるように、旅中の自分と雁を重ねる類型に基づいている。雁の鳴き声は、私の泣き声だ、だから悲しい、と。ということはつまり、上下句合わせれば、雁を介在させて自分と恋うる人とが結びつく可能性が示されたことになる。ここで地の文の、黒い数珠を持ち涙を搔き払う柔美な光源氏の手つきに、故郷の女性を恋う人々の心も慰んだ、という挿入句が生きて来る。光源氏と都の女性とを重ねる叙述が、歌の論理と響き合うからである。雁を詠めば、自分のことにでも都のことにでも通じてゆくのだ、さあ詠んでごらんと、促される気分になったとしても不思議はないだろう。登場人物だけではない。読み手もまた、そう促さ

れる気分になって感情移入することだろう。
そうしてまず良清の歌が詠まれる。

とのたまへば、良清、

⑩かきつらね昔のことぞ思ほゆる雁はその世の友ならねども　（良清、二〇一頁）

光源氏の歌の趣旨を、敷衍したような歌である。「つらね」「友」が「雁」の縁語となっている。

雁の鳴きけるを聞きてよめる　　躬恒

憂き事を思ひつらねて雁がねのなきこそわたれ秋のよなよな　（古今集・秋上・二一三）

（旅の雁行く）

年ごとに友ひきつらね来る雁をいくたびきぬと問ふ人ぞなし　（躬恒集Ⅳ・二一）

の躬恒の二首など、その例は少なくない。「つらね」は、いうまでもなく光源氏の「つら」に文字通り連ねて、寄り添っている。それとともに雁に自分を重ねている。下句で「その世の友ならねども」と、まずは雁をかつての友と見ることを否定しつつも逆接の接続助詞で結ぶ。せめて今このときの友であってほしい、ということだろう。するとやはり上下句の連繫によって、雁のごとくに友と連れ添いたいという願いが浮かび上がってくる。
次は民部大輔である。

民部大輔、
⑪心から常世を捨てて鳴く雁を雲のよそにも思ひけるかな　（民部大輔、二〇二頁）

第四句「雲のよそ」は「無関係の」の意で、「雲」が雁の縁語となり、かつ光源氏⑨の「空」から導かれた形となっている。「雲のよそ」は、

八月
あま雲のよその物とは知りながらめづらしきかな雁の初声　（貫之集Ⅰ・一〇一）

のごとく雁と相性がよい語句である。しかも、都を離れた自分たちの境遇とも通じている。

常世へと帰る雁がね何なれや都を雲のよそにのみ聞く　（斎宮女御集Ⅱ・一九三）

の歌は、伊勢にあった徽子が、都を捨てて常世へ帰る雁に、彼我の違いを嘆いたものである。雁と自分が実

は同一だったと発見する⑪とは方向性が逆だが、表現の上では、学ぶところがあったかもしれない。ともあれ、自分から進んで常世を捨てたと歌うこの歌は、いささか破調をもたらしかねない激しさがある。起承転結の転に当たろう。雁を思う存分自分に引きつけたのであり、その分、常世すなわち都との隔絶ばかりが際立ってしまった。

最後に前右近将監の歌。

前右近将監、

⑫常世出でて旅の空なる雁がねもつらに遅れぬほどぞなぐさむ

友まどはしては、いかにはべらまし」

（前右近将監、二〇二頁）

「旅の空」「つら」で光源氏⑨を受けるのはもちろん、「友」の意としての「つら」⑩、「常世」⑪によって、従者二人の歌をも受け止めている。内容的にも、絆を確かめ合って落着させている。都との繋がりは失ったけれども、その代わりいまこの「つら」・「友」との紐帯を得たわけである。結果として、この四首の、雁にまつわる歌の言葉の連繋が、めぐりめぐって回帰しているかのような印象を与える。ひとまとまりの、歌の言葉の網の目が出来上がっているのである。歌の配列や、言葉の連繋は巧みであるが、個々の歌の出来栄えは標準的というべきだろう。それだけにかえって、読み手は無理なくその網の目に身をゆだね、自らも歌を詠む気分を喚起させられながら、共感することができる。この言葉の網の目を、これまで私に母胎と呼んでいたものの端的な表れと見なしたい。

そのことを、『古今和歌六帖』第六・「かり」の項目の中にある、次の歌群で確認してみる。

躬恒五首

年ごとに雲路まどはしくる雁は心づからや秋をしるらん
（四三六九、後撰集・秋下・三六五・躬恒「まどはぬかりがねは」）

天の原雁ぞとわたる遠山の梢はむべぞ色づきにける
（四三七〇、後撰集・秋下・三六六・読人不知、躬恒集Ⅰ・二五九、Ⅱ・二八三）

ふるさとに霞とび分け行く雁は旅の空にや春を過ぐらん
（四三七〇、拾遺集・春・五六・読人不知、躬恒集Ⅰ・三七、Ⅲ・一五六、Ⅴ・七六）

憂きことを思ひつらねて雁がねのなきこそわたれ秋の夜な夜な（四三七二、古今集・秋上・二一三・躬恒）

初雁のはつかに声を聞きしより半空にのみ物を思ふかな
（四三七三、古今集・恋一・四八一・躬恒）

凡河内躬恒の雁の歌として五首まとめて所収されている歌群である。四首目の「憂きことを」は、すでに⑩の参考歌として掲出した。二首目以外は、この場面といくつかの言葉の関わりを持っている。何もこれらが『源氏物語』の発想の源泉だと主張するわけではないが、光源氏一行の和歌の言葉使いが、『古今和歌六帖』のような作歌手引きの性格の色濃い書物の内容と、ほど近いものであることは認めてよいだろう。和歌を詠む人間からすれば、いわば教科書的な、ごく標準的な歌ことばの繋がりが感じられるはずである。そういう歌詠みを読者として想定するなら、この場面もまた読者の歌ことばを運用する感覚に寄り添っていることになる。歌ことばがしかるべく用いられているという、確認の感覚である。その感覚が、登場人物が歌によって絆を確認し合う心情と重なる。⑦や⑧歌のように、和歌として独自な形象が見られるわけではない。その代わりそこに至る手前の、歌を詠む母胎のあり方を、わかりやすい形で示していると思われる。

『源氏物語』の文章が、歌を詠む体験を誘いこみ、時にはそれを挑発するようにして固有の歌の世界が形成されていることを、改めて確認しておきたい。そこに後世の豊かな受容を生み出す要因の一端をも見出したいのである。

注

1　『平安朝の和歌』（有精堂出版、一九六八）。

2　「源氏物語における画賛的和歌」（『むらさき』三六、一九九六・一二、『源氏物語テクスト生成論』〈笠間書院、二〇〇〇〉に収録）、「『源氏物語』作中歌の重力圏――須磨巻の一場面から――」（『アナホリッシュ国文学』四、二〇一三・九）。

3　高田祐彦『源氏物語の文学史』（東京大学出版会、二〇〇三）。

4　『後拾遺集』に入集している和泉式部歌「秋までの」の「やくと」については、これを掛詞と見ない解釈もあるが、「焼く・役」の掛詞とする佐伯梅友・村上治・小松登美『和泉式部集全釈』（笠間書院、二〇一二）・久保木壽子『和泉式部百首全釈』（風間書房、二〇〇四）の解に従うべきと考える。

5　中川博夫校注『大弐高遠集注釈』（貴重本刊行会、二〇一〇）。なお同注では、当該歌と『源氏物語』歌との類似についても触れられている。

6 注2「『源氏物語』作中歌の重力圏——須磨巻の一場面から——」。

7 寺本直彦『源氏物語受容史論考 続編』（風間書房、一九八三）等に指摘されている。

8 「和泉式部の作——『観身岸額離根草』の歌群に関して——」（『武蔵野文学』一九、一九七一・一二）。

渡部 泰明（わたなべ やすあき） 東京大学大学院人文社会系研究科教授。専門は、和歌文学、中世文学。主著に、『中世和歌の生成』（若草書房）、『和歌とは何か』（岩波書店）、『古典和歌入門』（岩波書店）など。

『源氏物語』と新古今時代

――和歌史の一齣――

田仲　洋己

一

本稿は、『源氏物語』が後代の文化・文学に及ぼした多大な影響の一端を、新古今時代の和歌の在り方を通して垣間見ることを目的とするものである。論の前半においては、既に自明な事実の再確認に終始するが、院政後期から新古今時代に至る和歌史的な流れに沿って、王朝物語の受容の諸相と歌人たちの認識の変遷について略述する。後半は、『新古今和歌集』竟宴以後の藤原定家の和歌活動の一部について、『源氏物語』との関わりを検討してみたい。

周知の記事ではあるが、新古今時代以前の歌壇における『源氏物語』摂取についての歌人たちの考え方をよく伝えているのは、『後鳥羽院御口伝』の次の一節である。

「歌合の歌をば、いたく思ふままには詠まず」とこそ、釈阿、寂蓮などは申ししか。「別のやうにてはなし。題の心をよく思はえて、病ひなく、また、源氏物語の歌、心をば取らず、詞を取るは苦しからず」と申しき。すべて、物語の歌の心をば百首の歌にも取らぬことなれど、近代はその沙汰もなし。

藤原俊成（釈阿）や寂蓮がこのような発言を行なった時期については明徴がないが、「近き世になりては、大炊御門前斎院、故中御門の摂政、吉水前大僧正、これ〳〵殊勝なり」と、式子内親王・九条良経・慈円等の新古今時代の中核的存在の歌人たちを「近き世」の歌人として位置付けていることを考えるならば、三人の中でも最年少の良経が本格的に詠歌に取り組み始めた文治・建久期以降の『新古今集』に直結する時代を、後鳥羽院は「近代」と認識しているものと推察される。と言うことは逆に、「物語の歌の心をば百首の歌にも取らぬこと」が常態であったのは、『千載集』成立以前の時代においてであったと考えられてよい。

しかしながら、院政期前半であっても、詠み出された数多の歌々の中に物語の歌の心を取る作は決して稀ではない。[注1] 例えば藤原俊成自身、その歌壇におけるデビュー作と言ってよい両度の『為忠家百首』やそれに続く『述懐百首』において、『伊勢物語』『源氏物語』『狭衣物語』等の物語取を試みていることが先学の研究によって明らかにされているが、[注2] その中には「物語の歌の心」を取ったと思しき作が幾首か見出されるのである。

ことづけてつらくもなるかあらたまの年のみとせをこころみしまに　（為忠家後度百首・六三三・絶後恋）

野分してまどひし小簾の風間より入りにし心君は知るかも　（為忠家後度百首・五八五・纔見恋）

五月雨は真屋の軒端の雨そそきあまりなるまで濡るる袖かな　（述懐百首・夏・五月雨、長秋詠藻・上・一二九）

嵐吹く峰の紅葉の日にそへてもろくなり行く我が涙かな　（述懐百首・秋・紅葉、長秋詠藻・上・一五五）

一首目「ことづけてつらくもあるかな」の歌は、『伊勢物語』二十四段の「あらたまの年のみとせを待ちわびてただ今宵こそ新枕すれ」の歌を踏まえ、その話の内容に即して詠まれている。三年の間、夫の帰りを待ち続けた女が新しい夫を迎えようとしたその晩、もとの夫が帰って来る。そこで女が詠み掛けたのが「あらたまの年のみとせを」の歌であるが、俊成歌は言わばその女の贈歌に答えた男の歌という体で詠み出されている。二首目「野分してまどひし小簾の」の歌は、『源氏物語』野分巻において夕霧が義母紫上の姿を初めて垣間見る場面を本説とする。紫上の美貌に魅了された夕霧は思慕の念を募らせるのであるが、その夕霧の心情を象った作である。家永香織氏は、「物語の表現を取るのではなく、場面・状況を典拠とし、物語に描かれていないところまで登場人物の心情を思い遣り代弁する方法で詠まれた歌といえる」と評されている。[注3]三首目の『述懐百首』五月雨詠は、催馬楽「東屋」の詞章に即しつつ、その催馬楽を踏まえて詠み出された『源氏物語』東屋巻における薫の歌「さしとむるむぐらやしげき東屋のあまりほどふる雨そそきかな」をも本歌に取る。薫の歌は浮舟のもとを初めて訪れた際に独りごちたものであるが、俊成は述懐の涙にくれる自らのさまを、浮舟への恋情に突き動かされる薫の姿に重ね合わせるようにして表現し、一首に艶なる趣を添える。四首目の『述懐百首』紅葉詠もまた、『源氏物語』橋姫巻において薫が宇治八宮邸を訪れた際の詠歌「山おろしにたへぬ木の葉の露よりもあやなくもろき我が涙かな」の詞続きを取り込んでいる。薫はこの後、大君中君姉妹を初めて垣間見することになるが、俊成は自らの沈淪の嘆きを恋路に踏み迷わんとする貴公子の感傷的な心境に託して優艶に表現する。

このような事例の数々と、前掲した『後鳥羽院御口伝』の記事との不整合は、どのように理解したらよいであろうか。建前的な言説と実作との間に齟齬が生ずるという事態は、本歌取一般に関してもしばしば見られるものであって、物語取を巡っても同様の事態が生じていたと解することもできるかもしれないが、『御口伝』の口ぶりは相当に確固たるものであって、近代以前の歌壇においては「物語の歌の心をば百首の歌にも取らぬ」のは当然のことであったと後鳥羽院が明確に認識していたことが窺われるのである。

これは、単に近代以前の歌壇に対する後鳥羽院の認識に不足があったために生じた事態であったろうか。おそらく、そうではあるまい。私的な場においてはさにあらず、公的な歌会・歌合・定数歌等の所謂「ハレ」の場における詠歌については、物語の世界そのものを取り込むことを憚る意識がやはり存在したのであろう。[注4]先に掲げた若き日の俊成の物語取の試みも、個人の発意による百首や、身内係累を中心とする私的な百首会で詠み出されたものであった。そのような歌人たちの認識の一端を伝えているのが、建久四年『六百番歌合』夏下十三番・夕顔題の難陳における「右歌、ひとへに源氏の物語ばかりを思へる、為歌合之証事如何」という左方方人の発言であったろう。それを正面から打破して見せたのが、『久安百首』における「夕されば野辺の秋風身にしみて鶉鳴くなり深草の里」（久安百首・秋、長秋詠藻・上・三八、千載集・秋上・二五九）の俊成歌であり、和歌史におけるその甚大な意義を深く自覚していたが故に、俊成自身この作を自讃歌中の自讃歌として賞揚することを譲らなかったものと考えられるのである。この俊成自讃歌の和歌史的な意義は、物語取の表現機構自体が同時代の歌人たちの間で認識され難かったという事情も相俟って、当代の歌壇に直ちに受容されるには至らなかった。鴨長明『無名抄』「俊成自讃歌事」における俊恵の発言は、そのような文脈において理解されるべきものであると考えるが、[注5]俊成に近しい歌人たちの間では、王朝の物語世界を和歌に取り込むことへの抑制的な態度は、徐々に薄らいで行ったのではないかと推察される。例えば、俊成の甥にして猶子でもあった寂蓮、俊成の義理の息子に当る隆信、俊成の甥の後徳大寺実定・実家兄弟等の詠歌には、『伊勢物語』や『源氏物語』の世界を踏まえて構想されたと思しき歌々を、かなり早い段階から見出すことができるのである。[注6]

この流れは、『新古今集』の中核世代の歌人が歌壇に参入して来る一一八〇年代に至って、より確かなものとなる。公的な性格を持たない百首歌ではあるものの、俊成の息定家は二十代初めに詠じた「初学百首」「堀河題百首」において、既に様々な物語取を試みている。[注7]さらに、一一八〇年代の後半、文治期に入ると、文治二年（一一八六）「二見浦百首」、文治三年「殷富門院大輔百首」等をはじめとして相継いで詠まれた百首歌の中には、「見わたせば花も紅葉もなかりけり浦の苫屋の秋の夕暮」（二見浦百首・秋、拾遺愚草・上・一三五、新古今集・秋上・三六三）の一首をはじめとして、王朝物語の世界に依拠して詠まれた様々な作を見出すことができる。その一方で、恐らくは青年期に詠み交したと推測される恋の贈答歌においても、相手の女性ともども『伊勢』『源氏』『狭衣』等の世界を自在に取り込んでいることが確認される。[注8]

かかる趨勢を決定的にしたのが、建久期の九条良経家歌壇最大の催しである建久四年（一一九三）『六百番歌合』であることは、論を俟たない。『六百番歌合』は、その組題・実作・俊成判詞の各面に亘って、『伊勢物語』『源氏物語』『狭衣物語』等の王朝物語がこの時代の和歌に及ぼした根源的な影響力を証し立てている。組題については何と言っても「夕顔」「野分」「鶉」といった題の設定が、『伊勢物語』や『源氏物語』を念頭に置いてのものと考えられるが、「賭射」「賀茂祭」「野行幸」「仏名」等の年中行事題についても、直接の先蹤たる永久百首題とともに『源氏物語』の世界が意識されている可能性を否定できない。[注9]詠歌については、夕顔題での幾首かをはじめとして物語の世界の心を露わに取った作があるのみならず、定家や良経の歌には極めて洗練された物語取の手法を見出すことが可能である。俊成判詞については、例の「源氏見ざる歌詠みは遺恨の事なり」（冬上十三番判詞・題「枯野」）の発言に尽きるであろうが、他方、夕顔題において『源氏物語』の世界に全面的に依存するが如き詠みぶりを批判していることも注意される。[注10] また、私的な詠歌の場ではあるが、建久四年二月十三日に亡くなった俊成室美福門院加賀を追慕する俊成・定家父子の歌々と、その俊成歌に唱和した式子内親王の詠歌の中に、『源氏物語』をはじめとする王朝物語の世界が様々な形で取り込まれていることも見逃せない。その加賀が、所謂「源氏一品経供養」を主催する等、『源氏物語』に深い関心を抱いていたこともよく知られている。[注11]

こうして、主に俊成・定家父子の活動に領導されるような形で、物語取の詠歌は建久期の九条家歌壇においてオーソライズされて行ったものと考えられる。建久の政変に伴う九条家歌壇の瓦解後、その中心メンバーを取り込む形で形成された後鳥羽院仙洞歌壇においても、その大勢に変化はなかったものと推量される。『正治初度百首』を先駆とする後鳥羽院歌壇の多彩な活動の中で生み出された諸歌人の詠歌の中に、王朝物語の世界への親近を見出すことは、さほど困難なことではない。

その後、『源氏物語』に対する新古今歌人たちの親炙と傾倒の度合をさらに深める契機になったと思われるのが、藤原定家による『物語二百番歌合』の撰定である。王朝物語の作中和歌を選抜して番えた本歌合の成立については様々な説があるが、稿者は、建久の政変後の九条家沈淪の時期に九条良経の求めに応じて編纂されたと考えている。[注12] 定家自身が晩年にその写本を借り求めて書写していることを思い合せると、[注13] 良経によって秘匿されるというようなことはなく、同時代の歌人たちが本書を披見する機会もあり得たのではないかと推論する。正治・建仁期の後鳥羽院歌壇における詠歌に物語取の和歌を多数見出すことができる背景として、この書物の存在は注意されてよいのではなかろうか。『新古今集』の竟宴が催された後の同じ元久二年（一二〇五）十二月に、後鳥羽院が『源氏物語』以下の物語中の和歌を書き出すよう定家と藤原有家に命じているのも、注14『物語二百番歌合』に刺激されてのことかもしれない。そして、この時点に至っては、「物語の歌の心をば百首の歌にも取らぬ」という物語取の和歌に対する抑制的な意識は、ほぼ影を潜めていたのではないであろうか。そのことを端的に証し立てているのが、『新古今集』に採られた幾首かの歌々である。

恋をのみすまの浦人藻塩垂れ干しあへぬ袖の果てを知らばや　（恋二・一〇八三・九条良経）
亡き人の形見の雲やしをるらん夕べの雨に色は見えねど　（哀傷・八〇三・後鳥羽院）
春の夜の夢の浮橋とだえして峰に別るる横雲の空　（春上・三八・藤原定家）

一首目の九条良経歌は、後鳥羽院歌壇の本格的な始発を告げる『正治初度百首』での詠であるが、在原行平の須磨流謫に因む名歌「わくらばに問ふ人あらば須磨の浦に藻塩垂れつつわぶと答へよ」（古今集・雑下・九六二）を本歌に取りつつ、その行平の故事を踏まえて造型されている須磨巻の光源氏の面影をも取り込んだ作である。歌の詠み手はここで自らを海辺にさすらう行平や光源氏の如き貴種に擬えてみせているのであるが、そこには建久七年十一月の政変以降、逼塞を余儀なくされた良経自身のかつての境遇が密かに投影されていると考えてよいであろう。二首目の後鳥羽院歌は、建永元年（一二〇六）七月二十八日『当座歌合』において「雨中無常」題を詠じた作であるが、『文選』所収「高唐賦」に見える朝雲暮雨の故事を踏まえつつ、『源氏物語』葵巻において頭中将と光源氏の間で交される葵上哀惜の贈答歌、及び夕顔巻における光源氏の夕顔哀傷歌の発想、修辞を取り込んで、その悲痛な心情を再現するが如き一首である。そしてそこには、前年十月に早逝した寵妃尾張を悼む心が籠められていると推測されている。[注15] 三首目の定家詠は建久九年（一一九八）『御室五十首』において詠み出され、定家の代表作中の代表作として著名であるが、これまた朝雲暮雨の面影をかすめつつ、『源氏物語』薄雲巻における藤壺哀惜の場面とそこでの光源氏の哀傷歌を踏まえて、五年前に亡くなった実母美福門院加賀を追慕する心が潜められた一首であると、稿者は理解している。[注16] 公的な性格を有する定数歌や歌合の場において、『源氏物語』中の特定の場面や人物造形に依拠しつつそこに詠者自身の感懐を託すような詠法の歌が、新古今時代の主要歌人によって様々に試みられているのである。

また、『新古今集』の撰歌と配列自体が、『源氏物語』の世界を下敷きにする形で構想されていると推察されるような事例も存在する。左に掲げる夏部巻軸近くの撰歌と配列は、その典型である。

白露の玉もて結へるませのうちに光さへ添ふ常夏の花　（夏・二七五・高倉院）
白露の情け置きける言の葉やほのぼの見えし夕顔の花　（夏・二七六・藤原頼実）
黄昏の軒端の荻にともすればほに出でぬ秋ぞ下に言問ふ　（夏・二七七・式子内親王）
雲まよふ夕べに秋をこめながら風もほに出でぬ荻の上かな　（夏・二七八・慈円）

『源氏物語』との関わりがもっとも露わなのは二首目の頼実歌であるが、夕顔巻劈頭の「心あてにそれかとぞ見る白露の光そへたる夕顔の花」「寄りてこそそれかとも見めたそかれにほのぼの見つる花の夕顔」という夕顔の女と光源氏との贈答歌の趣向や詞続きに全面的に依拠した詠みぶりである。一首目の高倉天皇の歌も、同じ「心あてにそれかとぞ見る」の夕顔歌を本歌に取るが、それを常夏詠に取り為す背景には、その夕顔の宿の女が帚木巻の雨夜の品定めにおいて常夏の女として登場することへの連想が作用していると思われる。久保田淳『新古今和歌集全注釈』が説く如く、和歌よりもむしろ漢詩文に長じていたと思われる高倉天皇がこのような源氏取の歌を遺しているのは、平家文化の時代の雰囲気を窺わせて興味深い。三首目の式子内親王詠の第二句「軒端の荻」もまた、帚木三帖に登場する女性の呼称として用いられる語であって、夕顔巻の終盤で彼女と光源氏との間に交される「ほのかにも軒端の荻を結ばずは露のかごとを何にかけまし」「ほのめかす風につけても下荻のなかばは霜に結ぼほれつつ」の贈答歌の趣向と詞続きの受容が認められる作である。四首目の慈円の作は、前三首ほどには『源氏物語』の世界に依拠しているわけではないが、「雲まよふ夕べに秋を」という上句の詞続きには、野分巻での夕霧の詠歌「風さわぎむら雲まがふ夕べにも忘るる間なく忘られぬ君」との響き合いを認めてよいであろう。『源氏』の世界を踏まえてのこの四首の連続配列は意図的なものであったろうし、しかも各々の作者が当代及びその直前の時代を代表する貴顕であることにも、少なからぬ意味が付与されているように思われる。『源氏物語』の世界を取り込んでの詠歌が既に貴族社会の構成員の間で広く承認、理解され、勅撰和歌集の内部においても確固たる地位を占めている事情を、ここから窺い見ることができるのである。

なお、当該四首のうち高倉・頼実・式子の三首は、隠岐本『新古今集』において除棄されている。『源氏物語』の世界をあざといまでに想起させる撰歌と配列が忌避されたのであろうが、隠岐配流後の晩年に至って、物語取の和歌に対する後鳥羽院の見方が新古今盛時のそれから変質しつつあったことの徴証としても位置付けられるであろう。[注17]本稿の冒頭に引いた『後鳥羽院御口伝』の記事についても、そのような院の歌観の変化が背景にあると理解すべきであるのかもしれない。

二

新古今時代の和歌における『源氏物語』の規制力は、『新古今集』の竟宴以降、承元から建保に至る時代においても、様々な形で発現し、機能しているように思われる。ここで取り上げてみたいのは、承元元年（一二〇七）『最勝四天王院障子和歌』における名所の選定である。『最勝四天王院障子和歌』の成立については、『明月記』にその経緯を伝える記事群があり、これを踏まえて和歌史・美術史双方の立場から詳細な検討、考察が為されているので、本稿ではあらためての説明を割愛したいが、[注18]四十六箇所を数える名所の選定と配置に関して藤原定家が主導的な役割を果たしていることは確かである。各名所の選定理由についても様々な角度からの考察が積み上げられているが、その名所の中に『伊勢物語』に登場する地名が多数見出されることは特記される。[注19]この傾向は障子和歌の後半に連なる東国の地名においてより顕著であるが、畿内及びその周辺の名所が連続して配されている前半部においても、同様の傾向を明瞭に認め得る。本障子歌の前半部には、大和国五箇所・摂津国五箇所・紀伊国二箇所・河内国一箇所・摂津国二箇所・播磨国二箇所という具合に西国の歌枕が並ぶが、筆頭の大和国の中でも吉野山・三輪山・龍田山・泊瀬山といった著名歌枕に先んじて春日野が巻頭に位置する背景には、初春の若菜の名所として知られた歌枕であって巻頭に置くに相応しいということとともに、『伊勢物語』初段の舞台であるということが意識されていると考えられる。その後も、「龍田山」「難波浦」「住吉浜」「葦屋里」「布引滝」「交野」「水無瀬川」「須磨浦」といった『伊勢物語』に登場する地名が数多く並ぶが、定家が『最勝四天王院障子和歌』の名所を選定するに際して、『伊勢物語』の世界が一種の准処もしくは規範として機能していた事情が窺われるのである。

一方、『最勝四天王院障子和歌』の名所選定には、『源氏物語』の世界が投影している部分も見受けられる。それがもっとも顕著なのは、「須磨浦」と「明石浦」との連続選定である。両所とも京から瀬戸内海経由で西国へ向かう経路上に位置し、地理的にも自然な名所の選定と配列であるが、その背後に光源氏の流謫の物語が意識されていることも、疑いを容れないであろう。この両所における定家の詠歌自体も、以下の如く『源氏物語』の世界を極めて強く意識したものになっている。

須磨の海人のなれにし袖も潮垂れぬ関吹き越ゆる秋の浦風　（須磨浦、拾遺愚草・中・一八三一）

明石潟いさをちこちもしら露の岡辺の里の浪の月影　（明石浦、拾遺愚草・中・一八三二）

諸注が指摘する如く、「須磨浦」の詠は、在原行平作とされる「旅人は袂涼しくなりにけり関吹き越ゆる須磨の浦風」（続古今集・羇旅・八六八）の古歌と、その行平歌を引歌とする須磨巻の左の一節を踏まえていると考えられる。

須磨には、いとど心づくしの秋風に、海は少し遠けれど、行平の中納言の、関吹き越ゆると言ひけん浦波、夜々はげにいと近く聞こえて、またなくあはれなるものはかかる所の秋なりけり。

また、同じ須磨巻には、「わくらばに問ふ人あらば須磨の浦に藻塩垂れつつわぶと答へよ」（古今集・雑下・九六二）の行平歌を踏まえつつ、流謫の光源氏を須磨の浦人に擬える体の和歌が様々に鏤められている。

松島のあまの苫屋もいかならむ須磨の浦人潮垂るるころ（光源氏）
浦人の潮汲む袖にくらべ見よ波路隔つる夜の衣を（紫上）
うきめ刈る伊勢をの海人を思ひやれ藻塩垂るてふ須磨の浦にて（六条御息所）
海人がつむ嘆きの中に潮垂れていつまで須磨の浦にながめむ（光源氏）

これらの場面や歌々を踏まえつつ、定家詠は言わば、須磨巻の光源氏やその先蹤たる在原行平の身になり返るようにして、須磨浦の秋景を描き出そうとするのである。

一方、「明石浦」の詠では「岡辺の里」という語に注目する必要がある。明石入道の屋敷は海沿いにあるとされるが、高潮を警戒して娘は「岡辺の宿」に住まわせているという記事が出て来る。以後巻の要所〳〵に「岡辺」の語が出て来て、明石の君の存在が読者に印象付けられる。「いさをちこちも知ら（ず）」という詞続きに注目すると、定家がとくに念頭に置くのは、光源氏が明石君に詠み贈った次の歌であるかと思われる。

思ふことかつがつかなひぬる心地して、涼しう思ひゐたるに、またの日の昼つ方、岡辺に御文遣はす。

心恥づかしきさまなめるも、なかなかかかるものの隈にぞ思ひの外なることも籠るべかめると心づかひしたまひて、高麗の胡桃色の紙に、えならずひきつくろひて、

「をちこちも知らぬ雲居にながめわびかすめし宿の梢をぞとふ

思ふには」とばかりやありけん。

さらに物語は進んで源氏と明石君とは結ばれるのであるが、それは中秋の名月の直前「十二、三日の月のはなやかにさし出でたる」晩のことであった。支度を整えた源氏は僅かな供人を連れて、馬で「岡辺の宿」を目指す。

やや遠く入る所なりけり。道のほども四方の浦々見わたしたまひて、思ふどち見まほしき入江の月影にも、まづ恋しき人の御事を思ひ出で聞こえたまふに、やがて馬引き過ぎて赴きぬべく思す。

秋の夜の月毛の駒よ我が恋ふる雲居を駆けれ時の間も見む

とうち独りごたれたまふ。

明石君のもとに向かいつつも、入江に映る月影を見て源氏がまず思い起こすのは、遠く京にとどめている紫上の面影であった。「いさをちこちも知ら（ず）」という定家詠の詞続きには、紫上と明石君との間で揺れ動くこの場面での源氏の思念の様が重ね合されているのではないかと考える。「須磨浦」「明石浦」いずれの名所についても、『源氏物語』の世界を踏まえての作を本障子歌の他歌人の作中にも見出すことができるの

であるが、[注20]ここまで密接に光源氏の心身に寄り添ったかのような詠みぶりは定家ならではのものであって、名所の選定と詠進に当っての『源氏物語』の吸引力といったものをまざまざと垣間見させてくれる事例であると言ってよい。

この両所以外にも、当該名所題における定家の詠みぶりを思い合せると、『源氏物語』の世界を念頭に置いての名所選定ではないかと推察されるのが、「松浦山」「因幡山」「宇治河」「小塩山」「鈴鹿山」「大淀浦」「塩竈浦」である。

網代木や波の霧間に袖見えて八十氏人は今かとふらむ　（宇治河、拾遺愚草・中・一八四〇）

まず、「宇治河」の詠についてであるが、この歌は「もののふの八十氏川の網代木に」の人麻呂歌の詞続きとともに、『源氏物語』宇治十帖の世界の面影を取り込んでいると考えられる。一首は、宇治川の水面から立ち昇る霧の絶え間越しにこの地を訪れた多くの人々の姿を垣間見るといった情景を構えるが、宇治十帖においても、都からの大勢の訪問者の姿を八宮家の人々が宇治川越しに望み見る場面が展開する。一つは椎本巻冒頭の、初瀬詣の帰途、匂宮が宇治に中宿りをする場面である。本文に「六条院より伝はりて右大殿しりたまふ所は、河よりをちにいと広くおもしろくてあるに、御設けせさせたまへり」とあるので、八宮邸と匂宮の滞在している夕霧の別荘とは、宇治川を挟んで対峙する位置に設定されていることになる。その後文には、川面を渡る笛の音を聞いて八宮が感想を漏らす印象的かつ意味深い場面が続くが、そこでも「例の、かう世離れたる所は、水の音もてはやして物の音澄みまさる心地して、かの聖の宮にも、ただかし渡るほどなれば」と語られている。もう一箇所は、総角巻の中盤、既に中君と契りを交した匂宮が紅葉狩に言寄せて宇治を訪れる場面である。母后（明石中宮）が差し向けた大勢の供人に憚って、匂宮は結局八宮邸訪問を断念して帰京の途に就くが、大君の屈辱の念は深く、その心労が祟って病床に臥してしまうことになる。言わば大君中君姉妹の運命の大きな転換を導く重要な場面であるが、その本文中に「舟にて上り下り、おもしろく遊びたまふも聞こゆ。ほのぼのありさま見ゆるを、そなたに立ち出でて、若き人々見たてまつる」とあって、川面に「ほのぼの」と見える匂宮一行の動静を八宮家の女房たちが窺っている様が描出されている。いずれの場面にも宇治川の名物である網代が点綴されており、この点でも定家詠の情景設定に通ずるところがあるが、二月二十日頃の出来事と語られている椎本巻よりも、十月朔日頃とされる総角巻の場面の方が定家詠の発想の源泉として相応しいと判断してよいであろう。

春にあふ小塩の小松かずかずにまさる緑の末ぞ久しき　（小塩山、拾遺愚草・中・一八四五）

次いで、「小塩山」の詠について考えたい。既に指摘がある如く、この歌枕の選定に際して最初に意識されたのは、やはり「大原や小塩の山も今日こそは神代のことも思ひ出づらめ」の歌が出る『伊勢物語』七十六段であったろうが、定家詠に顕著に見られる祝言性を考慮するならば、『源氏物語』行幸巻に描き出される冷泉帝の大原野行幸との関わりを視野に入れてもよいのではなかろうか。「その十二月に、大原野の行幸とて、世に残る人なく見騒ぐを」と語り起される如く、この大原野行幸は冷泉治世下の一大盛儀であった。帝は実父光源氏の随行を望んだが、源氏は参加することなく、その不参への不満を帝は「雪深き小塩の山に立つ雉の古き跡をも今日はたづねよ」という和歌に託す。それに答えて源氏が返したのが、「小塩山みゆき積もれる松原に今日ばかりなる跡やなからむ」の一首である。行幸巻が冬十二月の場面設定であるのに対して、『最勝四天王院障子和歌』では季節を春に定めているという違いはあるものの、ともに小塩山に松を配し、治世への祝意を籠めるという作意において、行幸巻の光源氏歌と定家詠との間には通い合うところが認められるのであって、冷泉帝の大原野行幸の物語を意識しながらの名所の選定と作歌ではなかったかと推察されるのである。

秋は来て露はまがふと鈴鹿山ふるもみぢ葉に袖ぞうつろふ　（鈴鹿山、拾遺愚草・中・一八四八）

「小塩山」に続く「逢坂関」「志賀浦」「鈴鹿山」「二見浦」「大淀浦」の名所の並びについては、「二見浦」と「大淀浦」の順番が逆転しているものの、これが京から伊勢に下る道筋をほぼ辿っていることが注意される。この鈴鹿山越えのルートは、伊勢斎宮群行の路程であった。そこで想起されるのが、賢木巻冒頭で語られる六条御息所母娘の伊勢下向の物語である。源氏との関係を断念した御息所は、斎宮に卜定された一人娘（後の秋好中宮）とともに伊勢を目指すのであるが、九月半ばの出立に際して京の光源氏との間に次のような歌の贈答を交す。

暗う出でたまひて、二条より洞院の大路を折れたまふほど、二条院の前なれば、大将の君いとあはれに思されて、榊にさして、

ふりすてて今日は行くとも鈴鹿川八十瀬の波に袖は濡れじや

と聞こえたまへれど、いと暗うもの騒がしきほどなれば、またの日、関のあなたよりぞ御返りある。

鈴鹿川八十瀬の浪に濡れ濡れず伊勢まで誰か思ひおこせむ

贈歌・答歌ともに鈴鹿山ならぬ鈴鹿川を詠ずるのであるが、六条御息所母娘の設定に深く関わる斎宮女御徽子女王の名歌「世に経ればまたも越えけり鈴鹿山昔の今になるにやあるらん」（斎宮女御集・二六二、拾遺集・雑上・四九五）と同様、「鈴」の縁語である「振る」を掛詞として利かせつつ、「秋」に「飽き」を言い掛け、結句で袖の紅涙を暗示して恋人の心変りを嘆ずるが如き定家詠の修辞の背景には、御息所の苦悩と悲哀の物語への連想が潜められているように思われる。しかも御息所の返歌は逢坂関を越えて近江に入った、つまり志賀浦に近い地点で詠み出されていると考えられるが、その返歌を受け取った源氏が独詠歌を口ずさむ場面で、六条御息所を巡る物語は一旦の終息を迎えることになる。その独詠歌の場面は次のように語られる。

霧いたう降りて、ただならぬ朝ぼらけに、うちながめて独りごちおはす。

行く方をながめもやらむこの秋は逢坂山を霧なへだてそ

西の対にも渡りたまはで、人やりならずものさびしげにながめ暮らしたまふ。まして旅の空は、いかに御心づくしなること多かりけん。

和歌・地の文ともに人間の憂愁の象徴である「霧」を配して、遠地へ赴く御息所を思い遣る源氏の姿を描き出すが、その御息所の内心の悲哀を偲ばせるが如く恋歌的な修辞・発想で仕立てられたのが定家の鈴鹿山詠であると考えられてよい。

大淀の浦に刈り干すみるめだに霞にたえて帰る雁がね
（大淀浦、拾遺愚草・中・一八五〇、新古今集・雑下・一七二五）

伊勢神宮の神域を象徴する「二見浦」を挟んで続く「大淀浦」については、これも先学が指摘される如く『伊勢物語』七十・七十二・七十五段の各段に出て来ることに拠った選択であると考えられる。[注21]定家詠の上句の詞続きは、直接的には『伊勢物語』七十五段の「大淀の浜に生ふてふみるからに心はなぎぬ語らはねども」「袖濡れて海人の刈り干すわたつうみのみるをあふにてやまむとやする」の両歌に依拠するが、大淀浦は斎宮の禊所であり、斎宮寮にもほど近い。『源氏物語』の本文中には明記されないものの、伊勢に下った御息所母娘はこの地に滞在したはずである。そもそも前出の『伊勢物語』諸段自体が、六十九段の狩の使の段から続く伊勢斎宮関連章段として位置付けられるのであって、既に六条御息所の准処たる徽子女王が、これらの中でもとくによく知られた七十二段中の和歌「大淀の松はつらくもあらなくにうらみてのみも返る波かな」（新古今集・恋五・一四三三・詠人不知）を踏まえて「大淀の浦に立つ波かへらずは松の変らぬ色を見ましや」（斎宮女御集・二六四、新古今集・雑中・一六〇六）という歌を詠んでもいるのである。加えて、この名所の景物として帰雁が選択されている背景には、『伊勢物語』の「うらみてのみも返る波かな」への呼応と同時に、以下のような『源氏物語』世界からの連想が作用しているのではないかと考えられる。

周知のように、雁は蘇武の雁信の故事によって、文や手紙への連想を誘う景物である。雁信の故事そのままに、空を渡り行く雁の姿に遠地にいる人への想いを託すというのは、帰雁詠の発想の定番であって、『古今集』の「春来れば雁帰るなり白雲の道行きぶりに言やつてまし」（春上・三〇・凡河内躬恒）を筆頭として、数多の作例を見出すことができる。『源氏物語』須磨巻でも、謫所を訪れた宰相中将との対座の場において「朝ぼらけの空に雁連れて渡る」情景を見た光源氏が「ふる里をいづれの春か行きて見んうらやましきは帰る雁がね」の歌を詠じて、遙かに隔てられた都を憧憬し、帰京への想いを吐露する場面がある。他方、同じ須磨巻において、源氏は自らと関わりのある女性たちと様々に文を遣り取りしているが、遠く伊勢にいる六条御息所とも左のような歌の贈答を交している。

うきめ刈る伊勢をの海人を思ひやれ藻塩垂るてふ須磨の浦にて（六条御息所）
伊勢島や潮干の潟にあさりても言ふかひなきは我が身なりけり（六条御息所）
伊勢人の浪の上漕ぐ小舟にもうきめは刈らで乗らましものを（光源氏）
海人がつむ嘆きの中に潮垂れていつまで須磨の浦にながめむ（光源氏）

定家の大淀浦詠の場面設定には、この御息所と源氏との間の文の往来が幽かに響いているとは考えられないであろうか。伊勢にいる御息所と須磨で流寓の身を託つ光源氏。ともに遠く離れた花の都への思いを募らせているが、図らずもその境遇の類似が、決別したはずの二人の心を再び通い合せることになる。定家詠の第三句以下は、霞の中に紛れて姿が絶えてしまう雁の姿を描くと同時に、逢い見る機会を絶たれた遠所の人の面影の意が重ね合されていると考える。寄せては返る波に愛しい人への想いを託す『伊勢物語』の「うらみてのみも返る波かな」と同質の感情を帰雁の姿に投影しつつ、雁から連想される遠所との文の交換の場面を須磨巻に見出したところに、定家の大淀浦詠の発想は生起したのではないかと想像されるのである。他の出詠者の多くが雁を取り合せていることからすると、障子の絵柄に雁の姿があったことは確実であるが、恐らくは定家が主導したと思われる景の設定の背後にも、須磨巻の物語への連想が作用したのではあるまいか。「大淀」「大淀浦」の作例自体が新古今時代以前に比較的少ないことを考え合せるならば、『最勝四天王院障子和歌』の名所選択は、『伊勢物語』と『源氏物語』の双方を意識してのものであると推量されるのである。

このように考えて来ると、「松浦山」「因幡山」の連続配置や、巻頭に「春日野」を配し最末尾に「塩竈浦」を置くという障子和歌全体の首尾の構造についても、『源氏物語』の世界との関わりが考えられてよさそうである。まず、巻頭の「春日野」であるが、その地を舞台とする『伊勢物語』冒頭の初冠の段が『源氏物語』若紫巻の物語の源泉となっていることは、周知の事実である。本障子和歌後半の東国の名所の中に「武蔵野」が置かれていることについても、『伊勢物語』東国関連章段との繋がりのみならず、「紫草の一本ゆえに武蔵野の草はみながらあはれとぞ見る」（古今集・雑上・八六七・詠人不知）の引歌を核とする若紫巻の物語との関連が考えられて然るべきであろう。他方、障子和歌最末尾の「塩竈浦」もまた『伊勢物語』八十一段に登場するが、それとともに「見し人の煙となりし夕べより名ぞむつましき塩竈の浦」（紫式部集・四八、新古今集・哀傷・八二〇）という紫式部の歌でも知られた地であり、ほぼ同趣向の夕顔哀傷歌「見し人の煙を雲とながむれば夕べの空もむつましきかな」はその自作を焼き直す形で構想されたかと考えられている。謎めいた女性との儚い恋と死別を語る夕顔巻の物語と、生涯の伴侶となるべき少女を見出す若紫巻の物語は、光源氏の人生を各々に決定付ける重要な出来事として或る意味対偶関係にあるのであり、[注22]その両巻の物語に深い繋がりを有する名所「春日野」と「塩竈浦」についてもまた、首尾呼応しての配置であると理解されてよいであろう。本障子和歌の筆頭の名所「春日野」が『伊勢物語』初段とそれを下敷きにした『源氏物語』若紫巻の世界を踏まえて選択されたのと同じく、最末尾の名所「塩竈浦」もまた『伊勢』『源氏』双方の世界を喚起する地名として、陸奥路の最奥に配されることになったのではないかと推測されるのである。[注23]

また、「松浦山」「因幡山」の連続配置についても、『源氏物語』との関わりが考えられてよいのではなかろうか。

たらちめやまだもろこしに松浦舟今年も暮れぬ心づくしに　（松浦山、拾遺愚草・中・一八三五）

これもまた忘れじものを立ち返り因幡の山の秋の夕暮　（因幡山、拾遺愚草・中・一八三六）

「松浦山」の歌は難解歌であって、諸注も様々な解釈を施しているが、建久年間頃に定家が執筆したとされる『松浦宮物語』の世界を踏まえて、「唐土に渡ったが帰れずにいて、筑紫の松浦の地で自分をずっと待ち続ける母を思い、望郷の念にかられて「母よ」と呼び掛けているという解釈が成り立つ」とする渡邉裕美子氏の理解が妥当と考える。[注24]また、「松浦山」が本障子和歌の名所として選ばれた背景についても渡邉氏の論があるが、様々な古代伝説の舞台である「松浦」の地に対する歌人たちの関心がにわかに高まるのは院政後期から新古今時代にかけてのことであって、久保田淳氏が説かれる如く、「万葉研究に端的に見られる復古精神と、平氏による対宋私貿易の振興」がその因を為したと考えられる。[注25]『松浦宮物語』を執筆した定家がそのような時代の風潮の核心に在って、名所としての「松浦」の宣揚に大きく貢献したことも確実であろう。それに加えて、「松浦」の地名が『源氏物語』玉鬘巻に現れることも、「松浦山」の名所選定の一因として考慮されるべきではなかろうか。

乳母に伴われて筑紫に下り、その地で成人した玉鬘は、肥後の土豪大夫監に求婚されたのを機に、都に逃げ帰ることになる。その大夫監の求婚歌「君にもし心たがはば松浦なる鏡の神をかけて誓はむ」の中に「松浦」の地名が出て来るのであるが、ほぼ同じ趣向の歌が『紫式部集』に収められていることはよく知られている。

筑紫に肥前といふ所より文おこせたるを、いと遙かなる所にて見けり、その返事に

あひ見むと思ふ心は松浦なる鏡の神や空に見るらむ　（紫式部集・一八）

返し、またの年持て来たり

行きめぐり逢ふを松浦の鏡には誰をかけつつ祈るとか知る　（紫式部集・一九）

なお、『万物部類倭歌抄（五代簡要）』付載の「源氏名所」は、『源氏物語』に所縁ある地名計八十箇所を抜き出して羅列するものであるが、その中に「まつらの宮」と「かゞみの神」が並んで見えており、名所「松浦」に対する定家の関心の高さを窺わせる。定家は大夫監の歌はもとより、『紫式部集』の贈答歌についても熟知していたと考えられるが、唐土と日本に生き別れになった親子の物語を『松浦宮物語』に続いて本障子歌の中でも再度描き出す背後には、『万葉集』や後代の歌学書類に見える松浦佐用姫の古伝説と併せ

て、玉鬘巻前半の物語の展開が意識されているのではあるまいか。玉鬘は母夕顔が突然姿を晦ましたことによって乳母に養われる身となり、筑紫に下ることになるのであるが、夕顔の生死については全く情報を得る機会がなく、筑紫行きの舟の中で幼い玉鬘が「母の御もとへ行くか」と尋ねる場面が差し挟まれている。また、大夫監の求婚を逃れて上京する件りでは、乳母の娘である姉妹同士が別れを惜しむ光景や、都に近づいた時点で乳母の子の豊後介や兵部の君が筑紫に残して来た妻子や夫のことを思い遣る場面が展開する。玉鬘の流離の物語は親子・姉妹・夫婦の様々な別れによって彩られているのであって、大夫監の求婚歌の中に動詞「待つ」への言い掛けが可能で松浦佐用姫の古伝説を想起させる「松浦」の地名が出現する背景には、様々な別れの物語を含み持つ玉鬘流離譚の基本構造が潜んでいると考えられるのである。そして、そのような玉鬘巻の物語展開に対する定家の理解が、本障子和歌唯一の鎮西の名所として孤立的に見える「松浦山」の選定と「たらちめや」の詠歌を促したのではないかと想像されるのである。

そのことを別の角度から裏付けているように思われるのが、この「松浦山」が「因幡山」と並んで配置されている事実である。両所はともに西国の名所であるが、片や肥前国、片や因幡国と、相当に隔たった場所に位置する。この前後の名所の並びは「須磨浦」「明石浦」「飾磨市」「松浦山」「因幡山」「高砂」「野中清水」「天橋立」「宇治河」となっているが、「明石浦」「飾磨市」「高砂」「野中清水」という播磨国の名所の中に遠隔地の「松浦山」と北方の「因幡山」が割り込む形となっている。名所としての「因幡山」の選定は、『古今集』離別部の巻頭を飾る在原行平の名歌「立ち別れいなばの山の峰に生ふるまつとし聞かば今帰り来む」（古今集・離別・三六五）の存在に大きく縋っていると言わざるを得ないであろう。この行平歌は国司として任地に赴く際の詠歌であるかと思われるが、早期の帰還と再会を待ち望むふるさと人の姿を思い描く。一方、定家の松浦山詠は、既に大陸に渡った子どもの立場から、自らの帰国を待ち望む母親の姿を思い浮かべるというものであって、相似した心情と内容を詠いながら、内地と外地、赴任前と赴任後という対照的な要素を見出すことができる。しかも、定家自身は詞続きの表に顕していないものの、行平詠以来「因幡山」の名物は「松」であり、その「松」には「待つ」、「因幡」には「往なば」を言い掛けるのが定石である。このように、名所とその景物が喚起する状況や心情の上でも、修辞的な響き合いから言っても、「松浦山」と「因幡山」の連続配置は極めて効果的なのであるが、その名所「因幡山」のイメージの根幹を形造る古歌の詠み手が『源氏物語』の主人公の有力な准処であるという点は見過ごしてはならないであろう。『最勝四天王院障子和歌』の名所の並びには、各名所の地理的な位置関係や季節の巡りについての細密な配慮が認められると同時に、各々の土地に纏わる文学的な伝統や典拠を視野に入れての操作が施されているのであって、「因幡山」の撰入自体は後鳥羽院の指示を承けてのものであるが、『源氏』の物語世界に対する定家の行き届いた理解が「松浦山」と「因幡山」の連続配置を促す隠れた要因になっていると思量されるのである。

三

このように『最勝四天王院障子和歌』の名所の選定と配列には、『伊勢物語』ほどに強く露わな形ではないものの、『源氏物語』の物語世界とも密かに呼応する構造を看て取ることが可能である。同様の仕掛は、「寄名所」の恋歌二十五首を含み持つ建保三年（一二一五）九月十三日『内大臣家百首』や、同年九月から十月にかけて成立した『内裏名所百首』にも通底して存在するように思われるが、ここでの詳述は控えたい。本稿で併せて取り上げたいのは、『定家卿百番自歌合』における歌の選抜と配列である。[注26] 本自歌合の成立の経緯については既に先学の考察があるが、その端作に記す如く、建保四年（一二一六）二月に最初の撰歌・結番が為され、翌五年六月に改訂。建保七年には順徳院の天覧を経て、勅判を申し請けている。その後、貞永元年（一二三二）頃に、部分的な歌の差し替えを行なっている。現存諸本は、建保五年時点の改訂本と目される「前稿本」と、貞永元年頃の差し替えを経た「後稿本」とに大別される。[注27] 全体は春十四番・夏七番・秋十九番・冬十番・恋三十番・雑二十番の計百番二百首から成り、四季部については概ね季節の進行に従う形で歌が配されている。その春部巻頭一番は、左のような組合せである。

一番　春

左　持　　　　最勝四天王院障子

春日野に咲くや梅が枝雪間より今は春べと若菜摘みつつ

右　　　　千五百番歌合

消えなくに又や深山を埋むらん若菜摘む野も淡雪ぞ降る

左右ともに若菜を主題とする歌である。左歌は既に取り上げた『最勝四天王院障子和歌』春日野詠であるが、後鳥羽院の撰に漏れ、障子に書かれることのなかった言わば撰外歌である。歌合・撰歌合等における負歌や撰外歌が勅撰集・私撰集・秀歌撰に採られるということは決して珍しい事態であるとは言えず、[注28] 本自歌合においても他の事例を見出すことができるのであるが、[注29]巻頭一番左という位置に配するのは、やはり格別であると言ってよいであろう。しかも、若菜という早春を代表する景物の詠であって季節の進行が損なわれているわけではないものの、通常であれば春部の巻頭に置くべき立春詠を選択していない事実も目を惹く。それだけ「春日野に咲くや梅が枝」の歌に定家が拘りを有していたということなのかもしれないが、他に考えるべき背景といったものは存在しないのであろうか。

ここで思い合されるのが、その若菜詠が詠み出された『最勝四天王院障子和歌』自体の構造である。既に縷々述べてきた如く、本障子和歌の名所の選定と配列には緻密な配慮と計算が窺い見られるのであるが、その筆頭に置かれたのがやはり春日野であった。と言うよりもむしろ、その春日野題で詠んだ歌が選ばれて自歌合の巻頭に置かれているのである。『最勝四天王院障子和歌』の巻頭名所に春日野が選ばれた背景には、前述の如く、『伊勢物語』初段とそれを踏まえた『源氏物語』若紫巻の世界が強く意識されていると推察されるのであるが、撰外歌であるにも関わらず同じ歌を一番左に置く自歌合についても、歌の選抜と結番・配列に際して王朝物語世界との関わりが何ほどか考慮されているのではないかと想像されるのである。

このような問題意識に即して『定家卿百番自歌合』の構成を俯瞰してみると、やはり随所に『伊勢』『源氏』の物語世界との関わりを有する歌が配されていることに気付く。まず目に付くのは、『伊勢物語』中の或る章段や『源氏物語』の特定の場面を踏まえた本説取の歌が少なからず取られている事実である。ここでは源氏取の歌についてのみ触れるが、既に言及した「春の夜の夢の浮橋」の御室五十首詠が春部五番右に、『最勝四天王院障子和歌』須磨浦詠が秋部二十二番右に収められる以外にも、『源氏物語』の世界を踏まえた次のような歌々を見出すことができる。

山がつの朝けの小屋に焚く柴のしばしと見れば暮るる空かな

（自歌合四十四番右、正治二年後鳥羽院初度百首・冬、拾遺愚草・上・九六二、玉葉集・冬・九〇八）

旅寝する夢路は絶えぬ須磨の関通ふ千鳥の暁の声

（自歌合四十五番左、文治三年殷富門院大輔百首・冬、拾遺愚草・上・二四三、続後拾遺集・羇旅・五九〇）

尋ね見るつらき心の奥の海よ潮干のかたの言ふかひもなし

（自歌合七十八番左、建仁三年頃千五百番歌合・恋二・千二百十九番右、拾遺愚草・上・一〇八二、新古今集・恋四・一三三二）

出でて来し道の笹原繁りあひて誰ながむらんふる里の月

（自歌合八十三番左、建久二年十題百首・居処、拾遺愚草・上・七三〇）

さむしろや待つ夜の秋の風ふけて月をかたしく宇治の橋姫

（自歌合前稿本二十九番右、建久元年花月百首、拾遺愚草・上・六六〇、新古今集・秋上・四二〇）

一首目の正治初度百首詠は、『源氏物語』須磨巻の光源氏詠「山がつの庵に焚けるしばしばも言問ひ来なん恋ふる里人」の詞続きを取り込んで、冬の山里の暮れやすい一日を描く。二首目の「旅寝する夢路は絶えぬ」の歌は、同じ須磨巻で明け方に千鳥の鳴き声を聞いた源氏が「友千鳥もろ声に鳴く暁はひとり寝覚めの床もたのもし」と独りごつ場面を本説に取るとともに、当該場面に依拠した先行作「淡路島通ふ千鳥の鳴く声に幾夜寝覚めぬ須磨の関守」（金葉集二度本・冬・二七〇・源兼昌）をも踏まえる。三首目の千五百番歌合詠は

『新古今集』にも撰び入れられた著名歌であるが、これまた既に掲げた須磨巻の六条御息所歌「伊勢島や潮干の潟にあさりても言ふかひなきは我が身なりけり」を本歌に取る。四首目の十題百首詠は、総角巻で中君と初めて契りを交した匂宮が後朝に詠み贈った「世の常に思ひやすらん露深き道の笹原分けて来つるも」の歌の詞続きに拠りつつ、故郷を離れた旅人の境涯を詠ずるが、後朝歌を踏まえるだけに「ふる里」に残した恋人を思い遣るような恋歌的なニュアンスを湛える。

五首目の花月百首詠は前稿本のみにあって後稿本では他の歌に差し替えられているが、著名な古今集歌「さむしろに衣片敷き今宵もや我を待つらむ宇治の橋姫」（古今集・恋四・六八九・詠人不知）を本歌に取るとともに、『源氏物語』宇治十帖の世界を重ね合せる形で構想されていると考えられる。事例の掲出はさし控えるが、大君・中君・浮舟は、宇治十帖の本文中で折々橋姫に擬えられている。また、橋姫巻で薫が姫君たちを初めて垣間見する著名な場面では、「月をかしきほどに霧りわたれるをながめて」「雲隠れたりつる月のにはかにいと明くさし出でたれば」と晩秋の月の光が効果的に用いられているのに加えて、大君中君姉妹の会話の中にも「月」が印象的に登場するのであって、定家歌が構える情景とよく符合する。

『源氏物語』の世界を踏まえて詠み出された作が左右に組み合された番も存在する。

四十一番　冬

左　持　　初学百首

冬来ては一夜二夜を玉笹の葉分の霜のところせきまで

右　　二見

晴れ曇る同じながめの頼みだに時雨にたゆるをちの里人

左右ともに定家二十代での若書きの作である。左の養和元年「初学百首」冬歌（拾遺愚草・上・五二、千載集・冬・四〇〇）は、『源氏物語』藤袴巻に見える蛍兵部卿の恋歌「朝日さす光を見ても玉笹の葉分の霜を消たずもあらなむ」の詞続きを取り込み、「一夜二夜」の「夜」に笹の縁語である「節《よ》」を響かせるなど、修辞に工夫を凝らした作である。恋歌を本歌に取ることで一首は艶な趣も湛えており、それらの点が評価されて『千載集』に撰入されたものと思われる。右は文治二年「二見浦百首」の冬歌（拾遺愚草・上・一五五）であるが、『源氏物語』浮舟巻の薫の詠歌「水まさるをちの里人いかならむ晴れぬながめにかきくらすころ」を踏まえて構想されている。薫の歌は、春の長雨の降り続く中、宇治にいる浮舟の身を思い遣っての恋歌であるが、定家の歌では季節を初冬に転じ、時雨に降り籠められつつ、遠地にいる「をちの里人」に思いを馳せるという趣意になっている。『源氏物語』中の和歌の詞続きや情景設定に即しながら、時雨の特性である晴れ曇りの定めなさに焦点を当て、やはり恋歌的な雰囲気を醸し出している。これらの事例は、定家が生涯に亘って物語取の和歌を様々に試みたその積み重ねが、結果的に自身の歌人としての人生を総括する自歌合の撰歌にも反映しただけのことかもしれないが、この四十一番の組合せなどを見ると、詠作時期の近さにも配慮を及ぼしつつ、物語を踏まえた自作の扱いにかなり意を凝らしている様子が窺われるのである。

　併せて留意されるのが、本自歌合に収められた定家詠の多くが、『源氏物語』の引歌とされる古歌を踏まえて作られているという事実である。例えば、既に掲げた一番左の『最勝四天王院障子和歌』春日野詠については、「難波津に咲くやこの花冬ごもり今は春べと咲くやこの花」という「古今集仮名序」にも引かれる古歌を本歌に取る。この「咲くやこの花」の歌は幼子が最初に習う手習い歌とされるものであるが、『源氏物語』若紫巻において祖母の尼君が若紫の少女の幼さを申し述べる文面の中に、「まだ難波津をだにはかばかしう続けはべらざめれば」という形で明確に引用されている。紙幅の都合で極く限られた歌しか取り上げられないが、『訳注藤原定家全歌集』や新日本古典文学大系『中世和歌集 鎌倉篇』を参照しつつ、類似の事例の一部を示す。なお、定家詠の左に、当該歌が踏まえた古歌を掲げる。

大空は梅のにほひに霞みつつ曇りも果てぬ春の夜の月
（自歌合二番左、建久九年御室五十首・春、拾遺愚草・中・一六三二、新古今集・春上・四〇）

・照りもせず曇りも果てぬ春の夜の朧月夜にしくものぞなき
（大江千里集・七二、新古今集・春上・五五・大江千里、花宴巻の引歌、定家八代抄所収）

心あてに分くとも分かじ梅の花散りかふ里の春の淡雪
（自歌合二番右、建仁元年老若五十首歌合・春・十八番左、拾遺愚草・中・一六八二、続後撰集・春上・二六）

・心あてに折らばや折らむ初霜の置きまどはせる白菊の花
（古今集・秋下・二七七・凡河内躬恒、夕顔巻の引歌、万物部類倭歌抄・定家八代抄所収）

うちわたす遠方人は答へねど匂ひぞ名のる野辺の梅が枝
（自歌合三番左、正治二年後鳥羽院初度百首・春、拾遺愚草・上・九〇五、続古今集・春上・六三）

・うちわたす遠方人に物申す我そのそこに白く咲けるは何の花ぞも

・春されば野辺にまづ咲く見れど飽かぬ花まひなしにただ名のるべき花の名なれや

（古今集・雑体・旋頭歌・一〇〇七・一〇〇八・詠人不知、夕顔巻の引歌、両歌とも万物部類倭歌抄・定家八代抄所収）

花の香のかすめる月にあくがれて夢も定かに見えぬころかな

（自歌合四番左、正治二年後鳥羽院初度百首・春、拾遺愚草・上・九〇七、続後拾遺集・春下・一三〇）

・涙川枕流るる浮寝には夢も定かに見えずぞありける

（古今集・恋一・五二七・詠人不知、柏木巻の引歌、万物部類倭歌抄・定家八代抄所収）

里の海人の塩焼き衣たち別れなれしも知らぬ春の雁がね

（自歌合六番左、年次未詳或所歌合・題「海辺帰雁」、拾遺愚草・下・春・二〇五〇、続後拾遺集・春上・五六）

・須磨のあまの塩焼き衣なれゆけばうとくのみこそなりまさりけれ

（出典未詳、源氏釈・奥入・紫明抄・河海抄等、朝顔巻の引歌）

・なれ行くは浮世なればや須磨の海人の塩焼き衣間遠なるらむ

（斎宮女御集・一二、新古今集・恋三・一二一〇、朝顔巻の引歌）

花の色をそれかとぞ思ふ少女子が袖振る山の春の曙

（自歌合八番左、正治二年後鳥羽院初度百首・春、拾遺愚草・上・九一五、新続古今集・春上・一一五）

・少女子が袖振る山の瑞垣の久しき世より思ひそめてき

（万葉集・巻四・五〇一・柿本人麻呂、拾遺集・雑恋・一二一〇、賢木巻・少女巻の引歌、万物部類倭歌抄・定家八代抄所収）

桜花うつりにけりなとばかりを嘆きもあへず積もる春かな

（自歌合十番右、建久九年御室五十首・春、拾遺愚草・中・一六三七）

桜色の袖もひとへにかはるまでうつりにけりな過ぐる月日は

・花の色はうつりにけりないたづらに我が身世にふるながめせし間に

（自歌合十五番左、建仁元年老若五十首歌合・夏・五十三番左、拾遺愚草・中・一六八九、続後拾遺集・夏・一五五）

（古今集・春下・一一三・小野小町、若菜下巻の引歌、万物部類倭歌抄・定家八代抄所収）

片糸をよるよる峰にともす火にあはずは鹿の身をもかへじを

（自歌合十九番左、正治二年後鳥羽院初度百首・夏、拾遺愚草・上・九三二、続古今集・夏・二五四）

・片糸をこなたかなたに縒り掛けてあはずは何を玉の緒にせむ

（古今集・恋一・四八三・詠人不知、横笛巻・総角巻の引歌、万物部類倭歌抄・定家八代抄所収）

久方の中なる河の鵜飼舟いかに契りて闇を待つらん

（自歌合十九番右、建仁三年頃千五百番歌合・夏三・四百六十番右、拾遺愚草・上・一〇三一、新古今集・夏・二五四）

・久方の中に生ひたる里なれば光をのみぞ頼むべらなる

（古今集・雑下・九六八・伊勢、松風巻の引歌、万物部類倭歌抄所収）

独り寝る山鳥の尾のしだり尾に霜置きまよふ床の月影

（自歌合三十番左、建仁三年頃千五百番歌合・秋四・七百五十五番右、拾遺愚草・上・一〇五一、新古今集・秋下・四八七）

・あしひきの山鳥の尾のしだり尾のながながし夜を独りかも寝む

（万葉集・巻十一・二八〇二・或本歌云作者未詳、拾遺集・恋三・七七八・柿本人麻呂、夕霧巻・総角巻の引歌、定

家八代抄所収）

花薄草の袂も朽ち果てぬ馴れて別れし秋を恋ふとて

（自歌合四十二番右、建仁三年頃千五百番歌合・冬二・九百十番右、拾遺愚草・上・一〇六一、新続古今集・冬・六四八）

・秋の野の草の袂か花薄穂に出でて招く袖と見ゆらむ

（古今集・秋上・二四三・在原棟梁、宿木巻の引歌、万物部類倭歌抄・定家八代抄所収）

今の間の我が身に限る鳥の音を誰憂きものと帰りそめけん

（自歌合六十一番左、貞永元年関白左大臣家百首・後朝恋、拾遺愚草・上・一四六一）

・うたかたも思へば悲し世の中を誰憂きものと知らせそめけむ

（古今六帖・第三・うたかた・一七二六、薄雲巻の引歌）

誰もこのあはれ短き玉の緒に乱れてものを思はずもがな

（自歌合六十三番左、拾遺愚草・下・恋・二五一四、新勅撰集・恋五・一〇〇九）

・あり果てぬ命待つ間のほどばかり憂きことしげく思はずもがな

（古今集・雑下・平貞文・九六五、松風巻・鈴虫巻・宿木巻の引歌、万物部類倭歌抄・定家八代抄所収）

頼め置きし後瀬の山の一言や恋を祈りの命なりける

（自歌合七十五番左、建保三年内大臣家百首・恋、拾遺愚草・上・一一六五）

・若狭なる後瀬の山の後も逢はむ我が思ふ人に今日ならずとも

（古今六帖・第二・国・一二七二、帚木巻・総角巻の引歌、定家小本所収）

（　）内に示した如く、定家詠の本歌・参考歌としてここに挙げた古歌の多くが『万物部類倭歌抄（五代簡要）』や『定家八代抄』にも採られている。これらの書物が単に定家の古歌への好尚を示すばかりでなく、とくに『万物部類倭歌抄』において顕著なのであるが、自身の作歌の参考とすべき先行歌の手控えという性格を持っていることは見逃せない。[注30]定家は『源氏物語』の引歌を、多様な表現を営み出すための発想・修辞がストックされた文学的源泉として把握していたふしがあり、本歌取の技法を確立する上でも引歌表現の機制に学ぶところが大きかったのではないかと推論しているが、[注31]それを殊更に意識して選抜したのではないにせよ、『源氏物語』の引歌として活用されている古歌を踏まえた歌々が自歌合に多数採られているという事実は、定家の和歌表現の基盤としての『源氏物語』の存在の大きさをあらためて証し立てているように思われるのである。

本稿の後半では、主として『最勝四天王院障子和歌』における名所の選定と配列及び『定家卿百番自歌合』の撰歌という限られた話題に即して、『新古今集』の竟宴以降、承元・建暦・建保期の藤原定家の『源氏物語』受容の在り方の一端を垣間見た。『源氏物語』が後世の和歌文学に及ぼした甚大な影響力、規制力の発現の様相を見極めるに際しては、新古今時代の数多くの歌人の中から藤原定家ひとりに絞っても検討されねばならぬ課題が山積しているが、与えられた論題についてのひとまずの報告としたい。

注

1 寺本直彦『源氏物語受容史論考 正編』（風間書房、一九七〇年五月）、同『源氏物語受容史論考 続編』（風間書房、一九八四年一月）、拙著『中世前期の歌書と歌人』（和泉書院、二〇〇八年十二月）第一部第三章「藤原道経の和歌――附 院政前期の和歌と物語――」参照。

2 久保田淳『新古今歌人の研究』（東京大学出版会、一九七三年三月）第二篇第二章第二節。家永香織『転換期の和歌表現 院政期和歌文学の研究』（青簡舎、二〇一二年十月）第一篇第五章。

3 家永香織『為忠家後度百首全釈』（風間書房、二〇一一年十月）当該歌補説。

4 松村雄二「源氏物語歌と源氏取り――俊成「源氏見ざる歌よみは遺恨の事」前後――」（源氏物語研究集成 第十四巻『源氏物語享受史』〈風間書房、二〇〇〇年六月〉）、同「『源氏物語』と中世和歌」（講座源氏物語研究 第四巻『鎌倉・室町時代の源氏物語』〈おうふう、二〇〇七年六月〉）、渡部泰明「源氏物語と中世和歌」（鈴木日出男編『文学史上の『源氏物語』』至文堂 一九九八年六月）、同「源氏物語と新古今和歌」（古代文学論叢 第十六輯『源氏物語とその享受 研究と資料』〈武蔵野書院、二〇〇五年十月〉）、寺島恒世『後鳥羽院和歌論』（笠間書院、二〇一五年二月）終章第二節「新古今時代の源氏物語受容」等の諸論を参照。

5 俊成自讃歌を巡る論も多数あるが、比較的近年の論としては、五月女肇志『藤原定家論』（笠間書院、二〇一一年二月）第二編第一章「藤原俊成自讃歌考」が、一首の表現の組立とその和歌史的意義について丁寧に分析する。

6 久保田淳『新古今歌人の研究』、寺本直彦『源氏物語受容史論考 正編』、同『源氏物語受容史論考 続編』、半田公平『寂蓮の研究』（勉誠社、一九九六年三月）、樋口芳麻呂「藤原隆信の恋」（『国語と国文学』第五十二巻第二号、一九七五年二月）、同『隆信集全釈』（風間書房、二〇〇一年十二月）等の論著を参照。但し、『伊勢物語』については、後代の勅撰集が作中和歌を「在原業平朝臣」「詠人不知」等の作者名を付して撰び入れる等、『源氏』『狭衣』等の物語と扱いが異なっている点には注意が必要である。

7 久保田淳『新古今歌人の研究』第三篇第二章第一節、同『訳注藤原定家全歌集』上下（河出書房新社、一九八五年三月、八六年六月）、近藤潤一他『藤原定家 拾遺愚草注釈 初学百首』（桜楓社、一九七八年六月）参照。

8 拙著『中世前期の歌書と歌人』第三部第三章「藤原定家の恋と王朝物語」参照。

9 『六百番歌合』の年中行事題とその詠歌については、谷知子氏に『中世和歌とその時代』（笠間書院、二〇〇四年十月）第三章第二節「「諸人」の景――『六百番歌合』「元日宴」を起点として――」（初出は二〇〇二年）以降の一連の研究があり、教えられるところが多かった。

10 『六百番歌合』夏下・十八番右・藤原隆信の夕顔題詠「たそかれにまがひて咲ける花の名を遠方人や問はば答へむ」に対して、俊成判詞は「今の歌は偏に源氏を思ひて詠める、しかるべからず。源氏のためも悪しくなりぬべし」と批判する。

11 寺本直彦『源氏物語受容史論考 正編』、同『源氏物語受容史論考 続編』、久保田淳『藤原定家とその時代』（岩波書店、一九九四年一月）参照。

12 拙稿「『物語二百番歌合』小考」（『岡山大学文学部紀要』第五十二号、二〇〇九年十二月）。

13 「此歌先年、依後京極殿仰、給宣陽門院御本物語、所撰進也、私草被借失了、仍更求書写本、令書留之」（穂久邇文庫蔵藤原定家自筆本『物語二百番歌合』下帖奥書）。

14 『明月記』元久二年十二月七日条、同十二月十二日条。

15 藤平泉「新古今時代の哀傷歌（1）――後鳥羽院尾張哀傷歌群を中心に――」（『神女大国文』第二号、一九九一年三月）参照。

16 拙著『中世前期の歌書と歌人』第三部第四章「『御室五十首』夢の浮橋詠をめぐって」。

17 寺島恒世「新古今時代の源氏物語受容」参照。

18 和歌文学研究の側の近年の代表的な業績としては、久保田淳『藤原定家』（王朝の歌人9、集英社、一九八四年十月、後に『久保田淳著作選集』第二巻〈岩波書店二〇〇四年五月〉所収）、寺島恒世『後鳥羽院和歌論』第一編第四章「最勝四天王院障子和歌」、渡邉裕美子『最勝四天王院障子和歌全釈』（風間書房、二〇〇七年十月）、同『新古今時代の表現方法』（笠間書院、二〇一〇年十月）第四章「『最勝四天王院障子和歌』考」、吉野朋美『後鳥羽院とその時代』（笠間書院、二〇一五年十二月）第一篇第二章第三節「後鳥羽院御所の空間的特質（二）――最勝四天王院をめぐって――」、小山順子「『最勝四天王院障子和歌』の歌枕表現――「名所の景気并に其の時節」をめぐって――」（『国語国文』第七十二巻第九号、二〇〇三年九月）、加藤睦「藤原定家「最勝四天王院障子和歌」覚書」（『立教大学日本文学』一〇八号、二〇一二年七月）等がある。

19 渡邉裕美子『新古今時代の表現方法』第四章第三節「『伊勢物語』関連名所歌」参照。渡邉氏は、当該名所における『伊勢物語』の本歌取・本説取の有無を視野に入れつつ、個々の名所と『伊勢物語』との関わりをきめ細かく分析されている。

20 朝なぎにならはぬ波に夢も見ず馴れなば如何に須磨の関守（須磨浦・慈円）、馴れぬとて袖にや遠きよるの波須磨の浦風秋ならでだに（須磨浦・俊成卿女）、秋の夜は重ねて袖も朽ちやする月をのみ見る須磨の浦人（須磨浦・源具親）、袖濡れて幾夜あかしの浦風に思ふ方より月も出づらん（明石浦・後鳥羽院）。

21 渡邉裕美子『新古今時代の表現方法』第四章第三節「『伊勢物語』関連名所歌」参照。

22 高田祐彦「光源氏の忍びの恋――『源氏物語』冒頭諸巻の仕組み」（『文学』隔月刊第七巻第五号二〇〇六年九月）参照。

23 渡邉裕美子氏は、「春日野」「塩竈浦」を含む幾つかの『伊勢物語』関連名所について、本障子和歌の中に『伊勢物語』の当該章段を本歌・本説取した作が見えず、定家自身もそのような詠み方を採用していないことを指摘された上で、その意味について考察されている。障子の絵柄の制約の問題もあるので一概には言えないものの、稿者としては既に縷々述べてきた如く、『伊勢物語』にせよ『源氏物語』にせよ、物語世界と障子和歌との関わりの度合については、「須磨浦」「明石浦」「宇津山」のように濃密なものから、「春日野」「塩竈浦」のように表向きはさほどでもないものまで段階的に設定されており、定家の和歌表現についても、障子和歌全体の構成を見通した上で個々の名所ごとにかなり意識的な選択と操作が施されていると考えている。

24 渡邉裕美子『最勝四天王院障子和歌全釈』当該歌補説。

25 久保田淳『新古今和歌集全注釈』第三巻（角川学芸出版、二〇一一年十二月）八八三番藤原隆信歌鑑賞。

26 『定家卿百番自歌合』の構成については、草野隆「『定家卿百番自歌合』の結番方法」（『上智大学国文学論集』第十六号、一九八三年一月）、同「『定家卿百番自歌合』雑部の構成をめぐって」（『上智大学国文学論集』第十七号、一九八四年一月）等の先行研究がある。

27 『定家卿百番自歌合』の成立の経緯と諸本については、樋口芳麻呂「定家卿百番自歌合成立孜」（『国語と国文学』第三十巻第六号、一九五三年六月）、同「建保五年本定家卿百番自歌合とその考察」（『国語国文学報』第四集、一九五五年三月）、部矢祥子「『定家卿百番自歌合』について」（『中世文芸論稿』第八号、一九八三年十一月）、草野隆「『定家卿百番自歌合』の成立と改稿――その一 成立――」（『上智大学国文学論集』第十八号、一九八五年一月）、細川知佐子「『定家卿百番自歌合』三次本への改訂――四季と恋――」（『詞林』第四十号、二〇〇六年十月）、同「『定家卿百番自歌合』三次本への改訂――雑部改訂から探る時期と意図――」（『詞林』第四十二号、二〇〇七年十月）等の論考がある。

28 参考、藤平春男「新古今集における歌合負歌の入集」（藤平春男著作集第二巻『新古今とその前後』〈笠間書院、一九九七年十月）所収、初出は一九五二年）。

29 本自歌合後稿本には『最勝四天王院障子和歌』で詠まれた歌が計十一首採られているが、そのうち九首までが障子に書かれなかった撰外歌である。また、『千五百番歌合』の詠が計二十二首撰入されているが、その中の七首が負歌（うち三首については定家の自判）である。

30 久保田淳「藤原定家における「物」と「事」――『万物部類倭歌抄』を中心として――」（久保田『中世和歌史の研究』明治書院、一九九三年六月）。

31 拙著『中世前期の歌書と歌人』第三部第二章「藤原定家の本歌取一面」。

〔付記〕

・藤原定家の和歌の本文・歌番号については久保田淳『訳注藤原定家全歌集』上下、定家詠以外の『最勝四天王院障子和歌』については渡邉裕美子『最勝四天王院障子和歌全釈』、『定家卿百番自歌合』については新日本古典文学大系『中世和歌集　鎌倉篇』（川平ひとし校注、底本は後稿本であるが前稿本所収の差替え歌を付載）、『六百番歌合』については新日本古典文学大系『六百番歌合』（久保田淳・山口明穂校注）に拠る。その他の勅撰集・私撰集・私家集・歌合等の本文の引用・歌番号については、とくに断らない限り『新編国歌大観』に拠る。但し、『万葉集』の歌番号は旧国歌大観番号を利用する。『伊勢物語』『源氏物語』の本文の引用は、新編日本古典文学全集本に拠る。なお、引用に際しては漢字・仮名の宛て方等、私意により適宜表記を改める場合がある。

・『万物部類倭歌抄』は『日本歌学大系』別巻三、『定家八代抄』は岩波文庫本、『定家小本』は古代文学論叢 第六輯『源氏物語とその影響 研究と資料』（武蔵野書院 一九七八年三月）に拠った。また、『後鳥羽院御口伝』の本文は『歌論歌学集成』第七巻に拠った。

田仲 洋己（たなか ひろき）　　岡山大学教授。専攻：中世和歌文学。『中世前期の歌書と歌人』（和泉書院、二〇〇八年）、「近江の君の周辺」（『放送大学研究年報』第七号、一九九〇年）、「藤原定家の「藤河百首」について」（『岡山大学文学部紀要』第五十八号、二〇一二年）、「『無名草子』の一面」（『国語と国文学』二〇一五年一月）。

評論としての『源氏物語』
――逸脱する語り――

田渕　句美子

一　『源氏物語』の中の評論とその始まり

平安期・鎌倉期において、作り物語がそもそも女子・女性に対する教育書・評論書としての性格をもっていることは、基本的な事実であり前提であると言えよう。『源氏物語』は、人の世の運命を語る壮大な物語であると同時に、広い意味で無限の教育的テキストである。『源氏物語』は、理想的な人物を主人公としながらも、人間のもつ負の側面をも注視し、人生や世界が悲しみや苦痛を伴うこと、人間が不可避な運命のもとにあることなどを、これ以前の作り物語とはまったく異なる次元において描き尽くしている。

拙稿[注1]において、中世の享受の面から、『無名草子』は宮廷女性への教養書・教育的テキストであり、作り物語を教育書として用いる際の手引き書でもあり、当時の女房たちの物語受容を端的にあらわす作品であることなどを論じた。

物語研究において、『源氏物語』が教育的テキストであることを具体的に論じている論は少なくないが、例をあげれば、上坂信男氏[注2]は、『源氏物語』の「教ふ」「教へ」の例を子細に検討し、その多くは処世の教えであり、源氏が作者の代弁者的役割を果たしている、と指摘した。また伊井春樹氏[注3]は、「螢」巻の物語論に関連させつつ、「女性にとって物語はもっとも身近な社会を知るテキスト」であったことを詳細に論じている。

『源氏物語』「胡蝶」巻で、玉鬘は、物語を読むことによって「やうやう人の有様、世の中のあるやうを見知り給へば…」とある。『河海抄』巻一・料簡には「凡此物語の中の人のふるまひを見るに、高きいやしきにしたがひ、男女につけても、人の心をさとらしめ、事の趣を教へずといふことなし。」とある。また例えば『狭衣物語』巻三で、洞院上が「上の御心、もとより人の有様など知りたまふこともなく…」と厳しく批判されているように、「人の有様」「人の心」等を知ることは、宮廷に生きる貴族女性に最も重要なことであった。それを具体的に語って見せるのが物語の役割である。それを語った『源氏物語』自身が、やがて中世・近世の女訓書に引用・援用されていくが、その中にもこうした表現がみられる。

『源氏物語』には、全編にわたって、王朝貴族の男女がもつべき行動規範や意識、美的価値観、人間観などが、物語の展開を通してあらゆる部分で直接間接に開陳されており、短く端的なものもあれば、長々と語られる評論的叙述もある。物語の中でも『源氏物語』は特に、評論としての性格を濃厚に有するのではないかと思われる。この点を考えるために、本稿で注目したいのは、各巻に散在している、主人公光源氏によって長々と説かれる講義的・評論的な語りである。特に、物語の流れからやや逸脱しながらも饒舌に長々と行われている語りの様相に注目したい。そしてあわせて、影響関係ということではないが、共通する意識と言辞をもつ教訓書・女訓書にも注意していきたいと思う。

若き日の源氏は、このような評論的語りは行っていない。「帚木」は巻そのものが女性論・妻論であるが、そこでは源氏は聞き役に徹しており、「帚木」の源氏の姿は、いわば序章的な役割を果たしているのではないか。雨夜の品定めが『源氏物語』の総序であるという事は古くから種々の説があり、鈴木一雄氏の論[注4]が総括しており、そこでは「雨夜の品定め」が『源氏物語』全体の精神的基底として流れ、全体を貫き、全編に響き合っていると述べられている。この雨夜の品定めは女性論のみであるが、そこで聞き役であった源氏は成長した後に、女性論のみならず、さまざまな評論を独演的に述べるようになっていく。

二　男子教育論

源氏がこのような評論的な語りをするようになるのは、権勢を誇る時代になってからであり、その最初は「少女」巻における、十二歳で元服した夕霧の今後の教育方針に関する論である。夕霧の祖母大宮に対して、源氏は夕霧の教育方針について長々と説明する。[注5]

御対面ありて、このこと聞こえ給ふに、「ただ今かうあながちにしも、まだきにおいつかすまじうはべれど、思ふやうはべりて、大学の道にしばし習はさむの本意はべるにより、今二三年をいたづらの年に思ひなして、おのづから朝廷《おほやけ》にもつかうまつりぬべきほどにならば、今人となりはべりなむ。（中略）はかなき親にかしこき子のまさる例は、いと難きことになむはべれば、まして次々伝はりつつ、隔たりゆかむほどの行く先、いとうしろめたなきによりなむ、思ひたまへおきてはべる。高き家の子として、官爵《つかさかうぶり》心にかなひ、世の中盛りにおごり馴らひぬれば、学問などに身を苦しめむことは、いと遠くなむおぼゆべかめる。戯れ遊びを好みて、心のままなる官爵に昇りぬれば、時に従ふ世人の、下には鼻まじろきをしつつ、追従し、気色取りつつ従ふ程は、おのづから人とおぼえて、やむごとなきやうなれど、時移り、さるべき人に立ちおくれて、世衰ふる末には、人に軽め侮らるるに、かかりどころなきことになむはべる。なほ才をもととしてこそ、大和魂の世に用ゐらるるかたも強うはべらめ。さし当たりては、心もとなきやうにはべれども、つひの世の重しとなるべき心掟てを習ひなば、侍らずなりなむ後も、うしろやすかるべきによりなむ、ただ今ははかばかしからずながらも、かくて育み侍らば、せまりたる大学の衆とて、笑ひ侮る人もよも侍らじと思うたまふる」など聞こえ知らせ給へば、（後略）

夕霧を六位に留めて大学寮に入れ学問をさせる理由を、孫を心配する大宮に説明しているのだが、これは将来高い位に昇る権門子弟の教育論である。高い家柄に生まれると官位は思うがままで、権勢の中で贅沢な生活をし、苦しい学問などからは遠ざかり、それでも人は表面は追従するため己を立派な人物と錯覚するが、時勢が変わって没落すれば、人に軽侮されることになる、そうならないために、学問を基盤として政治的力量を涵養すべきことを述べる。つまり「つひの世の重しとなるべき心掟て[注6]」、即ち、世の柱石となる人の心構えを身につける、という目的が語られている。けれども物語上、大宮にここまで詳しく説明する必要があるわけではない。聞く大宮も、国の重鎮たる政治家となるためという言説の内容には、まったく関心を示しておらず、「うち嘆きたまひて…」と描写されている。

この教育観については諸氏の論があるが、松村博司氏[注7]は、道長が棚厨子には二千巻の蔵書を収め、書籍を収集し、博士らに論義・講義をさせるなど（『御堂関白記』）、好書好学の人であったことの反映をみている。ここでは、後世の教訓であるが、花園院が甥である皇太子量仁親王（後の光厳天皇）に書き与えた帝王学の書『誡太子書』を掲げる。学問を身につける意義・目的について、花園院は以下のように述べている。[注8]

凡そ学の要たる、周物《シユウブツ》の智を備へ、未萌《ミホウ》の先を知り、天命の終始に達し、時運の窮通《キユウツウ》を弁じ、古を稽《カンガ》へ、先代廃興の迹《アト》を斟酌する若きは、変化窮《キワマ》りなき者なり。

この条の前では、量仁親王が宮廷で贅沢に育ち民の苦労などを知らないことへの憂慮、また阿諛追従する愚人が国家を考えないことへの懸念なども述べられる。この条では、学問の要は、普遍的な知見・知識を養うことであり、事が起こる前にそれを察知し、天命に背かず、古の時代や、国家の盛衰の原因を考究して政治の参考とすべきことなどが述べられる。『源氏物語』当該部分と、南北朝の厳しい時局の中で書かれた『誡太子書』とは、異なる点も多いが、国家を背負う人物に学問がなぜ必要と考えられていたかは共通する意識がみられる。他にもこうした言説は多いであろうが、『源氏物語』のこの権門子弟教育論は、こうした意識と現実での必要性のもと、読者に開陳された評論と見るべきであろう。

三　物語論・女子教育論・返書論

続いて源氏が語る評論は、「螢」巻の物語論である。有名な条だが、源氏は、物語に熱中する玉鬘をからかい、物語を「いつはりども」「はかなしごと」と言うものの、玉鬘が反発すると、態度を改め、真面目に物語について論じ始める。

「こちなくも聞こえおとしてけるかな。神代より世にあることを、記しおきけるななり。日本紀などは、ただかたそばぞかし。これらにこそ道々しくくはしきことはあらめ」とて、笑ひたまふ。「その人の上とて、ありのままに言ひ出づることこそなけれ、良きもあしきも、世に経る人のありさまの、見るにも飽かず、聞くにも余ることを、後の世にも言ひ伝へさせまほしき節々を、心に籠めがたくて、言ひおきはじめたるなり。良きさまに言ふとては、良き事の限り選り出でて、人に従はむとては、またあしきさまのめづらしきことを取り集めたる、皆かたがたにつけたる、この世のほかの事ならずかし。人のみかどのざえ作りやう変る、同じ大和の国の事なれば、昔今のに変るべし、深き事浅き事のけぢめこそあらめ、ひたぶるにそらごとと言ひ果てむも、事の心違ひてなむありける。仏の、いとうるはしき心にて説きおきたまへる御法も、方便と言ふ事ありて、悟りなきものは、ここかしこ違ふ疑ひを置きつべくなむ。方等経のなかに多かれど、言ひもてゆけば、一つ旨にありて、菩提と煩悩との隔たりなむ、この、人の良きあしきばかりの事は変りける。よく言へば、すべて何事も空しからずなりぬや」と、物語をいとわざとのことにのたまひなしつ。

日本紀などよりも、物語は「世に経る人のありさま」[注9]を描くものだと語り始める。だがこの後、文脈はゆがみ難解な理論に転じて、仏教的価値観によって意義づける方向へ向かう。

もともとこの条は物語による子女教育論の流れの上にある。この条の前では明石君が明石姫君のために絵物語などを作り献上したことが述べられ、この条の後では、源氏は紫上と、明石姫君の教育に用いる物語について話し合い、源氏は「姫君の御前にて、この世馴れたる物語など、な読み聞かせたまひそ。」と厳重に注意する。紫上が『宇津保物語』の貴宮の人柄・態度について意見を述べたのを受けて、源氏は女子教育について、紫上に以下のように語る。

「うつつの人もさぞあるべかめる。人々しくたてたるおもむき異にて、良き程に構へぬや。よしなからぬ親の、心とどめて生ほしたてたる人の、子めかしきを生けるしるしにて、後れたること多かるは、何わざしてかしづきしぞと、親のしわざさへ思ひやらるるこそいとほしけれ。げにさ言へど、その人のけはひよと見えたるは、甲斐あり、面だたしかし。言葉の限りまばゆくほめおきたるに、し出でたるわざ、言ひ出でたることのなかに、げにと見え聞こゆることなき、いと見劣りするわざなり。すべて、良からぬ人に、いかで人ほめさせじ」など、ただこの姫君の、点つかれたまふまじくと、よろづにおぼしのたまふ。

この源氏の語りはゆれ動きがあり、それなりの親が注意深く育てた姫君に欠点が多いのを批判的に見る周囲の立場、姫君がきちんと育った場合の親の立場、せっかく褒めた姫君に欠点が見えて落胆する周囲の立場、姫君を大したことのない人に批評されたくない親の立場に立った言など、次々に転じられていき、種々の立場と心情が混淆しており、整序されていない語りとなっている。

ところで、玉鬘の教育をめぐっては、源氏は多くの教訓的言辞を語っている。たとえば「胡蝶」巻で、玉鬘に殺到する恋文について、女房の右近に以下のように指示し、横で玉鬘も聞いている。

右近を召し出でて、「かやうに訪れきこえむ人をば、人選りして、いらへなどはせさせよ。好き好きしうあざれがましき今やうの人の、便ないことしい出でなどする、男の咎にしもあらぬことなり。我にて思ひしにも、あな情な、恨めしうもと、その折にこそ、無心なるにや、もしはめざましかるべき際は、けやけうなどもおぼえけれ、わざと深からで、花蝶につけたる便りごとは、心ねたうもてないたる、なかなか心立つやうにもあり、また、さて忘れぬるは、何の咎かはあらむ。ものの便りばかりのなほざりごとに、口疾う心得たるも、さらでありぬべかりける、後の難とありぬべきわざなり。すべて女のものづつみせず、心のままに、もののあはれも知り顔つくり、をかしきことをも見知らむなむ、その積りあぢきなかるべきを、宮、大将は、おほなおほなほざりごとをうち出でたまふべきにもあらず、またあまりもののほど知らぬやうならむも、御ありさまに違へり。その際より下は、心ざしのおもむきに従ひて、あはれをも分きたまへ、労をも数へたまへ」など聞こえ給へば、君はうちそむきておはする、側目いとをかしげなり。

男からの恋文への返事をどう区別して取り扱うか、どう返事するかについての、実に細やかで具体的な教訓である。この後も会話が続くが、物語の流れから重要なことは、「宮、大将は」以下の兵部卿宮と鬚黒大将にはあまり無礼なことのないようにという指示であり、ここは「分きたまへ」「数へたまへ」等の敬語があるので、より直接的に玉鬘に向かって訓戒している。その前はより広い視点からの女の返書についての訓戒であり、玉鬘のみならず、現実の必要性に基づき、広く物語の読者に対して開かれている評論的訓戒であろう。内侍である娘に対して、阿仏尼が宮仕えの心構えを説いた教訓的な消息『阿仏の文』[注10]には、この部分と一部共通するような説示があり、次のように語られている。

なべて人になさけをかけ、あはれかはすさまの御心むけをばあるべく候。知る人ごとにいたづらなるそゞろ文しげく書きかはす事など、よからぬ事に候。なべて人憎からぬもてなしにて、さる物から、とりわきうちとけたるむつごとの、心よせある御知る人には、おぼろけならず、えらびて、覚しめしかはすべく候。

『阿仏の文』では恋文に限らず、知人とのやりとりについて、むやみに贈答するのではなく、きちんと相手を選んで、あはれを交わし合うことの大切さを教えている。

玉鬘は光源氏がこうした教育的評論を語るのに格好の人であり、次もその例である。

四 音楽論

源氏は「常夏」巻で、和琴について、玉鬘に対して長々語る。

音もいとよく鳴れば、少し弾き給ひて、「秋の夜の月影涼しき程、いと奥深くはあらで、虫の声に掻き鳴らし合はせたるほど、気近く今めかしき物の音なり。ことごとしき調べ、もてなし、しどけなしや。この物よ、さながら多くの遊び物の音、拍子を調へ取りたるなむいとかしこき。大和琴とはかなく見せて、際もなくしおきたる事なり。広く異国の事を知らぬ女のためとなむおぼゆる。同じくは、心とどめて物などに掻き合はせて習ひたまへ。深き心とて、何ばかりもあらずながら、また誠に弾き得ることは難きにやあらむ、ただ今はこの内の大臣になずらふ人なしかし。ただはかなき同じすが掻きの音に、よろづの物の音籠り通ひて、言ふかたもなくこそ響きのぼれ」と語りたまへば、（中略）「さかし。東とぞ名も立ち下りたるやうなれど、御前の御遊びにも、まづ書司を召すは、人の国は知らず、ここにはこれを物の親としたるにこそあめれ。その中にも、親としつべき御手より弾きとりたまへらむは、心異なりなむかし。ここになども、さるべからむ折にはものしたまひなむを、この琴に、手惜しまずなど、あきらかに掻き鳴らしたまはむことや難からむ。物の上手は、いづれの道も心やすからずのみぞあめる。さりとも遂には聞きたまひてむかし」とて、調べ少し弾き給ふ。

源氏は、和琴は親しみやすく、柔軟で、他の楽器との調和性があること、もともと女性が弾くために作られたもので、宮中での音楽でも最初に取り寄せる第一の楽器であること等々、詳しく講義口調で語る。一般に、きまった奏法がある琴に対して、和琴にはそれがなく、演奏者の美意識や個性があらわれる。和琴を上手になりたいと思う玉鬘は、熱心に話を聞き、質問を差し挟む（中略部分）。源氏は長々と説明し、最後に弾いて聞かせる。和琴は『源氏物語』の中で、琴《きん》と同じように、奏者も場面も多く見える楽器である。中川正美氏[注11]は、物語の中で和琴を大きく取り上げて重要な意味を付与しているのは、後期物語を含めても『源氏物語』だけであることから『源氏物語』の特異性を指摘し、「源氏物語は琴に対する独自の新しい美意識として和琴を提示しているといえよう」と述べている。

そして「若菜下」の女楽の場面には、琴《きん》の論がある。演奏の後、源氏は夕霧と談笑し、音楽に関連して春秋論を交わし合い、また当代の音楽の名手について色々語り合う。続いて源氏は夕霧に、琴について長々と語る。琴は和琴とは対照的に、古く格の高い、中国渡来の楽器であり、『源氏物語』の中でも、源氏は名手だが、ほかには名手はおらず、弾く人も少なくなっている状況にある。

「よろづのこと、道々につけて習ひまねばば、才と言ふもの、いづれも際なくおぼえつつ、わが心地に飽くべき限りなく習ひ取らむことはいと難けれど、何かは、そのたどり深き人の、今の世にをさをさなければ、片端をなだらかにまねび得たらむ人、さる片かどに心をやりてもありぬべきを、琴なむ猶わづらはしく、手触れにくき物はありける。この琴《こと》は、まことに跡のままに尋ね取りたる昔の人は、天地をなびかし、鬼神の心をやはらげ、よろづの物の音のうちに従ひて、悲しび深き者も喜びに変はり、いやしく貧しき者も高き世に改まり、宝にあづかり、世に許さるるたぐひ多かりけり。この国に弾き伝ふる初めつ方まで、深くこの琴《こと》を心得たる人は、多くの年を知らぬ国に過ごし、身をなきになして、この琴《こと》をまねびとらむとまどひてだに、し得るは難くなむありける。げにはた、明らかに空の月星を動かし、時ならぬ霜雪を降らせ、雲雷を騒がしたる例、上りたる世にはありけり。かく限りなき物にて、そのままに習ひ取る人のあり難く、世の末なればにや、いづこのそのかみの片端にかはあらむ。されど、なほかの鬼神の耳とどめ、傾きそめにける物なればにや、なまなまにまねびて、思ひかなはぬたぐひありける後、これを弾く人よからずとか言ふ難をつけて、うるさきままに、今は、をさをさ伝ふる人なしとか。いと口惜しきことにこそあれ。琴《きん》の音を離れては、何事をか物を調へ知るしるべとはせむ。げに、よろづの事、衰ふる様はやすくなりゆく世の中に、一人出で離れて、心を立てて、唐土、高麗と、この世にまどひありき、親子を離れむことは、世の中にひがめる者になりぬべし。などかなのめにて、なほこの道を通はし知るばかりの端をば、知り置かざらむ。調べ一つに手を弾き尽くさむことだに、はかりもなきものななり。いはむや多くの調べ、わづらはしき曲《ごく》多かるを、心に入りし盛りには、世にありとあり、ここに伝はりたる譜と言ふ物の限りをあまねく見合はせて、後々は師とすべき人もなくてなむ、好み習ひしかど、なほ上りての人には、当たるべくもあらじをや。ましてこの後と言ひては、伝はるべき末もなき、いとあはれになむ」などの給へば、大将、げにいと口惜しくはづかしとおぼす。

『古今集』仮名序[注12]をふまえた、勅撰集の序文のような荘重な語りである。『宇津保物語』の俊蔭譚を踏まえながら、[注13]琴の特質、歴史、現況などについて語り続ける。最後部分では、源氏自身の体験が語られ、幼い頃から、世にある楽譜を網羅的に集めて学び、師匠とする人もいなくなるほどに好み、上達したことを語る。この後も語りは続いていき、源氏は自分の琴の技法を伝えることができる子や孫がいないことを嘆きつつも、明石女御の皇子に望みをつないでいることを述べる。『源氏物語』執筆時に実際に急速に衰亡しつつある楽器であることを反映してか、物語の中で、細い糸ながら未来へと繋げようとする叙述がみられる。

女楽は、女三宮の琴の上達を朱雀院に披露する朱雀院五十賀に向けた試楽である。ここで源氏が夕霧に対して、女三宮がむずかしい琴を習得し得たこと、それが自分の手柄であることを暗に示すだけなら、これほど重厚で長大かつ荘重な琴論は必要ではない。ここでは、一条朝には既に衰退しつつあったとされる琴へのオマージュとして、あえて物語に織り込まれた音楽論と見るべきではないだろうか。

以上のように、『源氏物語』の二つの音楽論は、物語の流れとは別に、それぞれ独立した評論として重要な意味を担っていると考えられる。

五　尚侍論・女房論

「行幸」巻では、内侍論（尚侍論・女房論）とも言えるものが語られている。源氏は病気の大宮を見舞い、そこで玉鬘が内大臣の娘、つまり大宮の孫娘にあたることを打ち明ける。そして続けて、玉鬘を尚侍に就任させることについて長々と語り出す。

「（前略）いかでか聞こしめしけむ、内裏に仰せらるるやうなむある。尚侍、宮仕へする人なくては、かの所のまつりごとしどけなく、女官なども、おほやけごとをつかうまつるに、たづきなく、事乱るるやうになむありけるを、ただ今、上にさぶらふ古老の典侍二人、またさるべき人々、さまざまに申さするを、はかばかしう選ばせたまはむ尋ねに、たぐふべき人なむなき。なほ家高う、人のおぼえ軽からで、家の営み立てたらぬ人なむ、いにしへよりなり来にける。したたかに賢き方の選びにては、その人ならでも、年月の労になりのぼるたぐひあれど、しかたぐふべきもなしとならば、大方のおぼえをだに選らせたまはむとなむ、内々に仰せられたりしを、似げなき事としも、何かは思ひたまはむ。宮仕へはさるべき筋にて、上も下も思ひ及び、出で立つこそ、心高きことなれ。公ざまにて、さる所の事をつかさどり、まつりごとの趣をしたため知らむことは、はかばかしからず、あはつけきやうにおぼえたれど、などかまたさしもあらむ、ただわが身の有様からこそ、よろづの事はべめれと、思ひ弱りはべりしついでになむ、齢のほどなど問ひ聞きはべれば、（中略）さやうに伝へものせさせ給へ」と聞こえ給ふ。

「尚侍、宮仕へする人なくては…」から「…大方のおぼえをだに選らせたまはむ」までは、冷泉帝の言葉を詳細に伝える言辞である。現在尚侍として勤める人がおらず内侍司の政務が滞り、女官も職務を統括する人がいないため事務が渋滞していること、古老の典侍などが任官希望しているがふさわしい人材がいないこと、家格が高く、人からの評価が良く、実家等を顧みなくても良い人が昔から任ぜられていること、しっかりしていて賢い人という選び方なら名門ではなくても年功で昇進する場合もあること、しかしいずれもいないなら世間一般の人望で選ぶことになる、等々が間接的に述べられる。続いて、源氏自身の考えが語られる。宮仕えする女性は身分が高くても低くてもみな帝の寵愛を受けることを願って出仕するのが高い志である、一方で公職に就いて内侍所に勤務し、政事に携わることは、きちんとしていなくて軽薄なように思われるが、必ずしもそうとも限らない、すべてその人の人柄次第である、等のことが源氏の口から語られる。

この後、源氏の語りは、玉鬘と内大臣とを対面させたいので、大宮から伝えて欲しいという依頼へとつながっていく。ゆえに、話の流れから言えば、ここでは玉鬘の血筋と尚侍就任の可能性があることを大宮に説明すれば良いのであって、尚侍の資格や宮仕えする女房・内侍の心構えなどについては、ここでこのような長々しい説明は必要ではない。事実、聞き手の大宮はこれらについて何の興味も反応も示していない。後藤祥子氏が「大宮を納得させるべく長談義をくりひろげる必要は、実は源氏の側にこそあったのだろう。ともかく源氏はここで自分自身を納得させた。」[注14]と述べている。確かに作者はそのようにして源氏の心理を示しているると思われる。そして一方でこれは、読者に向けて、女房集団のトップである尚侍の選ばれ方や女房が持つべき意識について、端的に説明している尚侍論、広く言えば女房論となっている。

『阿仏の文』には、「同じ宮仕へをして人にたちまじり候へども、我が身の器量にしたがひて、かしこき君にもおぼしめしゆるされ、かたへの人にも所おかるる物にて候。」と、女房はその人の器量・人柄が重要であることが再三述べられる。帝寵についても「上をきはめたる位にもそなはり、日のもとの親ともあふがれさせ給ひ候はんこそ、仮のこの世にも慰む方にて候べきを」と、帝寵と皇子出産を望むことが見え、宮廷出仕について「宮仕へなど心苦しく、あはつけて、名ももれぬべきわざと見候しほどに」と述べるなど、共通する意識による言辞が多く見られる。こうした教訓が現実の宮仕えで必要であったことの証であろう。

六　薫物論・仮名書道論・草子論

明石姫君の入内準備をする「梅枝」巻は、さながら全体が諸芸道の評論のような巻である。まず女性達の薫物競べの場面で、それぞれの香りを描写しているが、源氏の講義口調の語りという形ではない。続いて、源氏は紫上を相手に、仮名の筆跡について語り始める。

「よろづのこと、昔には劣りざまに、浅くなりゆく世の末なれど、仮名のみなむ、今の世はいと際なくなりたる。古きあとは、定まれるやうにはあれど、広き心ゆたかならず、一筋に通ひてなむありける。

妙にをかしきことは、外よりてこそ書きいづる人々ありけれど、女手を心に入れて習ひし盛りに、こともなき手本多く集へたりしなかに、中宮の母御息所の、心にも入れず走り書いたまへりし一行《ひとくだり》ばかり、わざとならぬを得て、際ことにおぼえしはや（後略）」と、うちささめきて聞こえ給ふ。

今の末の世における仮名の隆盛を述べる序文のような語りののち、源氏はまず六条御息所、続いて秋好中宮、藤壺、朧月夜尚侍、朝顔前斎院、紫上の筆跡について論評を加え、謙遜する紫上の筆跡を褒める。この部分は源氏自身の恋の遍歴・女性評価と密接に重なりつつ語られており、逸脱する語りではない。

続いて、仮名で書かれた草子論となる。源氏は名筆の人々に草子の執筆を依頼し、自分でも書く。そこへ螢兵部卿宮が訪れる。螢兵部卿宮が書いた草子、源氏が書いた草子、そのほかの人々が書いた草子、兵部卿宮が源氏に献上した古い宸筆の貴重な本などが次々に描写される。醍醐天皇が「巻ごとに御手の筋を変へつつ、いみじう書き尽くさせたまへる」という『古今集』などもある。ここでは源氏の長い語りという形はとっておらず、源氏と螢兵部卿宮との会話をまじえながら描写されている。

これらの条は、いずれも逸脱する語りという形ではなく、物語の内容に沿いながら、明石姫君の入内準備を述べると同時に、諸道の評論という性格を含み持っている。

七　結婚論

さらに「梅枝」巻では、雲居雁を思い続けてほかからの結婚話に耳をかさない夕霧に対して、源氏は結婚に関して上流貴族が持つべき態度や自身の結婚観を説く。

「かやうのことは、かしこき御教へにだに従ふべくもおぼえざりしかば、言まぜま憂けれど、今思ひあはするには、かの御教へこそ長き例にはありけれ。つれづれとものすれば、思ふ所あるにやと世人も推しはかるらむを、宿世の引く方にて、なほなほしきことにありありてなびく、いとしりびに人わろきことぞや。いみじう思ひのぼれど、心にしもかなはず、限りあるものから、好き好きしき心つかはるな。いはけなくより、宮の内に生ひ出でて、身を心にまかせず、所せく、いささかの事のあやまりもあらば、軽々しき譏りをや負はむとつつみしだに、なほ好き好きしき咎を負ひて、世にはしたなめられき。位浅く何となき身のほど、うちとけ、心のままなるふるまひなどせらるな。心おのづからおごりぬれば、思ひしづむべきくさはひなき時、女の事にてなむ、賢き人、昔も乱るる例ありける。とりあやまりつつ見むに心をつけて、人の名をも立て、自らも恨みを負ふなむ、つひの絆となりける。とりあやまりつつ見む人の、我が心にかなはず、忍ばむこと難き節ありとも、なほ思ひ返さむ心をならひて、もしは親の心にゆづり、もしは親なくて世の中かたほにありとも、人柄心苦しうなどあらむ人をば、それを片かどに寄せても見たまへ。我がため、人のため、遂に良かるべき心ぞ、深うあるべき」など、のどやかに徒然なる折は、かかる心づかひをのみ教へたまふ。

「かしこし御教へ」とあるのは、かつて桐壺帝が源氏に「紅葉賀」巻と、「葵」巻において説いた訓戒であるが、これらはいずれも葵上や六条御息所との間柄に即して直接源氏の行動を注意するものであり、この条ほど長大かつ一般的な内容の語りではない。

この条の最初の部分は、夕霧が結婚しないでいるのを世間がどう見るかという訓戒であり、夕霧の現在の状況に即したものである。しかしその後、自身への反省もこめながら語られる部分は、より一般的な教訓へと逸れていく。手の届かない人に好色心を抱いたり、今気楽な身分でも自制せず心のままにふるまうことなどを、「つかはるな」「せらるな」と、強い口調で禁止する。そして傲り高ぶり好色心を抑えるような存在がない時には昔から賢人でも失敗することを言い、相手の浮き名を立て自分も恨みを負うことになることを戒め、さらには、結婚しても相手が思うような人ではなかった時、どのような心を持ち、具体的にどのようにふるまうべきかについて、長々と述べているのである。

こうした処世訓は、現在の夕霧に即した教訓とは言えない。むしろ貴族が持つべき一般的な処世訓・結婚観であり、内容的には教訓書等とも共通する部分がある。たとえば「うちとけ、心のままなるふるまひなどせらるな。」という条は、『阿仏の文』で再三「心のままなるが返す返す悪しき事にて候。」「名残なくうちとけさせ給ひ候まじく候。」と説くことと共通する。男性への教訓書にも類似するような言説がある。「女の事にてなむ、賢き人、昔も乱るる例ありける」[注15]とある部分は、宇多天皇の『寛平御遺誡』で時平について「左大将藤原朝臣《時平》者。功臣之後。其年雖少已熟政理。先年於女事有所失。朕早忘却不置於心」[注16]と言う部分が思い出され、これについて籠谷氏は「このことをわざわざ遺誡にしたためているのは強い関心の逆説ともいえ、時平の失敗にことよせての教訓であろう。」と述べている。さらに『河海抄』は、この時平の例のほか、いくつかの故事・人物をあげている。また、「とりあやまりつつ見ん人の、我が心にかなはず、忍ばむこと難きふしありとも、なほ思ひ返さん心をならひて、……人柄心苦しうなどあらむ人をば、それを片かどに寄せても見たまへ。」という辺りは、北条重時の『極楽寺殿御消息』で、「一夜の語らひなりとも、先世の契深かるべし。……されば心に、はん縁とて、少々思はずなる事あれども、心ざまの良きには恥ぢ、悪しきには離るる也。物に心得やさしければ、男もはづかしく思ひ、いとをしみ深し。[注17]」などとある言と重なる。

このように、「梅枝」の源氏の教訓的語りは、一人夕霧への教訓から離陸して、広く一般性をもって読者に投げかけられる教訓となっている。

八　継母論・女性論・皇女養育論

第二部冒頭「若菜」巻では、女三宮の降嫁、明石女御の皇子出産、女楽などのできごとが次々にあり、種々の局面で、さまざまな女性論が語られている。

「若菜上」で源氏は、皇子を出産した後の明石女御に対して、女御を愛し育んだ紫上の恩に関連して長々と訓戒する。継母論、広く女性論とも言うべきものである。

そのついでに、「今はかくいにしへのことをもたどり知りたまひぬれど、あなたの御心ばへをおろかに思しなすな。もとよりさるべき仲、え避らぬ睦びよりも、横さまの人のなげのあはれをもかけ、一言の心寄せあるは、おぼろけのことにもあらず。まして、ここになどさぶらひ馴れたまふを見る見るも、はじめの心ざし変らず、深くねむごろに思ひきこえたるを。いにしへの世のたとへにも、さこそはうはべにははぐくみげなれと、らうらうじきたどりあらむも賢きやうなれど、なほあやまりても、わがため下の心ゆがみたらむ人を、さも思ひよらずうらなからむためは、引き返しあはれに、いかでかかるにはと、罪得がましきにも、思ひなほることもあるべし。おぼろけの昔の世のあだならぬ人は、違ふ節々あれど、ひとりひとり罪なき時には、おのづからもてなす例どももあるべかめり。さしもあるまじきことに、かどかどしく癖をつけ、愛敬なく、人をもて離るる心あるは、いとうちとけがたく、思ひぐまなきわざになむあるべき。多くはあらねど、人の心の、とあるさまかかる趣を見ゆるに、ゆゑよしと言ひ、さまざまに口惜しからぬ際の心ばせあるべかめり。みなおのおの得たるかたありて、取るところなくもあらねど、また取りたてて、わが後見に思ひ、まめまめしく選び思はむには、ありがたきわざになむ。ただまことに心の癖なくよきことは、この対をのみなむ、これをぞおいらかなる人と言ふべかりける、となむ思ひはべる。よしとて、またあまりひたたけて頼もしげなきも、いと口惜しや」とばかりの給ふに、かたへの人は思ひやられぬかし。

この場面で、源氏は紫上の人柄・行動を称揚し、明石君が女御に付き添っている今でも、昔と変わらず紫上が女御を愛していることを強調し、最後でも紫上の人柄を賞讃する。女性は「おいらかなる人[注18]」であることが最も重要であるが、あわせて「頼もしげ」の面をも持っているべきだとする見方は、『阿仏の文』の中で、阿仏尼が繰り返し述べていることであり、「ただおいらかに、美しき御様ながら、よしあしを御覧じとどめて…」等々としばしば訓戒していることと重なり合う価値観である。

ここで注意しておきたいのは、「いにしへの世のたとへにも」以下の長い部分が、明石女御の現在の状況や心情とほとんど関わらない訓戒であることとである。この前に明石尼君の昔語り、明石入道の願文のことがあり、皇子出産による明石君の存在感の増大・女御の紫上への心情の変化などを懸念した訓戒に設定されているとも言われるが、この前の場面で、紫上が若宮を可愛がるのを源氏は心中深く満足し、明石君も源氏の意を十分に汲み取っているので、ここでこのような訓戒が必要な状況ではない。しかも訓戒の内容は、継母と継子との関係がこじれた時の方策や、さらに広く一般に意見の相違がある人とどのようにやっていけば良いか、などについてである。前者の内容は、表面には出さず悪意のある継母もいるかもしれないが、そうした冷酷な継母に対しても継子が誠意をもって接すれば継母も罰があたりそうで改心するだろう、などが長々と説諭されており、これは紫上には全くあてはまらない。後者についても同様である。いずれも、物語のこの場面では全く必要とされない説諭なのである。事実、このあと源氏と明石君との対話があるが、こうした説諭については何も受けていない。そして「多くはあらねど」以下で、唐突に妻論へと転じているが、それは冒頭の紫上賞讃に話を戻して、最後を再び紫上への賛辞で結ぶために、無理矢理に繋げたような語りである。このように、物語中の必要性とは離れて、こうした長く具体的な訓戒が、あえて物語中に織り込まれていることに注意しておきたい。

さて、「若菜下」では、女楽が終わった後に、源氏は紫上を相手に、自らの半生を回想し、そこで出会った女性達について論ずる。ここでも「まことの心ばせおいらかに落ちゐたるこそ、いと難きわざなりけれとなむ、思ひ果てにたる。」と、穏やかで落ち着いた人柄が理想であることが繰り返され、葵上、六条御息所、明石君、そして紫上への評論が語られるが、ここでは話が逸れていくことはない。玉鬘についても、のちに源氏は誰かに語るのではないが、身の処し方の賢明さを心中で回想し賞讃している。

女楽の後、紫上は発病し、源氏はその看病に明け暮れ、その隙に柏木は女三宮のもとへ忍び入る。偶然に妻女三宮の密通を知った源氏は、女三宮の幼さ、頼りなさを深く嘆く。紫上に朧月夜の出家のことを語る場面で、朝顔斎院の出家とその思慮深い人柄に言及し、おそらく皇女のあり方という流れの中で、続けて次のように語る。長くはないが、皇女養育論、広く言えば女子教育論とも言える条である。

「(前略)斎院はた、いみじうつとめて、まぎれなく行ひにしみ給ひにたなり。なほここらの人のありさまを聞き見る中に、深く思ふさまに、さすがになつかしきことの、かの人の御なずらひにだにもあらざりけるかな。女子を生ほし立てむことよ、いと難かるべきわざなりけり。宿世など言ふらむものは、目に見えぬわざにて、親の心に任せ難し。生ひ立たむほどの心づかひは、なほ力入るべかめり。よくこそ、あまた方々に心を乱るまじき契りなりけれ。年深くいらざりし程は、さうざうしのわざや、さまざまに見ましかばとなむ、嘆かしき折々ありし。若宮を、心して生ほしたて奉りたまへ。女御は、ものの心を深く知りたまふ程ならで、かく暇なきまじらひをしたまへば、何事も心もとなき方にぞものしたまふらむ。皇女たちなむ、なほ飽く限り人に点つかるまじくて、世をのどかに過ぐしたまはむに、うしろめたかるまじき心ばせ、つけまほしきわざなりける。限りありて、とざまかうざまの後見まうくるただ人は、おのづからそれにも助けられぬるを」など聞こえ給へば、（後略）

この少し前の場面で、源氏は、女三宮の密通を知って苦しみ、今や男女のことすべてが気にかかり、自分の娘の明石女御ですら、おっとりしておられるから、もし柏木のように一途に慕う男が言い寄れば、過ちをするかもしれないのだ、とまで考え、不安にかられている。かつて犯す側であった源氏が、今は犯される側に立っている苦悩である。朝顔の斎院を礼讃する言の背後には、降嫁した後に密通を犯した女三宮の影があり、源氏を拒否し続けた朝顔斎院の思慮深さ、意志強さを、今は皇女の理想とするかのようである。

ここで、紫上に女子を教育することのむずかしさを述べ、女御はまだ若く頼りないし、後宮にいて寵愛厚く暇もない、一般に皇女は独身で過ごすことになるので夫のような庇護者もいないから、人に後ろ指をさされるようなことなく（つまり男性との過ちなど起こさずに）穏やかに生涯を過ごせるように、女御の皇女たちをきちんと養育してほしいと紫上に依頼しているのである。これまでのような、平穏で風雅な生活の中での講義的な訓戒ではなく、自らの激しい煩悶を押し隠しながら語られている。ここでは、「螢」巻で語られた女子教育論とまるで合わせ鏡のように、反転させるようにして叙述されている。

そしてこの後、源氏はこれまでのように饒舌に講義のように語ったり教訓したりということは行っていない。物語の中の講義的・評論的色彩は消え去り、ただ悲しみと老いのうちに運命と死に対峙していく源氏が語られる。そして第三部、宇治十帖において、主人公がこのように誰かに対して長々と、時に逸脱しながら訓戒する場面は全く見られない。

九　教育的テキストとしての『源氏物語』

以上みてきたように、『源氏物語』の中で、物語の流れの中心とは必ずしも絡まない、しかも長い評論的語りとして、権門子弟の教育論、作り物語論、女子教育論、返書論、音楽論、内侍論、結婚論、継母論などが存在する。これほど多くの評論が、逸脱的な語りという共通の性格をもって物語中に存在することは、決して偶然ではない。これらには、他の教訓書・女訓書にみられる訓戒とも重層する内容・意識が多く、つまりは現実の宮廷社会に生きる人々に、実際に必要とされていた教訓なのである。『源氏物語』にこうした語りが含まれているのは、物語がそもそも教育的テキストであり、『源氏物語』もその一つであることを鮮明に示すことにほかならないであろう。

これらの教育的な語りは、物語の構成上ストーリーを前進させていく本流からはやや逸れながら語られているため、時には違和感が生じるほどである。こうした評論の語りは光源氏に集中して見られ、これは『源氏物語』の大きな特徴であろう。源氏がいかに理想的・超越的な人物であるとは言え、男女の教育、結婚、人間関係、風雅、音楽などの諸分野にわたる、過剰なまでの語りであり、それは源氏にのみ担わせ、役割づけているのである。

『源氏物語』には、源氏以外の人物による長い教訓的語りもある。たとえば、「薄雲」では明石尼君から明石君に、姫君を本邸にわたすように長い教訓をし、「常夏」巻では、内大臣が雲居雁に「女は、身を常に心づかひして守りたらむなむよかるべき。…」という長い教訓をしている。しかしこれらは、必要な訓戒から逸れていく語りではなく、物語の流れに合致した内容のものであり、源氏の逸脱的な説諭とは異なる。

源氏が語る相手は、夕霧、玉鬘、明石姫君、紫上というような、自分が育てた子女、養女、妻という人々、そしてその養育に関わる大宮や紫上、女房などに限られている。これは、これらの語りに多かれ少なかれ、講義的・教育的な意図があることを示すものであろう。これらの人々に対しては、源氏は饒舌に自論を展開し、評論する。桐壺帝・朱雀帝・藤壺・左大臣のような、敬愛すべき目上の人に対して、あるいは兵部卿宮のような風雅で知られた人に対しては、源氏が一方的に自論を展開することはない。

これに関連する「教ふ」という語について触れておくと、『源氏物語』で光源氏が「教ふ」ということを行っている対象は、女三宮、紫上、玉鬘、夕霧が多い。[注19]これは先の講義的語りの対象と軌を一にしており、講義的な語りが基本的に教育的性格を持つことを示している。

興味深いことに、このような講義的・評論的な語りは、「若菜」までで、それ以降には見られなくなる。表向きは「若菜下」の女楽までは慶事が続いており、そこにはこれ以降の悲劇の伏線はあるものの、まだ何も起きていない。けれども女楽の後、女三宮と柏木の密通があり、それが源氏の知るところとなる。「若菜下」で前掲のように源氏は女子養育論のような論を語るが、それは苦悩のあまりに明石女御の犯しまでも心配する（それは杞憂におわるが）源氏の暗い内面のもつれが、表にあらわれ出た一片のようである。

「若菜」巻で女三宮の降嫁という、世間的には栄華の絶頂を極めた光源氏は、「柏木」巻以降は口を閉ざし、講義口調の語りは消え、ただ己の因果応報の運命に向かい合っていくこととなる。『源氏物語』の第一部と第二部冒頭までの、平穏で満ち足りた生活の中でのみ、講義的な訓戒・評論が行われているのである。

そしてもう一つ重要な点は、宇治十帖では、語る主体が誰であれ、このような講義口調の評論的逸脱的語りはみられないことである。長い語りとしては「椎本」巻で八宮が娘達に述べた遺言があり、ほかにも女房や母が自分の考えを述べる部分はあるが、これは現実の状況に沿ったもので、これまでみてきた逸脱する語りとは異なる。おそらく宇治十帖は、教育的テキストからはかなり離れつつあり、『源氏物語』正篇とは異なる特質や執筆意図を有することが、ここでも確かめられるように思われる。

一〇 『源氏物語』の生成をめぐって

『源氏物語』の中の評論的語りが、教育的テキストであることのあらわれであることを述べてきたが、関連して少し付言しておきたい。

『源氏物語』は、入念に仕組まれた物語ではあるが、すべての叙述が物語内に歯車の如く整えられて収められているわけではないだろう。これまで見てきたように、時には野放図に逸れて、読者にさまざまな語りが投げかけられている。こうした場面では、物語上の流れは単なる端緒に過ぎず、そこを起点にして主人公による長い言説・説諭・訓戒が、枠外に逸脱しながら展開されるのである。こうした逸脱的語りは、中世ではお伽草子や説話、軍記など、種々の作品に多く見られる現象であるが、その多くは作者不定である。

平安期の作り物語では、『源氏物語』には多いのだが、たとえば『夜の寝覚』では、巻一の中納言と宮中将が女性論の対談を行っているものの、ほかの箇所には長い評論は殆ど見られない。『狭衣物語』でも長い評論的語りと言えるものは殆どなく、たとえば巻四で宰相中将の母尼君が娘に、狭衣への返事を自分で書くように教える場面のように、母や女房などが教える場面はあるが、『源氏物語』のような長々しい逸脱的な教育的語りはみられない。むしろ笑いの中に教育的な意図が感じられる場面としては、巻一・三で、今姫君とその女房達の愚劣さが詳細に活写される部分があるが、そこには長い教訓的語りはない。

『源氏物語』の生成について、たとえば陣野英則氏[注20]は、「『源氏物語』の作者は、おそらく孤独のうちにこれだけの長大な物語を形成したのではなく、『源氏物語』は複数の人々の手によってまとめられ、編集されるものであったに違いあるまい。」という前提で論じている。土方洋一氏[注21]も紫式部出仕前執筆説を否定、「あれほど長大な構想を持つ物語が、個人の手慰みとして執筆されたということは、この時代の創作をめぐる状況としてはありえないだろう。…中宮後宮というような公的な場における公的事業として制作されたフィクションであった。」と述べている。このように近年は『源氏物語』が紫式部一人の著作ではなく集団の所産と考える研究動向にあり、私もそう考えている。『無名草子』等に見える、大斎院選子からの依頼により彰子の命で紫式部が作ったという説はあり得るが、紫式部が女房出仕以前に既に『源氏物語』を書いていたという説はあり得ないだろう。情報が流通する現代社会の中にあっても、我々が現在の宮中を舞台とする小説を書くことは極めて困難である。宮廷や後宮のありようを目にしたこともない受領階級の女性には、当時の天皇家の人々や最高貴族たちが、どこでどのようにふるまい、どのように会話するのか、その心中はどのようなものか、詳しく知りようもない。ましてその理想の姿を描くのは不可能である。宮廷女房の経験がなければ、物語は荒唐無稽で珍妙なものとなってしまい、誰も読まないだろう。『狭衣物語』ですら、宮廷のあり方と齟齬する面は『無名草子』で厳しく批判されている。時めく中宮の女房として出仕し[注22]、宮廷・後宮の深奥部を知悉して初めて、『源氏物語』のような極めて現実に近い宮廷の物語を書くことが可能となる。

『源氏物語』は彰子・道長に委嘱されて制作されたことは間違いなく、それは古来作者と伝えられる紫式部を中心としつつも、作者は複数で不定であり、恐らくそこには周囲の男女の様々な語り、また人々の知識や専門的知見、宮廷内外や地方での見聞、あるいは宮廷生活での必要性や要望などが、種々の形で流れ込み、吸い上げられて成っていると想像される。

こうした物語制作の場では、物語作者が自由に物語世界を構築して執筆・生成していく面は当然あったに違いない。しかし一方で、厳しい価値観・美意識に縛られる宮廷世界にあって、宮廷社会・コミュニティの要請や必要性に応えて語る部分もあったと想像される。それは直接間接に全編にわたって示されているが、特に、教訓書・女訓書等とも共通するような、種々の分野にわたる現実的な評論・教訓・知識等の説諭については、『源氏物語』の、それも栄華に輝く「少女」巻から「若菜」巻までの部分に、夕霧・玉鬘など教育対象の人物への逸脱する語りという形を取って、物語中に織り込まれていったと考えられる。

注

1　「『無名草子』の視座」（『中世文学』五七、二〇一二年六月）、「『無名草子』の作者像」（『国語と国文学』八九—五、二〇一二年五月）「『無名草子』における『源氏物語』和歌」（『源氏物語とポエジー』青簡舎、二〇一五年）、ほか。

2　「教えるということ——『源氏物語』の処世観について——」（『国文学研究』一〇二、一九九〇年一〇月）。

3　「絵物語の製作とその享受——『源氏物語』螢巻における物語論への視座——」（『源氏物語研究集成　七』風間書房、二〇〇一年）。

4　「「雨夜の品定め」論——『源氏物語』の総序でありうることについて——」（『十文字学園女子短期大学研究紀要』二五、一九九四年九月）。

5　以下、『源氏物語』の本文は新潮日本古典集成（石田穣二・清水好子校注）により、諸本の本文の異同を『源氏物語大成』により確認し、論をすすめる上で必要な異同を記した。漢字・仮名遣い・句読点等の表記はすべて私意による。

6　「つゐ（い）に」とする伝本がある（陽明文庫本ほか）。また国冬本は「よに思ふ事なかりぬべきおきて」とし、意味が変わってくる。

7　「教育論・女性論」（『国文学解釈と鑑賞』一九六一年一〇月）。

8　本文は、『家訓集』（東洋文庫、平凡社、二〇〇一年）所収の山本眞功氏による訓読文によった。

9　「ありさまの」がない伝本もある（陽明文庫本、天理図書館蔵阿里莫本など）。

10　『阿仏の文』（別名『乳母の文』『庭の訓』）については、拙稿「『紫式部日記』消息部分再考——『阿仏の文』から——」（『国語と国文学』二〇〇八年一二月）・『阿仏尼』（人物叢書、吉川弘文館、二〇〇九年）ほか参照。なお本文は陽明文庫蔵『阿仏の文』によるが、漢字・仮名などの表記は私意による。

11　『源氏物語と音楽』（和泉書院、一九九一年）。

12　鈴木日出男氏『源氏物語虚構論』（東京大学出版会、二〇〇三年）は、光源氏の天地鬼神を動かす力は『古今集』仮名序を原点とし、女達を動かす色好みの力と、人々を驚嘆させる才芸の力とが統合されたもので、潜在的に王権と関わり合うが、天皇の権威から疎外された優れた皇子たちへの共感とふれあい、光源氏の資質は伝承の古代を基盤とすることを述べており、示唆に富む。

13 中川正美氏は前掲書で、ここに『宇津保物語』への対抗意識と否定とが見られることを読み解いており、物語の批評・評論とも言えよう。

14 『源氏物語の史的空間』（東京大学出版会、一九八六年）。

15 「昔も」は、阿里莫本ほかに「むつかしとむかしも」とある。

16 『寛平御遺誡』の本文は、『中世の教訓』籠谷真智子氏（角川書店、一九七九年）所収の校本によった。

17 『極楽寺殿御消息』は『中世政治社会思想 上』所収の本文（岩波書店、一九七二年）により、表記等は私意によった。

18 「おいらかなる」は、高松宮本（河内本）は「たひらかなる」とする。

19 酒井貴大氏「『源氏物語』における光源氏の教育観――「教ふ」を手がかりとして――」（『愛知大学国文学』五三、二〇一四年二月）にある表一を参考にした。

20 「藤式部丞と紫式部＝藤式部」（『文学』十六・一、二〇一五年一・二月）。

21 「『源氏物語』は「物語」なのか?」（『新時代への源氏学1』竹林舎、二〇一四年）。

22 彰子出仕以前に、紫式部が他に女房として出仕していたという説について、前掲の陣野英則氏の論がまとめている。

田渕 句美子（たぶちくみこ） 早稲田大学教授。専攻：中世文学・和歌文学・女房文学。『中世初期歌人の研究』（笠間書院、二〇〇一年）、『阿仏尼』（吉川弘文館、二〇〇九年）、『新古今集 後鳥羽院と定家の時代』（角川選書、二〇一〇年）、『異端の皇女と女房歌人――式子内親王たちの新古今集――』（同、二〇一四年）、『源氏物語とポエジー』（共編著、青簡舎、二〇一五年）など。

成長する物語
——外伝・偽作の周辺——

小川　豊生

一　物語と偽書

ロシアの中世史家であるアーロン・グレーヴィチは『中世文化のカテゴリー』のなかで、「偽造者以上に優れた中世の「時代精神」の代表者を見出すことはむずかしい」と述べている。[注1]　宗教的機関や世俗的機関がこぞって多くの偽造の史料や宗教テキストを平然と生みだし続ける文化のあり方をトータルに把えるグレーヴィチは、個々の現象としてではなく、むしろそこにひとつの「時代精神」を読み取ったわけだ。

「中世」という時代区分の仕方はともあれ、大まかにいってこの状況は、日本の場合にもそのまま当てはまる。日本の中世もまさしく偽造者たちがその時代精神をもっとも特徴的に際立たせた時代であったという側面を確実に有している。とくに、十二世紀前後を画期として、宗教界を中心に多くの偽書がつくられたことは、思想史や宗教史に顕著な現象を刻んでいるといってよい。空海や最澄、行基、あるいは聖徳太子、役行者といった実在した異能の宗教者たちに擬せられて造られたものが夥しく残されており、「偽」という言葉だけでいかがわしさを嗅ぎとる近代人にとって、そうした文化現象は一つの大きな謎として立ちはだかっているように思われる。

それらテキスト偽造の動機には、たとえば自説（家説）の権威化や正統性を証明するためであったり、祖師や聖人に対する尊崇の念のあらわれであったり、教説の創造や宗派間の論争、さらには政治・経済的な利益や紛争等の証拠として役立てるためであったりと、じつにさまざまなケースが考えられるが、共通して偽造者たちがもっとも意を用いているのは、じつに当たり前ながら、いずれもそれらが「真」作であることをいかに巧妙に装うかという一点である。偽書（偽作）というテキスト形態は、あくまで真―偽という二元的な価値規範が第一義的な存立基盤の条件をなしている。

ところで、本稿で考察の対象となる「物語」（作り物語）ジャンルにおいて、「偽造」という行為はどのように捉えられるだろうか。そもそも虚構を本性とする作り物語においては、当然ながら、右のような真―偽の対立規範をベースにした「偽書」という範疇は存在しえないことになろう。なぜなら、「真」（実在する人物や歴史的事実）にしばられることなく、虚構の行使がはじめから許されている物語の作り手たちにおいては、著述にあたって「偽造する」という意識など、最初からはたらくべくもなかったはずであるからである。真なるものをあくまで前提にしたうえで成り立ついわゆる「偽書」というテキスト概念を、そもそもフィクショナルな世界を相手どる物語ジャンルにそのまま適用するのは適切ではないことになる。

このことは、いわゆる「改作本」や「異本」という、物語ジャンルに顕著に見られる現象においてもいえるだろう。とくに鎌倉時代には多くの改作が試みられているが、原本という観念さえはっきりしない状況のなかで、改作者がいちいちその営みに「偽造」という意識をもったとは思えない。もっといえば、本来あらゆる物語は先行する多くのテキスト群からの引用によって織り成されるものであって、そこでは「改作」はほとんど常態化されており、本文自体も固定的なものではなくつねに流動してやまない性質を具有している。このようなジャンルに、真作か偽作かといった区分を設けて議論すること自体、無意味なことである。真か偽かといった区別を本性上もたない物語ジャンルにおいて、その成長を「偽作」という概念からどのようにアプローチすべきか、以下しばらく考察を加えてみよう。

二　〈証本〉観念の成立と偽作

『源氏物語』の場合、周知のように、鎌倉初期成立の『白造紙』（高野山正智院旧蔵）に、「ノチノ人ノツクリソヘタルモノドモ」として、五十四帖以外の、「桜人」「狭筵」「巣守」の三巻の名があげられており、この時代以前には『源氏』を補足する巻々がさまざまな作り手たちによってすでに試みられていたことがわかる。ただしそれらが、真作の『源氏』を模倣した偽造のテキストとして一々意識されていたかといえば、おそらくそうではないだろう。作る側にしても享受する側にしても、改作や増補はもっとおおらかで鷹揚な態度で受けとめられていたに違いない。物語の成長という力学にとっては、やはり真—偽という対立概念はなじみそうにない。

ところで注意しなければならないのは、『白造紙』の筆記者が、補足の巻々を紫式部よりも「ノチノ人」が作り添えたものだというとき、そこには明らかに式部の原作＝真作とそれ以外のものとを峻別する意識がはたらいているという点である。すなわち、「桜人」等の巻々は式部を騙った贋作（偽作）と見做されていた可能性が出てくることになる。物語ジャンルにおいて「偽作」という観念が生まれるためには、その前提として不動の「原典」「原作」または「真作」という観念が先行して成立していなければならないことになろう。

古典的な書籍の本文――たとえば『古今集』、『伊勢物語』、『源氏物語』などの本文――は、平安末期においてはいまだ諸本が混在し渾沌とした状況を呈していた。しかし、そうしたなかにあって、古典学の漸次的な進展にともない、多くの諸本のなかから拠り所たりうる本文をどのように確定すればよいかという課題が意識化されるようになってくる。たとえば定家本『古今集』の奥書（貞応二年）には次のようにある。

此の集、家々の称する所、説々多しと雖も、且く師説に任せて、又了見をも加へて、後学の証本に備へんが為に、老眼の堪へざらんをも顧みず、手自《てずから》之を書く。

ここには、師説（父俊成の説）によりつつ私見をも加えて〈証本〉を作成する定家の姿を窺うことができる。あるいはまた、『源氏物語』本文流伝史上あまりにも著名な『明月記』（元仁二年〔一二二五〕二月十六日）

の一条では、いわゆる青表紙本の成立に関わる〈証本〉探索の経緯が次のように示されている。

　天又陰り、夕雨降る。去年十一月より、家中の女小女等を以て源氏物語五十四帖を書かしめ、昨日表紙訖り、今日外題を書く。生来懈怠に依り、家中に此の物無し、建久の比盗まれ失ひ了んぬ、証本無きの間、所所に尋ね求め、諸本を見合すと雖も、猶狼藉未だ不審を散ぜず。

定家は『奥入』の端々でも「証歌」「本文」「本説」を検証しており、こうした研究を通して物語本文が次第に確定されていった状況を推測することができる。

物語本文の整定作業の進行は、このジャンルが本来もちつづけた改作の自由度を次第に抑制する結果をもたらし、ひいては、〈真なるテキスト＝証本〉の整定が、逆に、排除すべき〈偽なるテキスト〉を鮮明に区分することにもなっただろう。[注2] 物語ジャンルにおいて「偽作」や「外伝」という観念が生まれるのは、おそらくはこのときであったろう。「外伝」とは、主なるテキスト＝「本伝」「本編」に対して、逸話や異聞として派生するテキストを指すが、たとえば『源氏』の「外伝」という観念が成り立つためには、まず「本編」なるものの確定が前提となることはいうまでもない。

最も本文の確定に力を尽くした定家という存在が、のちに鵜《う》鷺《さぎ》系偽書をはじめ、多くの偽書づくりの温床となったのは、ある種の必然とみるべきかもしれない。

ただし、『風葉和歌集』が「巣守」を『源氏』の一巻と理解していることにも窺えるように、本文の固定化はそう容易にすすんだわけではなかった。〈証本〉の探究による本文の固定化がいまだ充分すすんでいない平安末期から鎌倉前期の段階において、「偽作」の物語という特定の範疇が形成されていたかどうか疑わしい。では、物語ジャンルにおける「偽作」の観念の発生は、どのように把捉されるべきだろうか。

三　擬作とアイロニー

ひと口で偽作や偽書といっても、さまざまな形態があることは前述のとおりだが、なかには完全な偽作をねらいとするのではなく、かえって偽作であることが容易に露見してしまうように、もっと言えば、読者に偽装が露見することをむしろ前提にしたものも存在する。かつて中村幸彦が「擬作論」において扱った一連の書物が、その典型である。[注3] 中村はそのなかで、菅原道真『須磨記』、鴨長明『四季物語』、西行『撰集抄』などを順に取り上げ、それらは読者を騙すために偽って著されたものではなく、「知る人ぞ知るで、当時は誰が著者か、或は著者にこの人が加っていると、一目でわかった擬作の逸興」として作られたものであったのだと述べつつ、さらに次のように説いている。

私はかかる作品を、偽書と称さずに、擬作とでも呼んで区別すべきことを提唱する。近世や、さかのぼって中世の社会、文壇の如く、文学作品をめぐる作家と鑑賞者の交渉する場の狭く限られた場合、その上に文壇に伝統的な気分の続いている時代には、この種の擬作が出現するのではあるまいか。

真―偽という対立関係にとらわれることのない「擬作」という言葉は、日本の伝統的な文学様式や古典芸能史において一つの鍵語ともなる「擬《もど》く」という語と重なるものがあり、物語の改作や補足の巻の創作にも馴染みやすい概念である。「擬く」とは「他と対抗して張り合って事を行う」、「他のものに似せて作ったり、振舞ったりする」、あるいは「さからって非難または批評する」「反対して従わない態度を見せる」（『日本国語大辞典』）という意味をもつことは周知のとおりだが、この心的傾向や振舞いが具体的な作品をとおして形象化されたとき、それらを「擬作」「擬書」と呼んでいいだろう（ここでは、「偽作」「偽書」の語を、それらも含んだ広義の用法と理解しておきたい）。では、物語史において「擬作」は具体的にはどのように現れるのだろうか。

鎌倉初期から中期にわたる物語史のなかで、「擬作」の事例を求めるとすれば、二つの作品が想起される。一つは藤原定家の『松浦宮物語』であり、もう一つは、内容的には「宇治十帖」の最終巻「夢の浮橋」の続編とみとめられる『山路の露』である。以下、この二作品を中心に据えて、物語史における「擬作」の生成と方法とをめぐって考察することにしたい。

前者の『松浦宮物語』の場合、むろん作者が他の特定の人物に仮託されているわけでもないし、そもそも同時代の『無名草子』に定家の作として批評が載る以上、いうまでもなく偽書あるいは擬書として受けとめられていたはずはない。にもかかわらず、この物語が右でいう意味での「擬作」と認定できるゆえんは、もっぱら、作品の終りちかくに見られる二箇所の「省筆」と、巻末に付された周知の「偽跋」の存在にある。

省筆の一つは、主人公が唐后から形見の鏡を与えられていよいよ帰国の途につくという場面で、突然本文が中断され、「本のさうしくちうせてみえずと本に」という一文が挿入されている点を指す。[注4] 同じ省筆はもう一箇所あって、本文の脱落を指示する書写者の断り書きとして、「このおくも、本くちうせてはなれおちにけりと、本に」と記され、これをもって物語は、唐突なかたちで打ち切られている。フィクショナルな幻想を物語とともにしてきた読み手は、この末尾にいたって、いきなり物語の外部に連れ出されてしまう。

この奇妙な終わり方については、「母后と弁少将との惜別は、いつまで書いても書き尽くせるものではないので、思い切って、以下省略という手段に出た」（角川文庫本注）という説もある。だが、もしたんに省筆が目的ならば、他にいくらでも巧妙な手だてがあり得たはずである。ここには別の意図があったとしか思えない。

いま想起されるのは、ほかならない『源氏』の終結のあり方である。周知のように最終巻は、「人の隠しすゑたるにやあらんと、わが御心の、思ひ寄らぬ隈なく落としおきたまへりしならひにとぞ、本にはべめる」（「夢浮橋」⑥三九五）[注5] と記されて物語全編が閉じられる（「とぞ」で終る本もあり、また別本系統で「本に」で終るものもある）。おそらく『松浦宮』の省筆を試みる定家には、この『源氏』の終結のあり方が念頭にあったのではなかろうか。『源氏』の場合、これが完結か、それとも中絶なのかという点について議論があるが、完結とみて何の不都合もなく、むしろ、長い物語世界から現実の世界に読者を連れ戻すための明晰な方法意識がはたらいていたと考えたい（鎌倉期以後の書写者によるものという説もあるが、それはそれで別の課題が浮上してくるだろう）。長く持続された物語内部の時間を切断するための、終結におけるこの外部の声の一瞬の介入は、いわゆる草子地のレベルとも異なる、ある意味でただならぬ方法と言うべきかもしれない。若い定家が、これに学んだとしても何の不思議もない。書写者によって偽装された「本」の存在は、物語内時間を生きてきた読み手のフィクショナルな幻想をいったん破壊するが、しかし、次の瞬間、「と本に」または「とぞ本にはべめる」という指示記号それ自体も物語内言語であることに気づき、現実の世界と虚構の世界とのきりの無い交替に見舞われる。ここには、文学における普遍的様式としての「アイロニー」の問題が関わっている。

ポール・ド・マンは、修辞学上の伝統的な概念であるアイロニーを論じるなかで、ギリシア劇に見る「パラバシス」という文学様式について触れている。[注6] パラバシスとは、もともとは「脱線」を意味し、演劇構造の中核部分を占める場面において、本筋にかかわりない作者の主張を合唱隊が観客に向けて直接訴えることを指している。ド・マンは、アイロニーの本質をこのパラバシスにあるとし、それは連続的な物語り《ナレーション》行為に強引に割り込んで、形式を意図的に破綻させることであり、物語の幻想をそれによって中断させることでもあるという。それはまた、自己の内部に懸隔をうみ、自己を二重化し、自己の内部に反射的な構造をつくりだす。ギリシア語のアイロネイアは本来「偽装」を意味したが、『松浦宮』において現れたいくつかの特異な方法は、こうしたアイロニーの視座から考えてみるとき、文学のより普遍的な様式上のテーマへとひらかれていく可能性をもっている。

さて、『松浦宮』における右の省筆の問題は、続く「偽跋」の存在とも当然ながら関係するだろう。二つの偽跋が付されているが、一つ目は次のようなものだ。

この物語、たかき代の事にて、歌もこと葉も、さまことにふるめかしうみえしを、蜀山の道のほとりより、さかしきいまの世の人のつくりかへたるとて、むげにみぐるしきことどもみゆめり。いづれかまことならむ。もろこしの人の「うちぬるなか」といひけむ、そらごとのなかのそらごとをかしう。

貞観三年四月十八日　染殿の院の西の対にてかきをはりぬ。

花カ非レズ花ニ霧カ非レズ霧ニ　夜半来リ天明ニ去ル　来ルコト如二シ春ノ夢一ノ幾多ノ時　去ルコト似二タリ朝雲一ニ無二シ覓ル処一。


在原業平と藤原高子との道ならぬ恋をテーマにした『伊勢物語』第四段をふまえたある種のパロディともいえるが、注目すべきは「そらごとのなかのそらごとをかしう」という文言だろう。上に記された「うちぬるなか」とは、物語の終り近くで、母后が主人公弁少将にその出生の因縁（天上界から地上へと転生してきた事実）を明す場面で用いられた言葉である。したがって、つづく「そらごとのなかのそらごと」とは、物語のアレゴリックな形態（この物語は構想の核心部に、帝釈と阿修羅をめぐる寓話を謎解きのかなめとして取り込んでいる）をめぐる、跋文筆者（偽装された作り手）による評言と見ることができる。言い換えればそれは、この物語が試みた奇抜な構想に対する、作り手自身による評言にほかならず、ここには物語をつくることに対する極めて醒めた意識を見出すことができる。「そらごとのなかのそらごと」という二重化された表現には、作り手が自分自身の作品と徹底的に距離をとる、ある種の批評意識が間違いなく介在している。[注7]

しかも偽跋の問題はこれで終わらない。念の入ったことに、右の偽跋に対して後世の人が加えたコメントとして、さらに別の偽跋を加えているからだ。

これもまことの事也。さばかり傾城のいろにあはじとて、あだなる心なき人は、なに事に、かかることはいひおきたまひけるぞと、心えがたく、唐にはさる霧のさぶらふか。

「これもまことの事也」という、読者を攪乱する偽装が施されたこの偽跋（偽跋の偽跋）には、偽装に偽装を重ねるアイロニーの二重化のテーマが内在し、物語の構造に何らかの変容をもたらそうとする作り手の実験的な意図が含まれているに違いない。いずれにせよ、テキストの外部に位置するかと見えたこの偽跋も、じつは作者によって仕組まれた「そらごと」であり、二重化されたフィクションについてのコメントにほかならない。こうした特異な方法意識の出現を物語史にどう位置づけるかが今後の課題となるはずだ。

四　『山路の露』の偽序をめぐって

平安末期から鎌倉中期の間に成立したと考えられる『山路の露』は、『源氏』の最終巻「夢浮橋」を書き継いだ物語である（ただし、以下で見るように、当該テキスト自体は、続編であることを否認している）。この作品もまた「擬作」の範疇に入れてよいと思うのは、物語の冒頭に特異な偽装が凝らされているからにほかならない。『松浦宮』と同時代の成立の可能性もあるこのテキストが、自分自身の作品との距離をとる「偽装」の形式を方法として用いていることは大変興味深い。「証本」の整定で見たように、古典が確立されはじめる時代特有の、反古典・擬古典主義への兆候を何等かに共有しているのかもしれない。

冒頭（以下、これを「序」または「偽序」と呼ぶ）は、おおけなくも光源氏の御末、「宇治十帖」の主人公たちのその後を語ることについての弁明を記すところから始まる。周知のものだが、いとわずに掲げておこう。[注8]

これは、かの光源氏の御末の、薫大将と聞こえし御あたりのことなれば、その続きめいたるこそ、いとかたはらいたうつつましけれど、ゆめゆめさにはべらず。ただ、かの小野の里人にたづねあひたりしありさま、こなたかなたの御気色、くはしう見ける人の、夢のやうなる御仲のあはれに忍びがたくおぼえけるままに、なにとなく筆のすさみに書きおきはべる。その人、心にもさこそ人にはもらさざりけんを、かりそめなる旅の空にて、主さへはかなくなりにければ、あだなる人の、「その行く末をとぶらはん」とて、藻塩草かき集めけるそぞろごとどもみな選り出でて、経の紙にすかせけるついでに、これを見つけ、何の聞き所あるふしもなけれども、果ていかならんと思ひわたる人の行く方なりけると見るばかりの、せめてをかしさに、残しおきけるにやあらん。

小野の里で仏道に専念し、薫をあくまでふり切ろうする浮舟はその後どうなっていくのだろうか、という大方の読者の強い関心をひき受けて、その続編に挑む作品なのだろうと思いきや、いきなり序の語り手は、この物語が『源氏』の続編と受けとめられることを、読者にむけてはっきりと否認している。

では何なのかといえば、つづく記述から汲みとれば、要点は二つある。一つは、「聞こえし」「たづねあひたりし」と、自身が親しく経験した事柄を語るときの「き」が用いられていることで明らかなように、この冒頭部の筆者は少なくとも薫の情勢を直接に見聞きしたことのある人物であること、[注9]もう一つは、物語の伝承経路に少なくとも三人の人物（「書きおきはべる」人、「あだなる人」、および冒頭部の書き手）が介在していること、この二点である。後者について念のため要約すれば、「浮舟と薫が再会した様子や、その周辺のあれこれをつぶさに目にした方が（実際に）いて、それを書き留めていた。ところが、その方は旅先で亡くなってしまい書置きもそのままだったが、後にある人が故人の反故を整理している最中、偶然それを見つけて残し置くことにしたのだろう」、以上のようになる。

つまり、序によれば、薫も浮舟も、ひいてはすべてが実在する世界のこととして理解すべきことになる。物語の続きではなく、事実あったことなのだと。ここには、「そらごとのなかのそらごと」と擬態をよそおった、『松浦宮』とは真逆の転倒が仕組まれている。

だが、この物語世界と歴史的現実との観念的な転倒は、まじめに主張されているわけではむろんない。準拠論は措くとして、薫や浮舟の世界をそのまま現実と主張する語り手の言葉を、いくらなんでも素朴に信じる読者などいるはずもないのだから。要は、『山路の露』の語り起こしにおいても、「擬く語り」、すなわち「擬作」の方法が用いられているということにほかならない。

『源氏』の続編かと期待する読者の予想に逆らって、物語というフィクショナルな世界と実在する世界とを転倒し（偽装し）、さらには、テキストの由来に「くはしう見ける人」を設定しておきながら、そのじつ

「あだなる人」の「残しおきけるにやあらん」と曖昧な逃げをうつ。序文めかした起筆が、こうした「擬く方法」で書かれている以上、『山路の露』というテキストは、その全体を「擬作」と受けとめざるをえないことになる。

『松浦宮』は跋文に偽装を凝らしたが、『山路の露』は起筆においてそれを試みた。この違いは本質的なことではない。本質的なことは、序や跋という形式が偽装されることによって、物語内容そのものにある変質が惹起されるという点にある。偽跋や偽序については、これまで物語内容と切り離し、それのみで論じられてきた感があるが、おそらく作品の内実そのものとも深く切り結んでいるはずである。『松浦宮』についてはすでに別稿で論じたことがあるので[注10]、次節では『山路の露』をめぐってこの問題を考えてみよう。

五　成長する物語と〈内在する批評〉

『山路の露』は、前掲した偽序に続いて、失踪した浮舟の生存を伝え聞いたあとの、薫の心の乱れを描くところからはじまる。しかし、注意したいのは、浮舟に対する薫の思いは一見深いものを感じさせはするが、そのじつ、問題含みの奇妙な書き方になっているという点である。「かのはかなかりしかげろふの行く方、ほのかに聞きつけたまひてし後は、いかなりしことぞと、御心にかからぬ折なくて」と、浮舟への深切な思いを語り出しながら、その後叙述は、すぐに故大君を失ったときの思い出へとずれていく。そのうえで、ほかならないその大君を彷彿させる浮舟へとふたたびかえっていくのだが、その箇所は本文に次のようにある。

〔故大君に〕いみじう思ひよそへられて、なつかしかりし容貌《かたち》有様、ただそれかと見ゆる折々のありしなど、いと恋しうおぼし出でらるるにも、なぞあやしの心や、今しも、など苦しきまでおぼゆらんと、我が心ながら、あやにくに思ひ知られたまふ。　（五〇）

死んだと思い込んでいた浮舟が、じつは生きていたことを掛け値なしに喜ぶというわけではなく、事ここに至ってもなお薫は、大君に似ている浮舟をのみ恋慕しつづける。自死するところ偶然に一命を取りとめた愛しい女への思いが、何より中心に据えられるべき場面においてもなお、なぜ大君なのか。ここには、一人の女への深切な愛の根拠を、他の女に似ていることを通じてしか表出できないある種の症候が顕在化している。

ただしいま注目したいのは、大君の形代《かたしろ》としてしか浮舟を愛しえない薫という人物の特異な性情のほうではない。そういうことならば、すでに「宇治十帖」の巻でも折々に示されていた。例えば、「宿木」巻で、宇治へおもむいた薫が、偶然、初瀬詣でからの帰りの浮舟を垣間見る場面では、

まことにいとよしあるまみのほど、髪ざしのわたり、かれをも、くはしくつくづくとしも見たまはざりし御顔なれど、これを見るにつけて、ただそれと思ひ出でらるるに、例の、涙落ちぬ。（「宿木」⑤四九三）

と語られるが、しかし、ここには、大君に似ている女（形代）を愛するという、模像《シミュラークル》の欲望それ自体にかかわる自省の記述は一切含まれていない。また、中の君や女二の宮に対しても、薫は、大君の似姿を追い求めているが、その場合でも、形代という愛のかたちの異常さについて自問・自省するような記述は見受けられない。

要するに、『山路の露』のここでの特徴は、前掲傍点部で知られるように、薫自らが、事態の異常さに気づいているという点にある。ただしそれは自問のかたちをとるだけで、あくまで明瞭な意識化にまで至ってはいない。だが、作り手は明らかに、『源氏』で描かれた薫の性情をよくわきまえたうえで、〈「宇治十帖」の薫〉にいわば心理分析を加え、ある種の症候を際立たせる筆致で、新たな造型をはたそうとしている。では、「なぞあやしの心や、今しも、など苦しきまでおぼゆらん」という右の強い自問はどこから生まれてくるのだろうか。つづく本文には次のように見える。

とざまかうざまにおぼし沈むれど、なほいかなるにか、ひたすらなきになしつる年月は、言ふかひなき方にてさてもあられつるを、かく聞きつけては、夢かうつつかと聞きあはせざらんは、いと胸いたう心にかかりたまへば、みづから忍びておはせんことをおぼす。（五〇）

すでに亡き者と思い定めた年月は、悲しいながらもかえって静かに過ごすことができたのに、浮舟の存命を耳にして以来（「かく聞きつけては」）、その真偽が気がかりでしようがなくなった、という。浮舟の生そのものにストレートに向き合おうとしない、思えば奇妙な理屈である。序に続く最初の段で語られる薫の心底に生じたこの動揺は、おそらく、遺骸のないまま浮舟の葬儀をすませたのち、彼女と匂宮との密通を確信した薫の心中を、『源氏』「蜻蛉」が次のように記していたことと密接に関わるだろう。

ながらへましかば、ただなるよりは、わがためにをこなることも出で来なまし、と思すになむ、焦がる る胸もすこしさむる心地したまひける。

（「蜻蛉」⑥二一七）

もしも浮舟が生きながらえていたとしたら、自分が恥をかく事態になったかもしれないと思うと、薫は、浮舟への焦がれる思いも醒める心地がしたのだという。薫の〈形代浮舟〉に対する感情の基底がのぞき見える瞬間である。薫はたしかに一方では浮舟に執着しつつも、他方では「をこなること」が出来《しゅったい》しかねないという焦慮を抱き、その両者の狭間で引き裂かれた状態にある。だが、その心的分裂のありようが『源氏』において明示的にしめされることはついにない。ただし、ほかならない「夢浮橋」終結部の一文（前掲）においで、薫の抱く焦慮が暗示的に記されていることを例外として（使いにやった小君が浮舟に会えずに帰参し、その報告をうけた薫は、匂宮が浮舟を隠しているのではないかと邪推するところで、全巻が閉じられる）。

『山路の露』は、その最初の段の語りで、「宇治十帖」終結部において極まった、薫の二重に引き裂かれた情動の有りようを正確に引き継いでいる。浮舟存命の噂に、一方では「いと恋しうおぼし出でらるる」と恋慕しつつ、他方では「我が心ながら」、「なぞあやしの心や」と自問せざるをえない薫の心的描出は、『山路の露』の作り手が、『源氏』というテキストの読解を通じて紡ぎだした固有の成果である。言い換えれば、物語史において擬作（擬書）と呼ばれるべき範疇は、「擬く」対象となるテキストへの〈批評〉を内在させて出現してきたといえるだろう。[注11]

しかも、この自問する薫の描出は、作中でくり返し生かされている。例えば、つづく段（薫が女二の宮を訪れたくだり）には次のようにある。

> 女宮の御方にわたりたまへれば、（中略）うつくしう見えたまふにも、かのはかなかりし人は、けぢかくあいぎやうつきたる方はまさりてさへ、思ひ出でられたまふ。髪など、さかりにうつくしかりしも、削ぎやしつらん様よなど、ただその頃はこれのみ心にかかりたまへば、我ながら、憂しと思ひし方はいかになりにけんとあやしければ、（以下略）（五一）

女二の宮と会っている薫は、ここでも例のごとく眼前の女からその欲望の対象をずらし、匂宮との密通の件もうちわすれて浮舟に恋着するが、そうした自身を、「我ながら」「あやし」と自省する。さらには、浮舟の住む小野へと赴く次のような山道の場面では、出家して「今はそのかひあるまじき」女をもとめる自らを、「かつはあやしく」とふりかえる。

夕霧たちこめて、道いとどたどたどしけれども、深き心をしるべにて、急ぎわたりたまふも、かつはあやしく、今はそのかひあるまじきを、とおぼせども、ありし世の夢語りをだに語りあはせまほしう（以下略）（六二）

もう一例だけあげておこう。薫はついに浮舟と再会をとげることになるが、一段と美しく大人びた浮舟を前にして、ここでもなお「昔の人」すなわち大君を追慕している。この薫に対して、語り手は次のようにいう。

よろづ思ひ知りたるしるしにや、ありしよりもてなし用意、心にくくねびまさりにたる心地して、昔の人にもなほようおぼえたるかな、と見たまふに、いとどしき御心うちなりかし。（六六）

「いとどしき御心うちなりかし」とは語り手の推量の言葉だが、『山路の露』は、〈自らが欲する大君に似た浮舟を欲する〉という二重性の症候を徹底して反復する薫という存在を相対化しつつ、自覚的に寸評をくだしているとみてよいだろう。

『源氏』の薫に潜在する情動を、擬作行為のなかで顕在化させようとする、右の一連の分析的な描出は、いずれも『山路の露』が自覚的に創出した特異性といってよい。くり返し強調すれば、『源氏』を擬いて成り立つ『山路の露』は、それが擬く対象とした『源氏』それ自体に対する〈批評〉を内在させているのであった。物語の擬作とは、擬く対象となる先行テキストへの批評を含んだ、「成長する物語」にほかならなかった。

六　擬作の快楽

『山路の露』に見る薫の造型に視点をあてて、物語史において擬作の方法がどのように生みだされてきたか、その端緒的問題を考察してきた。新たな作品を取り上げる余裕がもはやなくなったので、以下、擬作テキストの価値評価の有り方について付言してしめくくりとしたい。

『山路の露』については、『源氏』の思想を矮小化した作品であり、そこにおける薫と浮舟という二人の形象も、『源氏』の達成したそれからかなり後退しているものだという意見がある。薫については、「夢浮橋」末文では「人の隠しすゑたるにやあらむ」と、浮舟に他の男の存在を疑ったりしているが、『山路の露』では一途に浮舟を思っているといった点にもとづく意見である。しかし、『山路の露』の薫に、そうした単線的な傾向のみを見ることは適切ではない。緻密に読めば、むしろ『源氏』において潜在的にしか描かれていなかつた側面が、擬作者の手によって顕在化させられている面が見られることは、すでに見たとおりである。

浮舟もまた、「夢浮橋」では、薫からの使者に断固として会うことを拒否し、現世の執着の一切を断って仏道にすがろうとするのに対し、『山路の露』の浮舟は、薫と歌を交わし、密通を悔い、薫とつかずはなれずの関係にすりかえられているという。納得すべきところはあるが、しかし、この点もまた擬作はそれなりの視点で評価すべき余地が残されているものと思われる。たとえば『山路の露』は、たしかに浮舟と薫とを再会させることを選択したが、それをもってただちに価値を低くみつもるべきではない。再会した際の浮舟の心中を描いた一節に、次のような記述がある。

かの御心はた、昔にかはらぬなつかしさの、忍びがたうあはれなるにも、我ならざらん人は、いとかうしも僧都のいさめにもはばからじかし、とおぼし続くれど、内へだに入りたまはず。様よく寄りゐたまひて、つきせぬこともなつかしうかたらひたまひつつ、（以下略）　（六七）

「自分以外の人ならば、僧都（横川僧都）の誡めにも従うことなく、薫の魅力に抗せずうけいれてしまうことになるだろう」という文言は、当然その下に、「しかし、いまの自分はいかにあっても靡くことなどないのだ」という強い意志が隠されているはずである。それを前提にするとき、以下に続く、「内へだに入りたまはず」「様よく寄りゐたまひて」という振舞いには、この固い意志に無意識のうちに離反する身体の動きが示されていることが分かる。身と心とが分裂する瞬間をとらえた右の一節は、二人をふたたび会わせてみたいと思った擬作者による、それなりの成果である。この瞬間を用意するため、作品内には幾つかの伏線が引かれている。仏道に専心する浮舟に接した僧都には、「御心みだれたまはざなる、いとめでたき御事なり」と言わせており、また、薫が浮舟の生存を確かめるために遣わした小君には、彼女と対面した際、「あらざりける様にもきこえなしてよ」（別人だったと報告してください）と答える浮舟の言葉に、「いとかたしと思へり」と、その決別の意志の堅固さにたじろぐ場面を用意している。

肝心なことは、右の一節には、二人を会わせようとしなかった『源氏』をいかに「擬く」か、という課題に応じようとする擬作者の工夫が凝らされているという点である。浮舟を薫とふたたび対面させた『山路の露』の作り手には、そう作ることが『源氏』の浮舟像からの後退に他ならないことを、おそらく承知していただろう。それでもなお、ありえたかもしれない別の生を選ばせてみること、それこそ「擬く」物語の快楽にほかならなかっただろう。

擬作テキストを、先行するプレ・テキストと同じ土俵におき、両者の価値をうんぬんしても意味をなさない。ありていに言えば、その場合『源氏』の思想や方法に勝てるわけがない。擬作テキストはあくまで、「擬く」方法においていかなる達成をはたしているか、それを問うべきである。その方法でいえば、『山路の露』は、物語史における擬作の可能性をいくつも孕んだテキストだといえるだろう。

注

1　アーロン・グレーヴィチ『中世文化のカテゴリー』（川端香男里他訳、岩波書店、一九九九年）

2　神田龍身「偽作の巻々」（源氏物語講座8『源氏物語の本文と受容』勉誠社、一九九二年）

3　中村幸彦「擬作論」（『中村幸彦著述集　第十四巻』中央公論、一九八三年）

4　以下、引用は角川文庫による。

5　以下、『源氏物語』の本文の引用は、小学館新編日本古典全集により、巻数頁数を示す。なお、『源氏』終結部と偽装をめぐる問題については、原豊二「物語の終焉法――『源氏物語』「とぞ本にはべめる」について、あるいは〈偽装の書承〉の考察」（『物語研究』一、二〇〇一年三月）に論究がある。

6　ポール・ド・マン『美学イデオロギー』（上野成利訳、平凡社、二〇〇五年）

7　小川豊生「物語のアレゴリー――『松浦宮物語』の〈語り〉の方法をめぐって――」（『年刊　日本の文学』第3集、有精堂、一九九四年）

8　『山路の露』の本文引用は、千本英史編著『日本古典偽書叢刊　第二巻』（現代思潮新社、二〇〇四年）所収のもの（土方洋一訳注）に拠り、頁数を示した。

9　土方洋一「『山路の露』と物語史」（『年刊　日本の文学』第3集、有精堂、一九九四年、のち『物語史の解析学』風間書房、二〇〇四年再収）、小川陽子『『源氏物語』享受史の研究』（笠間書院、二〇〇九年）第一章第四節「浮舟の造型と物語構成」

10　前掲注7参照。

11　注9土方著書は、『山路の露』は主人公たちの「心情の隈々を叙していく同化的な語りの方法」と、「出来事の間の関連性を探りながら分析的に読もうとする姿勢」とをともに具備し、「『源氏物語』と一体化したいという欲望と、『源氏物語』を対象化して客観的に把握したいという欲望との間で引き裂かれているところに、この物語の構造や語りの最大の特色がある」と述べている。ここで指摘された〈同化と対象化との間の力学〉という視座は、本稿で考察した「物語の擬作」というテーマの核心にかかわっている。土方論の参照によって擬作論の可能性がより開かれるはずだが、その展開は今後の課題としたい。

小川 豊生（おがわ とよお）　摂南大学外国語学部教授。専攻：中世文学・和歌文学。主著：『中世日本の神話・文字・身体』（森話社、二〇一四年）、『日本古典偽書叢刊　第一巻』（編著、現代思潮新社、二〇〇四年）。

編集後記

『新時代への源氏学』第八巻、「〈物語史〉形成の力学」では、〈文学史〉的な流れの中での『源氏物語』の位相を見すえつつ、『源氏物語』というテクストの成立を支える歴史的要件、表現史的必然性、発想の枠組み等、様々な事象の検討を通じて〈物語文学史〉の構築がどのように可能であるのかを検討する。

〈物語文学史〉とは意味あいを異にする〈物語史〉という用語は、いつごろから使われ始めたのであろうか。筆者は不明にしてその正確な初例を知らないが、三谷栄一の『物語文学史論』が一九五二年、同氏のそれに続く著書である『物語史の研究』が一九六七年、おおよそそのあたりの時期を目途としておくことができるであろうか。

〈物語史〉とは、その時代その時代に様々な物語が制作されたということの通史的な記述ということではもちろんない。創作という行為としての側面から見る時、新しい物語の創作は、まっさらな白紙の上に何かを作り出すことではない。物語の創作は、先行する物語や話型、モチーフ等を引用し組み替えることによる再創造として成立する。物語というジャンルが必然的にそのような性格を持つ以上、物語を対象とする考察には、物語を生み出す場や精神の動的な軌跡をいかにしてとらえるか、という問題意識が自ずから要請されるはずである。

また、モノガタリという語は、ジャンルの呼称として用いられているばかりではなく、音声言語による雑談や打ち明け話など様々な言語行為を対象にして広く用いられている。従って物語を対象とする研究には、それらの多様な用例に通底するものは何か、即ち「モノガタリとは何か」という本質的な問いかけが必然的に内包されてくることになる。先の三谷栄一の『物語史の研究』が古代の氏族伝承である「カタリゴト」から書き始められていることによってもわかる通り、モノガタリと呼ばれる言語行為は、書記以前のオーラルな語りの世界に淵源を持つ。そのルーツを保持しつつ、仮名によって創作されたテクストもまた物語と呼ばれ、一つのジャンルを形成する文芸形態として展開、成熟の過程をたどっていった。三谷栄一は、『物語史の研究』の「はしがき」に、次のように記していた。

本書『物語史の研究』は、平安朝文学の核である物語文学の内包する諸問題を、史的な視点に立脚して分析・考察したもので、そのいわば黎明から黄昏までの過程のうちに、「物語とは何か」という課題に対する私なりの解答を与えたものである。

漢文体によるフィクションの試みは、上代からすでに見られる。平安時代に入り、九世紀の後半に仮名文字という新しい書記媒体が普及すると、仮名を用いたフィクションの創作が試みられるようになる。仮名によるフィクションの散文、「物語文学」の歴史はそこから始発する。仮名で書かれたフィクションとしての物語の展開、成熟の過程は、「前期物語」と呼ばれる初期の作品群の試みを踏まえて『源氏物語』が成立し、『源氏物語』を強力な言語的磁場として「後期物語」と呼ばれる作品群が生まれ、さらに中世物語へと継承されてゆく、というように通常は理解されている。

しかしながら、その展開、成熟の過程においては、和歌世界との濃密な交渉が見られ、「散文」という枠組みの中だけではとらえきれない言語的運動が生じていることが認められる。また、『源氏物語』に見られる、「史実めかして語る」という顕著な特性と関わる流れとして、「歴史物語」と呼ばれる、仮名による歴史叙述への道筋が拓かれるというような新たな潮流が生まれる（歴史叙述へとつながる道筋を検証する論考を本巻に収めることができなかったのは心残りである）。さらには、「論」は漢文体のものだが、『源氏物語』には漢文体によらず仮名文によって対象を論じるという評論的側面も濃厚に見られるため、教育的テキストとしての仮名文の形態を自立させてゆくという道筋も生成してくる。

即ち、物語というジャンルを仮名で書かれたフィクションという形式に限定してみても、その輪郭は自明ではないのであって、『源氏物語』の前と後とを通観する文学史的把握には、多様で複合的な視座からのアプローチが要請されることになる。比喩を用いていうならば、様々な言語活動や書記形態が一点に凝縮されたマグマの噴出によって『源氏物語』という巨島が出現したことにより、海流や周囲の生き物のあり方全体にどのような変化が生じたのかという、日本文学の生態系そのものへの眼差しを持つこと抜きには、〈物語史〉を論じることは困難なのである。

以上のような問題設定の下に、本巻では〈物語史〉を形成する様々なジャンル横断的な力学を再検証することが目指された。個々の論考について逐次取り上げて論評することは避けたいが、お寄せいただいた十二編の論考はいずれも力編揃いで、複雑多岐にわたる検討課題の現時点における到達点がここにまざまざと示されている感がある。

かつては、仮名物語というジャンルは、『竹取物語』のような初期作品の試みに始発して以後、徐々に成熟を遂げてゆき、十一世紀初頭に『源氏物語』という偉大なテクストを生み出すに至る、が、『源氏物語』があまりに偉大な達成であったために、それ以後の物語はその模倣とパロディ化の方向へと傾斜し、物語創作の根元的なエネルギーは次第に衰弱してゆく、というような図式的な理解が暗黙の裡に共有されていたものと思われる。

しかしながら、『源氏物語』をピークと見る素朴で単線的な〈物語史〉観は、今や過去のものであるといってもよいだろう。『源氏物語』以前の「前期物語」と『源氏物語』との間には、つながる面とつながらない面とがあるし、『源氏物語』以後の「後期物語」にしても、個々の個性や制作背景上の必然性を背負って形象化されているのであり、『源氏物語』と比較して優劣を云々することは不毛である。

が、そうかといって、『源氏物語』の出現がわが国の文学史に激震をもたらす重大な出来事であったこともまた否定できない。『源氏物語』の出現は、作り物語の歴史における画期であったのみならず、和歌史や仮名文章史全体に大きなインパクトを及ぼす出来事であり、ひいてはわが国の文化史全体の流れにも多大な影響を及ぼす結果となった一大事件であったという点は動きそうにない。そうした歴史的経緯に対する鳥瞰的な眼差しを保持しつつ、『源氏物語』の出現を一個の文学現象としてとらえることが、今後の課題として私たちの前に立ちはだかっているのだろう。

『源氏物語』という強力な磁場に過剰に引きつけられることなく、かつ平板な作品成立史の羅列に終わるのでもなく、様々なジャンルや言語形態が交錯する、動的かつ複眼的な〈物語史〉の構築に向かうべき足場が築かれるべき地点に、まさに私たちは立っているのである。

（土方洋一）

ま行

や行

ら行

わ行

た行

な行

は行

さ行

か行

索　　引

源氏物語

あ行

〈物語史〉形成の力学　新時代への源氏学 8

2016年 5月15日　発行

編　者　助川 幸逸郎　立石 和弘
土方 洋一　松岡 智之

発行者　黒澤　廣

発行所　竹林舎
112-0013
東京都文京区音羽 1-15-12-411
電話 03(5977)8871　FAX03(5977)8879

印刷　シナノ書籍印刷株式会社

ISBN 978-4-902084-38-2